La soberbia juventud

ALFAGUARA

© 2013, Pablo Simonetti
c/o Guillermo Schavelzon & Asoc. Agencia Literaria
www.schavelzon.com
© De esta edición:
Santillana Ediciones Generales, S.A. de C.V.
Av. Río Mixcoac 274, Col. Acacias
México, D.F., C.P. 03240, México
Teléfono 5420-7530

Primera edición: noviembre de 2013

ISBN: 978-607-11-2983-3

Diseño de cubierta:
Ricardo Alarcón Klaussen

Imagen de portada:
José Pedro Godoy, de la serie 4 Alegorías del Amor: *Siento que floto*.

Diseño:
Proyecto de Enric Satué

PRISA EDICIONES

Pablo Simonetti

La soberbia juventud

Para José Pedro Godoy,
por regalarme la libertad.

Yo era tan joven entonces que no podía, como los demás jóvenes, perder la fe profunda en mi propia estrella, en una fuerza que me amaba y velaba por mí con preferencia sobre todos los demás seres humanos. Ningún milagro me parecía increíble, con tal de que me sucediera a mí. Cuando esa fe empieza a menguar, y cuando piensas en la posibilidad de que estés en la misma situación que los otros, has perdido definitivamente la juventud.

«El viejo caballero», Siete cuentos góticos
ISAK DINESEN

I

1

Cada uno tiene sus tratos con la edad. Yo me sentí viejo por primera vez a los cincuenta y dos años. Y no porque de vez en cuando los pulmones o la piel me hicieran pasar un mal rato, sino por haberme encontrado con Felipe Selden esa noche, a principios de noviembre de 2008, en una galería de arte. Bastaron cinco minutos para convencerme de que si yo hubiera sido más joven me habría enamorado de él sin remedio, una idea subversiva para quien jamás creyó en amores a primera vista ni en las arbitrariedades del destino.

Al llegar a la apertura de una exposición, crucé la sala en busca de un sitio donde el vocerío no reverberara en las paredes ni la iluminación fuera tan inmisericorde. Una numerosa concurrencia invadía el edificio de concreto a la vista, ubicado en una de las bocacalles de Nueva Costanera. En la esquina opuesta a la entrada, junto a un ventanal de piso a cielo que abría la visión hacia un jardín recién plantado, encontré un espacio de tranquilidad. A mi derecha, bajo la luz refractada por el cristal, numerosas matas de cubresuelo parecían marañas de reptiles muertos. Ahí me sentí a salvo de las personas ansiosas que, olvidadas por completo de las pinturas, no mostraban otro interés sino enredarse ellas mismas en una sola y gran maraña social.

Mientras buscaba entre la gente el perfil barbado del pintor, vi llegar a Camilo Suárez en compañía de un hombre. Digo «hombre» porque pese a tener el aspecto de un veinteañero, proyectaba una poderosa seguridad en sí mismo. Irradiaba vigor y al mismo tiempo parecía sustraerse del entorno. Su andar calmo y su talante sereno convertían la encantadora animación de Camilo en una suma de gestos ligeramente exagerados. Verlos entrar tuvo en mí el efecto de un cambio a un clima más benevolente. Los seguí con la mirada en su deambular a través de la sala. Camilo vestía traje y corbata; Selden, una chaqueta azul de gabardina, camisa blanca y jeans. Una cuerda invisible los unió a medida que avanzaban entre la gente, cada uno prestando especial atención a los comentarios del otro. En dos oportunidades alcanzaron la primera línea frente a un cuadro y se detuvieron un instante para intercambiar impresiones. El resto de su recorrido se vio salpicado por los saludos que recibían a su paso. Gracias a su facilidad de palabra y al acogedor timbre de su risa, Camilo desplegaba su simpatía sin esfuerzo. Entre sus amigos había gente de todas las edades, incluidas algunas mujeres que combatían la inminencia de la ancianidad. No lejos de donde me encontraba, una de ellas, notoria figura de la vida social, tomó a Camilo del brazo, al tiempo que le ofreció un pómulo afilado para que la besara. Una chaquetilla de pedrería ceñía su torso y un peinado a lo Thatcher, teñido de un dorado homogéneo, le regalaba tres o cuatro centímetros a su pequeño cuerpo.

—¿Cómo te va, chiquillo? —dijo con voz inesperadamente ronca y chocantemente modulada.

Camilo le abrió paso a Selden. La mujer volvió a ofrecer su mejilla, mientras realizaba extrañas muecas con su boca, como si hiciera gimnasia facial. La última contorsión se transformó en un golpe de asombro.

—¡Felipe!

Su estudiado desdén había desaparecido y ahora encaraba a Selden con el mentón altivo, tal vez para compensar la gran diferencia de estatura.

—Hola, tía Alicia —respondió Selden con cordialidad pero sin aspavientos.

—Tu madre me contó que habías llegado de Estados Unidos. ¿Por qué debo ser yo la última en volver a verte?

La mujer dio un giro hacia tres personas que seguían con atención las piruetas de su boca para añadir:

—Díganme si mi sobrino nieto no está convertido en una preciosura. Dos años sin verte y vuelves hecho un adonis. Y tú, Camilo —remarcó, alzando las palmas hacia él—, no lo haces nada de mal. En mi época habían chiquillos tan regios como ustedes, pero no eran ni tan altos ni tan liberados.

Acompañó esta última frase con una mirada significativa, como si sospechara, al igual que yo, que entre los jóvenes despuntaba un amorío. Las risas de sus acompañantes, incluida la de Camilo, celebraron la picardía de la mujer. No así los labios pulposos de Felipe, que apenas se curvaron en una sonrisa sin atisbos de adulación. Un gesto que calzaba con sus ojos azules, espabilados por la curiosidad pero que no se malgastaban en brillos de falsa simpatía. En medio de la agitación, Selden parecía aislado dentro de un fanal de silencio, una cúpula transparente que definía un espacio más apacible que cuanto lo rodeaba.

Con Camilo nos habíamos conocido hacía tiempo, en un taller de lectura que dirigí el verano de 1998. Él había egresado de derecho en la Universidad de Chile, estaba realizando su práctica y se preparaba para dar el examen de grado. Cuando le llegó el momento de asumir su homosexualidad, dos años más tarde, me hizo su confidente. En un mail me preguntaba si podía reunirse conmigo para hablar de un tema personal. Recibía esa clase de peticiones a menudo, así que sospeché de inmediato cuál era su fin. Me hizo gracia que el mensaje viniera suscrito con el elegante logo del estudio de abogados donde había entrado a trabajar: Amunátegui, Lira y Cía., como si la oficina completa quisiera salir de su encierro sexual. Por el propio Camilo me enteré de que sus padres habían desaprobado el cariz «empresarial» que había adquirido la carrera de su hijo, ajeno a la tradición académica familiar. El abuelo había llegado a ser rector del Liceo Manuel de Salas, su padre era considerado «el mejor profe de cálculo» de la Universidad de Chile y su madre era doctora en sociología y profesora titular de la Universidad Diego Portales. En cambio, cuando Camilo salió del clóset, desde los abuelos hasta los hermanos, pasando por los padres, reaccionaron con apertura y comprensión. Estoy seguro de que no fueron mis consejos los que contribuyeron a que la familia Suárez recibiera bien la noticia, pero desde entonces Camilo se ha mostrado agradecido conmigo.

Para la mayoría de mis amigos, Camilo constituyó el mejor partido de las nuevas generaciones durante sus primeros años de vida gay. En el mundillo que frecuentábamos no abundaban los hombres prósperos, de actitud viril, dueños de una personalidad llamativa y un temperamento dulce y abierto. Felizmente, su atractivo no fue un problema para mí. Ni sus cejas pobladas, ni sus ojos relucientes de complicidad, ni la prominencia de su mandíbula habían logrado tocar fibra alguna de mi gusto particular. Incluso su disposición al asombro me hacía pensar que estaba ante un adolescente tardío. El entusiasmo tornadizo que suelen exhibir los jóvenes no termina de conmoverme. Lo acogí como a un tipo bienintencionado que cada cierto tiempo buscaba mi consejo, y él me entronizó como su «padre gay». Le interesaba escuchar mis opiniones sobre sus amoríos y en cada una de esas historias había un matiz o un episodio que podía serme útil para una futura novela.

Oí la espesa voz de la reina social afirmar que cualquier cuadro se vería bien en esa galería «espléndida». Camilo alzó la vista y cruzamos miradas. Selden intercambió un par de frases más con la mujer y, al momento de despedirse, debió realizar una media reverencia para alcanzar su mejilla con un beso.

—Vayan, vayan, chiquillos ingratos —dijo ella—. No gasten ni un minuto de su vida en entretener a sus mayores. Vayan, pásenlo bien. Y tú, Felipe, llámame mañana. Tengo algo importante que pedirte.

Camilo y Selden sonrieron al aire y se abrieron paso hacia el ventanal. Oí a Camilo decir:

—No sabía que fuera tu tía.

—Tía abuela —corrigió Selden—. A la mamá le carga, dice que es una vieja frívola. A mí me cae bien, la encuentro divertida.

La irrupción de los dos hombres altos en mi refugio hizo que diera un paso atrás. Me mortificaron el metro setenta de estatura y la rebelde panza. El aire ceremonial del que se rodeó Camilo para presentarme, como si yo fuera alguien de prestigio, compensó en parte mi contrariada vanidad.

—Te presento a Felipe Selden —me dijo al terminar. La formalidad que le imprimió a su voz no se correspondía con la sonrisa triunfante de sus ojos.

Selden extendió la mano e inclinó el cuerpo hacia adelante para saludarme.

—La mamá leyó uno de tus libros.

—Pobrecita tu madre —nos estrechamos las manos con más energía de la necesaria—, deberías haberlo leído tú y no ella. No son libros para gente decente.

—Cuando yo tenía dieciocho años me dijo que todavía era muy joven para leerlo.

—¿Y tú le obedeciste?

—No me hice el tiempo y no sabía si en realidad me interesaba.

No había indicio alguno en su semblante ni en su voz de que tuviera la intención de ser irónico; hablaba con entusiasmo y mantenía su atención puesta en mí. Tampoco había un brillo codicioso ni menos lascivo en esa mirada de tranquila alegría. De haber sido posible, habría dejado que mis ojos se enlazaran con los suyos, olvidando a Camilo, cuya presencia me obligaba a desviarlos cada tanto.

—¿Sabes de qué se tratan mis libros?

—En realidad, no —dijo apenas dibujando una línea con sus labios en señal de disculpa—. La mamá me comentó que uno de ellos era la historia de tu familia.

—No es cierto, es ficción.

—Ay, Tomás, no mientas —intervino Camilo.

—Las cosas no ocurrieron como las cuento en el libro. Ya habría querido yo escaparme a los veinte años para irme a vivir a Estados Unidos. Pero me fui a los veinticinco, con beca paterna, y volví a los dos años como un cobarde.

—La mamá está convencida de que es la historia de tu familia. Ella te conoce de los tiempos de la universidad. Se llama Catalina Guzmán. Le dicen Tana.

La imagen de una mujer de caderas anchas, vestida con falda escocesa, blusa color crema y zapatos de taco bajo me vino a la memoria. Recordé su cabellera castaña, domada seguramente en agotadoras sesiones de alisamiento, y también recordé su amor por la disciplina, reflejado en el vestir severo y el hablar medido. Esa agresiva tensión no calzaba en nada con el apacible rostro de Selden; sin embargo, poco a poco, se me hicieron evidentes algunos calces en sus fisonomías. Quizás los más llamativos fueran la frente abombada y una mandíbula débil, que les conferían a ambos rostros una cierta redondez. Aun así, nadie hubiera dicho que esa mujer sin mayor gracia podía tener un hijo tan atractivo.

—Claro que la conozco. Simpática —mentí—. Era la mejor amiga de una polola que tuve. Estudiaban juntas en la Católica. Pedagogía en historia, ¿no? —se me vino a la mente el marido, su novio de entonces, un tipo de miembros gruesos, piel atezada y mejillas carnosas—. Y a tu padre también lo conocí. Alto, tenía el pelo crespo y oscuro, como tú. Fue compañero de un amigo mío en ingeniería comercial. Nunca lo vi bailar en una fiesta. Se apoyaba en una pared y no se movía de ahí en toda la noche.

—Ellos son mis papás —asintió orgulloso.

—No me imagino a tu madre leyendo uno de mis libros.

—Voy a leer el de tu historia familiar. Yo también vengo llegando de Estados Unidos.

Después de haberse recibido como arquitecto de la Católica, había estudiado un máster en diseño urbano de la Universidad de Illinois. ¿Me conmovía el dominio que desplegaba Selden sobre la situación o el recuerdo de quién era yo a su edad? Más bien se trataba de quién hubiera deseado ser en esa etapa de mi vida. Verlo tan a cargo de sí mismo hizo brotar ante mí la vulnerabilidad de esa época, cuando el deseo y el miedo polarizaban mis días.

—¿En serio? —exclamó, lanzando una mirada rápida a Camilo cuando le conté que había estudiado marketing en UCLA—. No sabía. Creí que habías estudiado literatura.

—Fui publicista durante un tiempo.

—Es uno de los fundadores de Zarabanda, la agencia de publicidad —acotó Camilo.

—La he oído nombrar. ¿Así que también decidiste volver?

—Bueno, hice lo que mis padres esperaban de mí. Era parte de un plan y debía cumplir con el papel que me habían asignado.

—Pero lo dices como si tu familia hubiera sido una mala influencia. Para mí, la razón más importante de volver fue estar cerca de los papás y de mi hermana.

—¿Saben que eres gay?

—Sí —respondió con un ligero constreñimiento en la voz y el primer temblor en su mirada, tal vez molesto con que me diera por enterado sin mediar una revelación de su parte.

—¿Y cómo lo tomaron?

—Bueno, en verdad les ha costado un esfuerzo enorme hacerse a la idea. Hablé con ellos hace poco —dirigió su mirada hacia las matas mustias del jardín recién plantado—. Pero mi familia es lo mejor —aclaró con un alzamiento de la cabeza, quizás consciente de su momentánea fragilidad.

—¿Qué edad tienes?

—Veintisiete.

—Se ve mayor, ¿no? —intervino Camilo, seguro que motivado por los siete años de edad que lo separaban de Selden.

—Bueno, ya se acostumbrarán a la idea.

—Son muy religiosos —dijo Selden, como si lo pensara para sí mismo.

—Tu mamá iba a reuniones del Opus Dei cuando la conocí.

—Es supernumeraria.

No era preciso conocer a sus padres, ni reparar en el modo de llamarlos —«la» mamá y «el» papá—, para deducir el origen social de Selden. Dentro de la naturalidad de sus gestos y la corrección de su lenguaje era posible espigar decenas de pequeños indicios de su pertenencia a la clase alta conservadora. La más llamativa, acaso, era la manera de entonar las frases, con los énfasis ligeramente fuera de lugar y un vibrante regodeo en los labios para dejar salir la última sílaba.

—No va a ser fácil, entonces.

Caí en la cuenta de que había pasado mucho tiempo desde la última vez que alguien me había llamado la atención. La pérdida del asombro es un rasgo inapelable de vejez. Cada persona joven que conocía terminaba por ser una variante de algún estereotipo que había identificado en el pasado. Ya había visto entre los hombres que me cruzaba en el camino al que busca ser original por método, al rebelde, al macho de maqueta, al payaso, al buen amigo, al expedito, al fiestero, al aplicado, al seductor, al esteta, al mitómano, al adicto y al esnob. También había conocido a los neuróticos enfermizos, a los compulsivos del orden y la limpieza, a unos pocos intelectuales de verdad y a los que buscaban en el conocimiento y el arte armas de ascenso social o defensa propia. Creía conocer los disfraces con que nos arropamos en nuestros primeros años de vida adulta para hacernos de un lugar que creemos definitivo, sin saber que es solo una estación de paso, un esbozo de identidad, una pantomima.

Seguí adelante con el interrogatorio con apenas disimulada fiereza. Hasta el momento, Selden no había conseguido un trabajo que le satisficiera y le posibilitara vivir por su cuenta. Continuaba bajo el mando de su madre, el carácter fuerte de la familia, mientras su padre era una ausencia en el discurso, como si nada importara su opinión. Selden colaboraba en algunos proyectos de una consultora llamada Urbanitas, un buen lugar según él para estudiar alternativas de trabajo y hacer contactos. Esperaba crear su propia empresa de asesorías.

—Mi principal cliente va a ser el Estado, pero ojalá no sea con un gobierno de la Concertación. El Ministerio de Vivienda y Urbanismo está capturado por la Democracia Cristiana. Ahí solo se pagan favores.

—Es difícil ser de derecha y ser gay sin caer en una contradicción vital.

—No veo por qué.

—Para la gente de la UDI somos unos pervertidos.

—Pero ya nadie les hace caso. La gente de mi edad es completamente abierta respecto al tema.

—Tus padres les hacen caso.

—Es peor todavía. Mis padres obedecen a la memoria de san Josemaría y al Papa.

—¿Y tú, además de derechista, vas a decirme que eres católico?

Fue la primera vez que lo vi reírse. Se rió con ganas, y lo agradable fue que en buena medida se reía de sí mismo.

—Sí, también soy católico y no creo que sea contradictorio con ser gay.

Con un sutil desvío de su mirada le pidió a Camilo que partieran.

—Me quedaría feliz conversando contigo, pero tengo que irme.

—Perdona, sí, tenemos que irnos —lo secundó Camilo—. Hablemos para vernos pronto.

—Todavía tengo el mismo teléfono y abrí una cuenta en facebook.

—¿En serio? —preguntó Selden, expandiendo el rostro por la sorpresa. En esos años era poco común que alguien de mi generación participara en las redes sociales—. Te voy a pedir amistad.

Cada uno me dio un apretón de manos y emprendieron rumbo hacia la salida. Esquivaron a la tía abuela de Selden, pero Camilo no se privó de despedirse con la mirada, alzando la mano en el aire, o con un beso al pasar, de los conocidos con que se cruzó en el camino.

En mi estado de ánimo se había extinguido cualquier asomo de desamparo, dando paso a una extraña sensación de júbilo. Tenía ganas de hablar y de tomar un trago. La alta marea interior me llevó hasta la reina social, la mentada tía Alicia, quien se hallaba a la caza de un nuevo oyente. La había visto en algunos lanzamientos de libros. Al parecer, los había incluido en la lista de eventos sociales a los que debía asistir. Llegó a confesarle a mi editora que consideraba imprescindible adornar su perfil público con «un aire literario». Tan solo verme, y no sin antes realizar un par de contorsiones faciales, me dijo en voz baja:

—Ten cuidado con mi sobrino nieto, mira que es un chiquillo inocente.

Dado el conocimiento público de mi homosexualidad, su advertencia dejaba en claro que ella estaba al tanto de la de Selden.

—Lo único que no podría decirse de él es que sea un muchacho desvalido.

—Es cierto —dijo mirándome embelesada, como si quisiera aquilatar esa impresión. El vuelo de su mente sobre quizás qué escenarios futuros duró unos segundos. Al recuperar las líneas más pragmáticas de su rostro, añadió—: Pero todavía le queda mucha vida por delante. No es necesario apurarlo.

—Los escritores nos dedicamos a observar, no nos interesa apurar a nadie.

—¿Y cómo te ha ido con la literatura? —preguntó, recuperando el tono declamatorio, de modo que su pequeña corte pudiera oírla—. Estupendamente, según he leído en los diarios.

—Al menos puedo escribir tranquilo.

—Claro que te han dicho antes que escribes bien, pero yo —remarcó, dejándose llevar por su amor a los pronombres— no te lo había dicho. Ustedes los escritores tienen la mala costumbre de creerse el non plus ultra. Tú no eres el mejor escritor del mundo, para qué estamos con cosas, pero me ayudas a llenar mis horas vacías —y dejó pasar un instante antes de exclamar alzando un dedo de protesta—: ¡No las soporto!

—No sabía que una persona como usted —usé el tratamiento formal con deliberación— tuviera horas vacías. Es más, no creí que usted leyera.

—¿Ven, ustedes? —dijo volteando la vista a uno y otro lado para interpelar a su auditorio—. Uno los elogia y ellos te contestan una in-so-lencia.

La modulación de esta palabra fue tan excesiva que no supe si completar la broma con una carcajada o pedir disculpas. En esos momentos se acercó el pintor a salvar la situación.

—Ah, Juan Carlos, tu amigo escritor es de lo más antipático —dijo ella con cariñosa superioridad mientras tomaba al pintor por la cintura—, pero tú, pero tú... —repitió, brindándose una pausa de suspenso— eres un artista asombroso. Mira —dijo con un gesto amplio de su brazo que flotó hacia el espacio abierto sobre las cabezas de la gente—, este lugar no sería más que un galpón si no fuera por tus obras.

2

Recibí la petición de amistad de Selden en face-book, acompañada de un mensaje. Unos minutos más tarde llegó la de Camilo, seguro que alertado de la nueva amistad entre Felipe y yo mediante una notificación del sistema. El mensaje de Selden decía:

> Notable conocerte ayer. Estoy esperando la comida de esta noche con los papás para contarles que estuve contigo. Van a estar felices.
> Un abrazo, Felipe

Aunque la referencia a sus padres me situara en un mundo de viejos, en mi respuesta quería transmitirle la impresión que me había causado:

> Para mí también fue un gusto conocerte. Me llamó la atención tu aplomo, no sé de qué otra manera llamarlo. Me pareciste centrado, sincero, con vinculación en la mirada. Ninguna de esas virtudes es fácil de alcanzar a tu edad, ni en toda una vida.
> Un abrazo, Tomás

Creí dar con la dosis de adulación necesaria para motivarlo a que me revelara sus juicios más personales del encuentro. Sin embargo, pasó la tarde y la noche sin que tuviera aviso de un nuevo mensaje. Fue Camilo quien me escribió a la mañana siguiente para preguntar-me si podía pasar por mi casa después del trabajo. De inmediato lo llamé por teléfono para invitarlo a comer.

Perdí el resto del día en nimiedades. No logré concentrarme en la novela que escribía; a cada rato ingresaba a facebook, a gmail, los sitios de noticias me distrajeron más seguido que de costumbre. Camilo llegó pasadas las ocho. Rechazó la copa de vino que le ofrecí y me pidió un whisky. Se notaba nervioso, ni siquiera detuvo la vista en mí al saludarme. Sus ojos se mantenían rígidamente abiertos aunque perdidos. Pasó al baño y volvió con el pelo mojado, como si hubiera intentado disciplinar el mechón que le cae sobre la frente. Esperó de pie a que le sirviera el whisky y luego bebió del vaso con una ansiedad ajena a su carácter. A diferencia de visitas anteriores, no alabó la vista abierta hacia la cordillera, que a esa hora había adquirido toda su profundidad, ni tampoco mencionó el gusto que le producía hallarse en mi madriguera colmada de libros. No traía puesta una chaqueta, llevaba la corbata descorrida y un ala de la camisa le asomaba por encima del pantalón. En otra persona no me habría extrañado la falta de prolijidad, pero Camilo era de los que se paraba un buen rato frente al espejo un par de veces al día. En el primer minuto pensé que tenía un problema grave en su oficina.

—No sé qué hacer con Felipe —dijo finalmente, mientras se paseaba delante de la mesa que ocupo como escritorio, entre las dos lámparas de pie alto y pantalla cónica que me sirven de custodios cuando escribo de noche.

La agradable vivacidad de Camilo se había teñido de desasosiego. Dejó su vaso sobre una mesita y se desmoronó en uno de los dos sofás de un cuerpo. Me senté en mi silla de escritura, simulando preocupación o, mejor dicho, disimulando el placer que me provocaba la perspectiva de una plática acerca de Selden. Desde mi lugar, Camilo se veía en un segundo plano de luz, más difuso que el que dominaba la mesa que tenía ante mí.

—Ayer me dio la impresión de que sabías perfectamente qué hacer con él —dije para alentarlo a hablar.

—Si supieras cómo son las cosas en realidad.

—Cuéntame.

—Lo conocí hace un mes en una fiesta.

—¿Qué fiesta?

Iniciábamos nuestro viejo rito.

—Una que organizan los jueves en la noche en el Cienfuegos. ¿Lo conoces? —negué con la cabeza e hice un gesto circular con la mano para pedir que me lo describiera—. Está en Bellavista. Es una casa antigua que da a la calle Constitución. En la parte delantera hay un restorán y atrás techaron un patio para montar un *lounge*, con sofás, pufs y una pista de baile al centro. Yo fui esa noche con Caco, a él sí lo conoces —volví a negar, con un dedo esta vez—, ese amigo mío, flaco, moreno, el que estudia diseño. Una vez te lo presenté, uno que habla mucho y usa jeans pitillos con camisas tropicales. Simpático, insidioso. Es tan típico de ti que no te fijes en las personas que no consideras interesantes. Él quería ir para encontrarse con un tipo que lo tenía caliente. A los de veintitantos les gusta ir a esas fiestas de los jueves. Son mezcladas, no sé, mitad gay, mitad straight. Me pasé la primera parte de la noche enterrado en un sofá sin que siquiera Amy Winehouse me espantara el aburrimiento. Caco iba de un lado a otro en busca de su presa, y cada vez que se acercaba yo le proponía que nos fuéramos. Pero no me prestaba atención, me pedía plata y traía dos tragos más. No me mires con esa cara. Aún es estudiante, no tiene un peso. Había demasiada gente, demasiado humo, yo no estaba de ánimo ni para bailar ni para hablar tonterías; en realidad no sé qué hacía ahí. Cuando uno está en estos lugares sin desearlo, te fijas en todo lo que en el caso contrario te pasa inadvertido. Se te hacen notorios los ladrillos irregulares de la pared, los cables inútiles, los tarros de luz, la suciedad, la alegría nerviosa de la gente.

»Vi a Felipe por primera vez en la pista de baile. Con la mano derecha sostenía un vaso apegado al cuerpo, a la altura del diafragma, supongo que para protegerlo de un eventual codazo de quienes bailaban junto a él. Miraba en dirección al Dj. Al principio me pareció tan... quieto, no sé, abstraído. Busqué algún movimiento que indicara que oía la música y se percataba de la agitación alrededor. Seguía el ritmo con la cabeza, como si apenas asintiera, y de vez en cuando se llevaba el vaso a la boca. Caco me sacó de mi contemplación para contarme que había visto a su «mino» —Camilo arqueó las cejas para dejar en claro que la palabra no era de su propiedad— y que iba a bailar con él. Cuando volví a mirar hacia la pista, Felipe había desaparecido. No habían pasado más de diez o veinte segundos. Había tenido la impresión de que él llevaba un buen rato ahí y que se iba a quedar mucho tiempo más. Lo busqué hasta donde pude ver en la oscuridad. No estaba por ninguna parte. Por un momento pensé que me lo había inventado. Era tan ajeno al contexto que bien podía tratarse de una aparición».

—Ayer tuve una impresión semejante, como si estuviera rodeado de silencio.

—Produce una especie de vacío que se traga la atención de uno y del resto, como un hoyo negro de calma. De tan solo verlo me puse inquieto, como si él volviera activa la ansiedad que tenía dormida en el cuerpo. Es de otro tiempo, tiene otro tiempo. Cuando estoy con él, la forma acelerada y neurótica que tengo de vivir me parece ridícula.

—¿Y cómo fue que se conocieron?

—En la pista no estaba, en el *lounge* tampoco. Fui al bar y después de regreso al fondo. Hasta que me acordé de que a partir de cierta hora dejan que la gente vaya a comprar sus tragos adelante, al bar del restorán. Ahí estaba, sentado en un taburete, con los codos sobre la barra y la vista puesta al frente.

—¿Miraba al barman?

—No, a una pared espejada, con repisas llenas de botellas de licor. Por lo sereno que se veía, seguro que miraba un punto fijo, pensando en cualquier cosa, tal como antes en la pista de baile. La disposición de la barra no me permitió ubicarme en un lugar donde él pudiera verme. Estaba encajada entre dos muros. No sabía si hablarle. Podía ser hetero, aunque tenía el presentimiento de que era gay. No por la facha, andaba vestido con jeans y polera como la mayoría, pero uno se da cuenta, ¿no es verdad? Se me ocurrió ir a buscar a Caco y preguntarle por él. Conoce a medio mundo. Lo encontré en otro sofá negro y grasoso, agarrando con su mino. Le tenía la mano a medio meter en el pantalón y la camisa casi entera abierta. No me importó interrumpirlo, me debía más de un favor. Me miró irritado cuando le hablé, pero se desprendió del abrazo y vinieron los dos conmigo. Les mostré a Felipe a cierta distancia. Nos quedamos observándolo hasta que Caco me pidió plata de nuevo y fue al bar. Se hizo espacio sin ninguna cortesía entre Felipe y un gordito que estaba sentado a su izquierda. Al pedir los tragos, lo miró sin el menor disimulo y le habló. Creí que me iba a morir de vergüenza. Por suerte no hizo la estupidez de darse vuelta, indicarme con el dedo y decirle: oye, mi amigo quiere conocerte. Volvió y me dijo que se llamaba Felipe no sé cuánto, así, textualmente, no sé cuánto, y que él era tan raro como su apellido. Quise saber por qué lo encontraba raro. Se burló de mí por no captar el doble sentido de la palabra: hello, ¿gay, raro? Aunque a él no le cabía duda de que Felipe era raro de verdad, bastaba mirarlo. Lo había visto antes, en una de las fiestas del fin de semana anterior. No había bailado con nadie y, al igual que esa noche, andaba «en otra». Caco y su amigo se perdieron pasillo adentro. Seguí espiando a Felipe. Tú sabes que a mí no me cuesta hablarle a alguien si me gusta, pero me sentía intimidado. Tan indiferente se mostraba a lo que sucedía alrededor, que no daba la impresión de buscar compañía. Pero no vas solo a una fiesta si no es para conocer a alguien. Esperé a que se desocupara un taburete a su lado y, sin armarme de ningún pretexto, me senté junto a él, lo saludé, hola, así nada más, y me miró con esos ojos dulces que tiene. Son dulces, ¿no? —asentí para responder a su plegaria—. Son preciosos, bueno, no siempre, en las mañanas los tiene... no sé, indignados, no... severos. El punto es que me examinó con la mirada por un instante y después me dijo hola, a medio soplar, ese soplo ronco, raspado en la garganta, que uno le suma a la voz cuando está en confianza, cuando despierta junto a un hombre del que está enamorado. Una coquetería descarada. Pese a ser tan compuesto es un coqueto de marca mayor, ¿no te pareció? —volví a asentir—. No miento si te digo que se me paró con las primeras cuatro frases y miradas que intercambiamos. Me dijo hola con calma, sonriendo, como si no hubiera nada de inusitado en que yo le hablara de improviso, como si fuera un augurio que se hace realidad.

»No me acuerdo bien de cómo siguió la conversación. A los pocos minutos ya habíamos dejado entrever que los dos éramos gays. Felipe se había enterado de la fiesta por facebook. Me aclaró que no conocía mucha gente en ese mundo, sin miedo a parecer despreciativo. Yo creo que está orgulloso de su política de no mezclarse con cualquiera. Me contó que le había resultado difícil conocer personas como yo, con las que se pudiera hablar, que tuvieran una profesión, que quisieran hacer algo de su vida. Lleva poco más de tres meses en Chile y su círculo está compuesto íntegramente por heterosexuales, tanto sus amigos del Colegio Cordillera como sus compañeros de arquitectura. Solo dejó de reprimir su homosexualidad cuando llegó a Estados Unidos. La primera noche que pasó en Chicago fue a una discoteca gay y se metió con el primer gringo que le gustó».

—¿Y te ha presentado a alguno de sus amigos?

—No —reconoció Camilo, indagando en mi mirada si era suficiente evidencia para darse por vencido. Se recuperó de inmediato de su desconcierto para añadir—: Según Felipe, sus amigos todavía no se acostumbran a la idea. Cuando llegó a Chile estuvo saliendo con un tipo, pero ya no lo ve, ni tampoco a quienes conoció a través de él.

—Daría para pensar que todavía sigue con un pie dentro del clóset, pero en la galería me dio otra impresión.

—Es un enredo que nadie entiende. Aunque me da lo mismo que sea un enredo, yo lo único que quiero es estar con él.

—¿Tanto así?

—Estoy enamorado, Tomás.

Su mirada se había detenido en mí y sus ojos se habían humedecido.

—¿No es algo pronto para estarlo? Nunca te había oído hablar en estos términos a menos de un mes de estar saliendo con alguien. ¿O es que tengo mala memoria?

—Tienes la mejor memoria del mundo, mejor que la mía, que es mucho decir.

Pasamos a comer. Bajo la luz escasa se insinuaban los lomos de los libros que habían proliferado en las paredes del comedor. Mientras Camilo se rendía a la urgencia de hablar de Selden, jugaba con los trozos de carne en el plato, sin intención de echárselos a la boca. Su voz había abandonado las resonancias bajas para adquirir un tono de alarma. Deseaba realizar una especie de balance de la relación, saber con cuánto capital amoroso contaba, cuáles eran sus posibilidades de conquistar a Selden. Y yo tenía el papel del contador que debía deducir de sus dichos el verdadero estado de sus arcas sentimentales.

—Tiene una hermana menor a la que quiere mucho, incluso esa noche me mostró una foto de su matrimonio en el celular, sí, tiene un iPhone que saca fotos, una mujer preciosa en verdad, de pelo moreno, largo, aunque yo creo que llevaba puestas extensiones, y con una sonrisa que te deja lelo. También vi una foto en que aparece él con sus papás. Nunca se va a quedar calvo, tanto la mamá como el papá tienen mucho pelo.

—¿Te las mostró en el bar?

—Sí.

—¿No te parece un acto demasiado íntimo para ser la primera vez que estaba contigo?

—Él es así. Crea intimidad como si vendiera pan amasado, sencillo, calientito, hogareño, y después, al rato, establece una distancia que no se puede salvar. Te acerca y te aleja. Esa noche, por la entonación de su voz al saludarme, por la libertad con que me habló de su vida, por la urgencia de mostrarse cercano, por las fotos y por cómo apegaba su hombro al mío, tuve la impresión de que deseaba conquistarme ahí mismo, tomarme de la mano, sacarme de ese restorán y no separarnos más. Y lo peor de todo es que lo logró. Caí rendido, varias veces pensé que había encontrado al hombre de mi vida.

»Como a las tres de la mañana, se acercó Caco para avisarme que se iba. Estaba borracho y daba explicaciones confusas. Me dio un beso sobreactuado para despedirse. Intentó hacer lo mismo con Felipe, pero él le puso una mano contra el pecho y no se dejó besar. ¡Córrete!, le dijo. Y Caco le soltó un «loca pesada» mientras partía. Los ojos de Felipe se endurecieron. Deja salir todo por los ojos, ¿no es cierto? —cada vez que buscaba mi aprobación crecía el círculo ansioso de su mirada—. Me contó que antes Caco había sido impertinente. Estaba molesto consigo mismo por haberle dado su nombre. Le expliqué la situación, pero no sirvió para hacerlo cambiar de idea. Lo consideró un tipo chillón, sin contorno, eso dijo, sin contorno, qué expresión tan de arquitecto, con poco control sobre sí mismo. Insistió en que no le gustaban las personas que se dejaban llevar, las que hacen y dicen lo primero que se les viene a la cabeza. Trato de no olvidarme de eso. Cuando estoy con él, me tira una fuerza que no sé de dónde nace, una impetuosidad que no reconozco, y me da miedo que crea que soy una persona sin contorno».

Levantó la mirada del plato y de nuevo la vida se le escapaba por los ojos. Pobre hombre, pensé, no está enamorado, está enfermo.

—¿Y se le quitó el enojo? ¿O es muy estricto? Estar con alguien así no debe de ser fácil.

—No es arbitrario. A Caco se le pasó la mano esa noche. Basta que un hombre le preste atención para que se vuelva un descarado. O está deprimido o se cree dueño del mundo, así se pasa la vida. Le expliqué lo mismo a Felipe y se rió. Dijo conocer a tipos de esa clase. Le despertaba compasión su inseguridad, pero los prefería lejos de él. A esas alturas sus ojos se habían aplacado y volvió a apoyar su hombro contra el mío. Te juro que pensé que nos íbamos a pegar el polvo de la vida.

—¿Y no se lo pegaron? —mi tono de voz trasuntó más sorpresa de la apropiada.

—Lo invité a tomarse un trago a mi departamento. Mientras manejaba por la Costanera Norte hacia arriba, con él siguiéndome en el auto de su mamá, puse la música a todo volumen, canté a voz en cuello, iba camino al paraíso. En realidad, mi delirio era más grave. Me decía a mí mismo: con este me caso.

»Felipe celebró el departamento con un entusiasmo que solo podía explicar la calentura. Le gustó que el edificio fuera antiguo y tuviera techos altos. Cada vez que pasaba por Gertrudis Echenique se fijaba en él. Le fascinaba que algunas de las ventanas miraran a un patio interior, un *courtyard*, así lo llamó, pero no se había imaginado que los departamentos fueran tan grandes. Recorrimos cada pieza y por supuesto que en mi dormitorio me pegué a él por la espalda y le di un beso en el cuello. Su reacción fue desprenderse de mi abrazo y pedirme que no me apurara. Creí que lo hacía por el gusto de darse el espacio para gozar cada momento. No sé, estoy tan involucrado que hasta cuando me rechaza le veo el lado bueno. Nos sentamos en el sofá del living y seguimos hablando. Al rato me preguntó si podía entrar en el computador para poner música. Se sentó al escritorio que tengo contra la ventana que da al norte, ¿sabes de cuál te hablo, esa de dos hojas con palillaje? Se apropió de mi notebook con una facilidad envidiable. En segundos entró a un sitio donde podía programar música online. Eligió un álbum de un grupo inglés que ahora sé que se llama Hot Chip. Se puso de pie y lo vi estremecerse con el primer acorde. Era una canción nostálgica. Me miró como si buscara armonizar su nuevo estado de ánimo con el mío. Luego bajó la vista y se puso a bailar. Vi su silueta cimbrarse contra la luz pálida de la ciudad, se movía con ritmo, contenidamente, como si solo hiciera el bosquejo del baile. Había algo de niño en sus movimientos, una ternura animal. Bailó esa canción, nada más. Después vino a sentarse a mi lado y me tomó de la mano».

Camilo calló, como si repasara las imágenes una y otra vez, adorándolas.

—Tiene las manos grandes, ¿te has fijado? Con los dedos anchos. No te voy a decir nada más. No seas morboso. El asunto es que no me contuve, me senté a horcajadas sobre él y le di un beso. Me lo correspondió con fuerza, con calentura. Íbamos a terminar en la cama. Pero no. ¡No! —exclamó Camilo, alzando las manos en

protesta—. Cuando intenté arrancarlo del sofá para lle-
vármelo al dormitorio, negó con la cabeza y me pidió que
nos quedáramos ahí.

—Al parecer, su estrategia dio resultado.

—Si era una estrategia, es inhumana. Casi me ma-
tó esa noche y ahora me tiene así, medio muerto, sin aire,
no puede ser que nos prive del goce. ¡Es la mejor parte de
un romance! Es ahora o nunca. Le escribí para que nos
volviéramos a ver. Se demoró una semana en responder-
me. ¡Qué desesperación! Finalmente aceptó venir a comer
a mi casa. Al principio actuó como si estuviera con un
amigo cualquiera, me contó de su novio gringo, Toby, al
que dice querer mucho todavía, de su proyecto en Urbanitas y, cómo no, de su familia. Aunque se veía tan plácido-
do como la primera noche, pensé que estaba rellenando,
preocupado por lo que pudiera pasar, así que de nuevo
me acerqué a darle un beso. Corrió la cara y me pidió
perdón por haberse dejado llevar después de la fiesta. Había tomado mucho y él no acostumbraba a besar a nadie
sin estar seguro de lo que sentía.

Más tarde se habían besado. Ante la pregunta
obligada acerca de qué lo había hecho cambiar de opinión, Selden confesó que no sabía, había sentido que su
mente y su cuerpo se habían puesto de acuerdo. Esta vez
sí terminaron en la cama. Lo curioso es que hicieron muy
poco de lo que tenían por hacer. Antes de despedirse se
comprometieron a almorzar juntos al día siguiente. A
Camilo le bastó percibir la apatía con que Selden se acercó a la mesa para comprender que la intimidad se había
esfumado. Felipe le advirtió que tenía que irse pronto,
hablaba lo justo, su mirada se había vuelto hosca y su
actitud protocolar. Camilo dio manotazos de náufrago,
buscando asirse a ese otro hombre con quien había estado la noche anterior. Pero nada surtió efecto. Selden cruzaba delante de él como un barco imperturbable. Ni por

brillantes que fueran sus ideas ni elaborados sus argumentos, pudo aferrarse al hierro resbaloso de su expresión.

Este ir y venir duraba ya casi un mes. Se había hecho costumbre que cuando salían se metieran a la cama, pero Selden aún no se resolvía a pasar de las masturbaciones mutuas y apenas terminaban le bajaba apuro por irse. Mientras se vestía, su trato se enfriaba, y en su beso de despedida había más renuencia que contento, ni qué decir amor.

—En el auto, a la salida de la galería, no hubo forma de convencerlo de que nos fuéramos a mi casa. Hasta se enojó porque yo insistía demasiado. Me habló de sus muchos compromisos durante esta semana y de que necesitaba tiempo para terminar el proyecto. Hoy temprano le escribí un mail y hasta ahora no he recibido ni una palabra de respuesta.

—¿No será que todavía se siente culpable de ser gay?

—Dice que no tiene ningún problema con su sexualidad, solo que no le gusta involucrarse con nadie si no está seguro de sus sentimientos. Y me cuenta una y otra vez lo maravillosa que era la vida sexual con su ex.

—Bueno, puede que estemos frente a un histérico consumado.

—Puede ser. ¿Cómo lo encontraste tú?

—No te va a servir de ayuda lo que yo pueda opinar.

—Dime lo que piensas.

—Lo encontré un hombre inteligente, franco, seguro, atractivo —me reí para que sonara a broma.

—Claro que lo es. Pero yo lo vi primero.

—Ya sabes que no me gustan los jovencitos. Demasiado entusiasmo y poca retribución. Pueden matarme de curiosidad, pero no de calentura. ¿Qué opinó él de mí?

—Creía que eras más divo.

—El divo es él.

—Lo sería si fuera veleidoso. Pero no es de evasivas ni de indecisiones tontas.

—Lo defiendes precisamente de aquello que lo acusas. Como las mujeres que se quejan de sus maridos, pero vaya uno a criticarlos.

—No seas así. Felipe no miente. Cuando lo invito a salir y no acepta es porque tiene razones atendibles. Casi siempre es culpa de una comida familiar o de una reunión con amigos. Se junta con sus compañeros del colegio cada martes, ¿puedes creerlo? A los míos apenas los tolero en una única dosis anual. Está claro que tiene más compromisos de los que puede manejar. O mejor dicho, se siente comprometido más allá de lo necesario. La familia y los amigos para él son sagrados.

—¿Qué más podría desear que estar contigo? No hay nadie en esta ciudad que se te equipare. Y lo digo en serio.

—Mis credenciales parecieran tenerlo sin cuidado. Yo creo que está convencido de que puede encontrar a alguien mejor.

—Ah, pero ese es el problema de la juventud, creer que el mundo está lleno de oportunidades ocultas, y es particularmente grave en las personas que recién asumen su homosexualidad.

—Me ha dicho que quiere tener tiempo para conocer el mundo, esa es la expresión que usa, conocer el mundo —dijo Camilo, ahuecando la garganta para enfundar su voz de un tono burlonamente trascendente—, pero no en el sentido de viajar, sino en uno más amplio. El punto es que me va a volver loco. Yo no soy de los que busca comprometerse ni que va detrás de nadie. Pero a él quiero atraparlo, quiero que sea mío.

—Bueno, tú lo has dicho, te enamoraste.

—Cuando es cariñoso y cercano podría jurar que está tan enamorado de mí como yo... —uno de los irritantes pitidos que emiten los celulares para notificar la recepción de un mensaje interrumpió a Camilo. Sacó el teléfono del bolsillo y con dedos diestros desplegó el mensaje ante sus ojos. Levantó la vista y en su rostro se había operado un cambio.

—Es Felipe.

—¿Y qué dice?

—¿Qué tal, enano?

—¿Te llama enano?

—Cuando me quiere. Cuando no, me dice Camilo, y cuando me odia, compadre.

Una sonrisa plena le había devuelto la tersura a sus facciones. Su bienestar se expandió por el comedor. Yo mismo me reí de contento. Mi exultante amigo respondió que lo llamaría en un par minutos y, poniéndose de pie sin más ceremonia, se disculpó conmigo por tener que irse de manera intempestiva.

3

Desde los tiempos en que se casaron uno por uno mis amigos de la universidad, me desagrada asistir a matrimonios. Me hostigó el rito relamido, también la exclusión. Fui el único de mi grupo que no concluyó su juventud arrodillado bajo la mano sacramental de un sacerdote. Un primo con quien fuimos cercanos durante la niñez, y que no había visto en nueve años, se empeñó en que asistiera al casamiento de su hija. Llegó a decir que ella me tenía un cariño especial y se enorgullecía de ser mi sobrina. Ya venía siendo hora de que me dejara ver por mis parientes. No aceptaría ninguna excusa. Ante tales argumentos, me vi obligado a rescatar mi traje azul de su abandono y prepararme para envenenar mi humor con una fuerte dosis de sociabilidad y mal gusto.

La familia materna de mi primo, no aquella que nos hace compartir apellidos, tiene como uno de sus orgullos la conservación de la casona y la capilla rectora de una hacienda colonial, en manos de su parentela desde hace un siglo. Ahí tendría lugar la misa y luego la recepción, en las afueras del poblado de Calle Larga, a setenta kilómetros de Santiago.

Desde el momento en que acepté la invitación, me prometí ahorrarme el calvario de la ceremonia religiosa. Llegué una hora y media tarde. Pero mi atraso no fue suficiente. Un gran número de fieles se agolpaba a las puertas de la capilla de techo de madera y paredes de adobe. A tres o cuatro cuerpos del lugar donde me acomodé, una mujer con una túnica strapless de un azul encendido, que le apretaba más de lo necesario sobre el busto, no dejaba de moverse, ya fuera para escudriñar hacia los lados o hacia atrás, o buscar un espacio entre los cuerpos que se alzaban delante de ella. No faltaban los hombres que de vez en cuando se ponían en puntillas y alargaban el cuello para ver lo que sucedía en el altar, ni tampoco los jóvenes que se tentaban de la risa unos con otros. Fue el movimiento alrededor el que delató la presencia de Selden. La mayoría de los que estábamos en el pórtico dejábamos escapar la intranquilidad propia de quien está de pie durante un largo rato, un contagio que se transmite como una onda de cuerpo en cuerpo, cada uno buscando periódicamente un nuevo acomodo. Solo Selden irradiaba una calma estatuaria, sin perder vitalidad. Ni siquiera la agitación de la mujer de azul eléctrico, ubicada junto a él, lo perturbaba. Miré por segunda vez y comprendí que era su madre. Detrás de ambos se hallaba el padre, tan apacible como su hijo, pero ni su mente ni su espíritu estaban ahí. Cuánto habían cambiado ella y su marido. Tana conservaba la misma mata de pelo hirsuta, pero al estar teñida de un tono demasiado claro se veía seca y marchita. En sus ojos ya no refulgía la virginal severidad del pasado, sino que primaba la inquietud merodeadora de una comadreja. El mayor deterioro, sin embargo, lo había sufrido su torso grácil, abultado con la edad hasta perder la forma. En cuanto al padre, su pelambrera se había vuelto completamente blanca, su piel, cetrina, y las carnosidades de su rostro estaban a punto de colgar como los belfos de un sabueso. Para ser justos, quizás no tuvieran esa apariencia animalesca con que los recuerdo hoy, sino que la imagen esté impregnada del desprecio que he llegado a sentir hacia ellos.

Después de presenciar el paseo de los novios y los padrinos en dirección a la casona, los invitados avanzamos con lentitud hacia los jardines donde se alzaba una gran carpa blanca para la recepción. Gracias a su mayor estatura, pude distinguir a Selden en medio de un grupo de jóvenes de su edad. No hablaba con nadie ni intercambiaba sonrisas o miradas con sus amigos. Viuda desde hacía un año, una de mis primas se acercó para tomarme del brazo y caminar junto a mí. Con esmero y sin respiro me puso al tanto de una serie de acontecimientos familiares. Al parecer, el chal negro con que disimulaba la redondez de sus hombros constituía su prenda más preciada, porque en ningún momento dejó de ajustárselo con pequeños toques. Según el plan expuesto a la entrada, nos correspondió la mesa número 54, de un total de sesenta, una mesa cuadrada para ocho personas. La ocupamos mi prima, yo, junto a tres primos religiosamente heterosexuales y sus parejas. El hecho de que el recuerdo de nuestros padres ya muertos y una niñez en común nos unieran, no conseguía iluminar la perspectiva de la noche. Repasaríamos las vidas de cada uno sin ningún humor, para después de unas cuantas copas de vino permitirnos algunos comentarios insidiosos sobre nuestros parientes, en particular mis hermanos.

Con la llegada de los postres al extenso bufé, pude zafarme de su compañía. Pronto se oyeron las primeras notas del vals. Me acerqué al ruedo con el fin de ser visto por mi primo, su mujer y su hija, y así sentirme en libertad de partir. Los troncos de cuatro antiguas palmas chilenas servían de marco a la pista de baile. Bajaban desde el cielo de la carpa como si un gigantesco paquidermo hubiera quedado atrapado en ella. Primero bailaron los novios, apegados el uno al otro, sin grandes giros ni aspavientos, sus narices a punto de toparse. Después se acercaron la madre de él y el padre de ella. Mi primo mostró tal entusiasmo que, de un tirón de su brazo extendido, estuvo a punto de hacer que su hija perdiera el equilibrio.

—Si van a bailar el vals, al menos deberían ensayar —dijo Selden desde atrás, tomándome por sorpresa.

Me bastó girarme hacia él para que la misma fruición con que había gozado de la decadencia de sus padres
se volviera en mi contra. No me atormentaba en ese momento ni la panza ni las arrugas, sino la incipiente calvi-
cie de mi coronilla, apenas disimulada por el pelo entre-
cano. Junto a Selden, yo no era más que un viejo petizo,
guatón y tonsurado. El único beneficio que me brindó el
castigo de la vejez fue una sana independencia respecto a
él. Su poderoso influjo sexual me resultó, si no indiferente, ajeno e inalcanzable.

—Mi primo la va a descuartizar en el próximo
giro.

—Ahora entiendo por qué estás aquí. El novio es
mi mejor amigo del colegio.

—Tan amigos como para invitar a tus padres.

—¿Los viste? La mamá le ha dicho a quien la
quiera oír que ella es la segunda madre del novio. Me da
un poco de vergüenza. Oye, tu sobrina es muy simpática,
hemos salido a carretear juntos y tiene más pilas que nadie. ¡Aaah! —exclamó al acudir el recuerdo a su mente—, me habló de ti cuando les conté que era gay. Ha
sido muy cariñosa y hace lo posible para que las cosas con
mi amigo sigan igual que antes.

Sentí la mirada de la madre de Selden sobre mí,
proveniente del lado opuesto del ruedo. Su rostro se había desdoblado en una sonrisa abierta hacia los que bailaban y un examen inquisitorial hacia nosotros.

—¿No te importa que te vean hablando conmigo?

—¿Cómo?

—No vamos a decir que estamos en territorio
aliado.

—Qué raro pensar así. Todos te ven como a un
escritor, no como un hombre gay. Al contrario, que ha-
ble contigo puede causarles curiosidad o incluso envidia.

—Tengo la impresión de que a tu madre no.

Selden levantó la vista y dio con ella rápidamente. Tana había apartado la mirada y ahora la dirigía al novio con cinismo maternal.

—Ella no es tonta.

—¿Qué quieres decir?

—No es de prejuicios burdos. Prefiere que esté hablando contigo en este matrimonio a que me vaya una noche de fiesta Dios sabe dónde.

—Verte a mi lado no debe de gustarle nada. A quienes saben que eres gay, se lo estás recordando. Y quienes no lo saben, ahora pueden dar por cierto cualquier rumor que hayan oído.

—Todos en esta fiesta saben que soy gay. Ha sido el tema preferido en las casas de mis amigos y mis primos. Todos mis compañeros de Círculo están aquí, partiendo por el novio.

—¿Círculo?

Rió al verme turbado.

—Se me olvida que este es un mundo extraño para ti. Es una comunidad del Opus Dei, la misma en la que participo desde los doce años.

—¿Y no tratan de salvarte del infierno?

—Son mis amigos —argumentó, como si me pidiera ser indulgente.

—¿Y de qué hablan cuando se reúnen?

—Nos enseñan algo de doctrina, leemos un pasaje de los evangelios y después lo aplicamos a nuestras vidas.

—Entonces, tú hablas de tu homosexualidad.

—Pero, Tomás, ¡qué obsesión!

—Tu vida es la de un hombre homosexual, supongo.

—No hay ninguna necesidad de decirlo a cada rato. Ellos saben que soy gay, con eso basta. Si hablamos de amor, de familia, yo me lo imagino con un hombre, esa es toda la diferencia.

—¿Ellos creen que tú puedes tener una relación de amor plena con un hombre?, ¿una familia?

—No les he preguntado y han sido muy respetuosos al no hacer ninguna diferencia conmigo. Para mí es una forma de seguir viéndolos.

—En el fondo te tratan como si fueras heterosexual. Qué majaderos.

—El majadero eres tú —dijo pacíficamente.

Creí que mis preguntas lo amedrentarían de algún modo, que levantaría la cabeza en busca de miradas maliciosas, que pensaría dos veces cuán honestas eran las intenciones de sus compañeros de Círculo. Sin embargo, continuó con la charla sin alterarse y derivamos hacia su tía Alicia. Le había ofrecido proyectar y supervisar la construcción de una nueva ala para su casa de Los Dominicos. A Selden le costaba trabajo comprender para qué quería más espacio una mujer sola que ya tenía una casa de cuatrocientos cincuenta metros cuadrados. Alicia Mendieta había enviudado a los quince años de casada y pese al gran número de pretendientes que le trajo su fortuna, su popularidad y su pequeña y bien formada figura, nunca volvió a casarse. Su deseo era construir una galería y una biblioteca. Desde hacía años coleccionaba pintura chilena, tenía la mayor parte de los cuadros en una bodega y el resto cubría las paredes de su casa. En la biblioteca alojaría la colección de libros de historia natural y geografía, heredada de su padre, junto a la de libros de arte y arquitectura que ella había reunido. Y agregaría a los volúmenes ya existentes una colección literaria. Lo sorprendente fue que Selden me pidiera consejo. Se mostró defraudado cuando le dije que yo no era la persona adecuada. Escapaban a mi compresión los sistemas clasificatorios, no tenía mayor idea de las cualidades de las distintas ediciones ni menos de encuadernaciones y otros saberes propios de bibliófilos. Tampoco me arriesgaría a

sugerirles una lista de los mil libros fundamentales de la
cultura universal. No era ningún erudito. Selden me aseguró que su tía no buscaba hacerse de una colección de
valor, sino ilusionarse con que estaría «completa». La
obra ocuparía quinientos metros cuadrados, ciento cincuenta de los cuales corresponderían a la biblioteca de
cinco metros de altura, posibilitando la construcción de
corredores abalconados para alcanzar los libros en la parte alta de las estanterías. No pude callarme mis objecio-
nes. ¿No le parecía que someterse a los caprichos de una
señora mayor que no sabía qué hacer con su tiempo y su
dinero, podía quitarle ímpetu para buscar un trabajo re-
levante en su área? Su respuesta tuvo un dejo de arrogancia. Él no quería convertirse en un diseñador de casas
para ricos, por supuesto que no, esa era la razón de haber
estudiado diseño urbano. Deseaba que su trabajo impli-
cara un beneficio para una gran cantidad de gente, no
para unos cuantos privilegiados —dijo esto con un ademán circular de su brazo que incluyó a todos los que
asistíamos a la fiesta—. Pero este proyecto tenía la gracia
de no ser la «típica» casa de rico, podría hacerlo con total
libertad de presupuesto y le permitiría independizarse de
sus padres.

El interés de seguirle la pista a Selden pudo más
que mis resquemores y mi ignorancia respecto del fun-
cionamiento de una biblioteca. Accedí a reunirme con él
y su tía Alicia. Selden estudiaría el tema, pero no dudaba
que yo podría darle más de alguna idea útil.

De pronto me encontré pensando que Selden
contaba con la mayoría de las ventajas que un joven puede reunir: la de nacimiento, en primer lugar, con la riqueza y los contactos trayendo a sus pies encargos como
el de su tía Alicia; la de una educación en uno de los
mejores colegios y una de las universidades más presti-
giosas; la de ser hombre, y hasta la de su apariencia y sus

modales. La suma le confería una superioridad que nada tenía que ver aún con su talento ni con su esfuerzo. La única desventaja que debía afrontar era ser gay. Sin duda que tendría que pagar un precio por ello, pero que se reduciría a unas pocas monedas de cambio si se comparaba con sus privilegios. Selden podía imaginar su futuro con libertad y sentirse seguro de la munificencia de la vida, sin necesidad de doblegarse ante los prejuicios de nadie.

—¿Has visto a Camilo? —fue la pregunta que hice a continuación.

—Sí, el martes pasado. Nos topamos en Industria Cultural.

Además de cierta incomodidad, el tono de voz transmitía su intención de quitarle peso a la noticia, de negar la existencia de una relación afectiva.

—¿Existe en Chile un lugar que se llama Industria Cultural? ¿Qué fabrican ahí?

—No fabrican nada —rió—. Son unos galpones donde se hacen fiestas y recitales. Antes fueron los almacenes de una productora de sal.

—¿Y cómo van las cosas?

Soltó un resoplido y su sonrisa destelló por un instante. En un principio yo había percibido su sonrisa como un atributo inmutable, esgrimida como un arma de doble filo, afabilidad de un lado y distancia del otro, pero ahora me daba cuenta de que la usaba de manera expresiva. Las alternaciones en su forma o su contorno guardaban intencionalidad. En ese momento me decía que, ante mi insistencia, se allanaba a hablar acerca de Camilo.

—Ha sido adorable conmigo.

—Es un buen partido —dije como si sometiera ese juicio al estudio de ambos. Quería darle a entender que no me contrariaba que se resistiera a los encantos de Camilo.

—Solo llevo cuatro meses aquí, quiero conocer a más gente, no sé, conocer el mundo —recordé a Camilo imitándolo— antes de involucrarme en una relación seria. ¿Te parece soberbio de mi parte?

—Depende de lo que busques. Los que llevamos aquí un tiempo largo sabemos que Camilo es un hombre valioso, un tipo equilibrado tanto en sus rasgos de carácter como en sus talentos, pero tú no tienes que pensar igual que la mayoría. Aunque fuera el rey de Persia, primero estás tú y lo que quieres para ti.

Selden se encerró en sus pensamientos por un instante.

—Lo mejor que me podría pasar sería enamorarme de él —dijo enseguida—. Camilo me dice que nunca antes había sentido algo así —en su mirada, por lo demás apacible, había brotado un destello de ansiedad—. No quisiera sentirme culpable. Le he pedido que sigamos saliendo, que vayamos de a poco. No quiero comprometerme. No quiero recibir esa presión de su parte.

—Estos argumentos no te vendrían a la cabeza si estuvieras enamorado.

—Yo soy diferente, no tengo un espíritu romántico, no soy bueno en el juego de la seducción... Necesito tiempo para acostumbrarme a las personas. Se lo he dicho a Camilo. He intentado dejarme llevar por su entusiasmo, pero hay algo que me frena, no sé bien qué es.

Me pregunté a qué edad nos volvemos menesterosos de los minutos y los días. Para Selden, el tiempo que le restaba de vida era infinito. Confiaba en su estrella. Debió de notar mi momentánea distracción, porque me hizo una pregunta que no esperaba. ¿Cómo había sido mi primer amor adulto con un hombre? Ante mí se presentó el rostro de Daniel, con la sonrisa inmensa y la alegría como un mandamiento. Selden quiso saber cuáles habían sido las circunstancias, cómo había comprendido que estaba enamorado. Pronto me salí de la descripción del romance para dejarle en claro que los tiempos habían cambiado. Él tenía el campo abierto para elegir, a diferencia de la época sombría en la que vivíamos cuando conocí a Daniel. Selden podía escoger a plena luz, tener clara conciencia de su lugar en el mundo, mientras que yo me comprometí hasta cierto punto a ciegas, sin saber dónde me encontraba. Elegí por instinto de supervivencia, como quien recoge un alimento desconocido cuando huye a través del bosque, avanzando a tientas para ocultarme de una sociedad que se guardaba la luz para sí y que me perseguía desde incluso antes de saber que yo era gay. Tuve que decidir rodeado de penumbras, en una acción que, de relatársela a un hombre que contaba con todo el tiempo y el espacio, sonaría desesperada.

Selden se quedó observándome con expresión grave hasta que compuso un gesto cariñoso, una sonrisa que apartaba como un par de brazos fuertes las telas ominosas que había desplegado ante él.

—¿Vamos a comer postre?

El baile había alcanzado su apogeo. En nuestro avance por la suave pendiente hasta el bufé, Selden tomó la delantera gracias al largo de sus zancadas. Poco antes de llegar, una mujer se cruzó en su camino.

—¡Vamos a bailar! —exclamó, tomando a Selden de un brazo con las dos manos. La mujer tenía un embarazo de pocos meses.

—¿Conoces a Tomás Vergara? —le preguntó Felipe, y luego se dirigió hacia mí para decir—: Es mi hermana.

—Vamos, me gusta esta canción —insistió ella, como si no lo hubiera oído. Como si no me hubiera visto.

—Íbamos a comer postre...

La mujer tiró de su brazo y él se dejó llevar. Mientras se alejaban, Selden se volvió hacia mí para disculparse con un encogimiento de hombros.

Recorrí concienzudamente esa especie de micro-
ciudad que formaban los postres ubicados en plataformas
de distintas alturas. La tozudez y la indiferencia de la
hermana de Selden me ardían en la mente como un ras-
millón. Me decidí por una untuosa torta de chocolate.
Preferí comérmela de pie, ahí mismo, antes que regresar
a la mesa de mis primos. Tal vez me encontrara con algún conocido, tal vez Selden dejara de bailar.

Pasaron diez minutos sin que nadie se acercara.
Era hora de irme. Me deshice del plato que me había
hecho compañía y emprendí rumbo al auto. Mientras
cruzaba frente a una zona de mesas donde se había rezagado la gente mayor, una mujer se levantó de su silla y se
puso a caminar a mi lado, en paralelo, al mismo ritmo
que yo.

—Tana —dije al reconocerla.

Giró su cabeza hacia mí y me encontré con una
mirada colérica en medio de sus marcas de expresión. Al
nivel de lo que alguna vez fue su cintura, incrustaba las
uñas de ambas manos en una cartera diminuta. Su respuesta a mi saludo fue alzar las cejas y echar la cabeza hacia
atrás, como si yo le hubiera dicho una impertinencia.

—Deja en paz a mi hijo —gruñó.

Un segundo después había dejado de mirarme y
su camino divergía del mío.

Sus palabras se demoraron un par de pasos en pa-
ralizarme. Nunca nadie me había increpado por el simple
hecho de hablar con su hijo.

—Tomás, perdona —era Selden que venía hacia mí.

—Y tú, ¿dónde estabas?

—Con mi hermana. Vi que la mamá te siguió.
Tenías razón, está hecha una furia porque me vio hablando contigo.

—No sigas enojándola. Es peligrosa.

—Es su problema, no el mío.

—Lo siento, Felipe, pero el que tiene que deshacerse del problema eres tú.

Le hice una seña con la mano y salí de ahí, aún más molesto de lo que había llegado.

4

En el teléfono, Camilo se oía tan ansioso como la última vez, pero ahora con un manifiesto eco de exultación. Me invitaba a almorzar para contarme de Selden. Mi interés por el personaje se había resentido con el ataque de su madre en el matrimonio, así es que preferí negarme y seguir con mi trabajo. Era un día caluroso, ese inexorable día de diciembre en que el verano por fin se impone. Pero Camilo no se dio por vencido. Insistió en que nos viéramos, tenía novedades que me iban a interesar. No debía preocuparme de nada, él enviaría un radiotaxi con aire acondicionado a recogerme. Nos reunimos en un restorán cercano a su oficina, una pizzería bulliciosa del barrio El Golf. Una mujer de rasgos angulosos y crespos asimétricos recibió a Camilo con toda clase de mimos. El calor no le había robado a mi amigo ni una pizca de compostura, mientras que yo traía la camisa manchada de sudor. El tímido aire acondicionado del taxi no había servido de ayuda. Recibí un sonoro beso de la dueña. Con trazas de su lengua materna en la pronunciación, aseguró que había leído uno de mis libros. No recordaba cuál, pero lo había encontrado «mañífico». Mayor simpatía sentí aún por ella al comprobar que, en el comedor, las aspas de una cuadrilla de ventiladores de cielo arrojaban un aire refrescante a la cara.

Le conté a Camilo de la agresión que había sufrido. Ya había oído el relato de labios de Selden, pero quiso escuchar mi versión. Exageré un poco las tintas para mantenerlo interesado, sin ningún éxito. Espiaba sin disimulo a los comensales de las mesas vecinas, jugaba con un tenedor, se distraía cuando un mozo pasaba a nuestro lado o levantaba la vista cada vez que un nuevo cliente cruzaba la puerta. Llegado un punto, me interrumpió. ¿Sabía yo que, para ese matrimonio, era la primera vez que los padres de Felipe aceptaban una invitación, desde que les había contado que era gay? La reacción de la madre no lo sorprendía. Felipe le confiaba gran parte de su intimidad, incluso Camilo lo había oído afirmar que ella era su mejor amiga. Estaba convencido de que esa mujer había contaminado la mente de Selden con sus recelos. Seguro que no le gustaba que fuera mayor y que no proviniera de una familia «bien». Seguro que no quería que su hijito adorado se enamorara todavía. No pude callarme la observación de que su mayor problema debía de ser que Camilo era un hombre y no una mujer. Se rió aceptando el argumento y me pidió que le repitiera palabra por palabra mi diálogo con Selden acerca de él. Escuchó las partes menos halagüeñas de mi informe con una suerte de invulnerabilidad, una disposición que revelaba interés en la anécdota, pero que descartaba que hubiera algo en juego.

—Bueno, déjame contarte —me interrumpió—. Por fin Felipe entregó el proyecto en que estaba trabajando. Lo terminó el lunes. Para celebrar, lo llevé a comer al Europeo, carísimo, sí, pero es por lejos el mejor restorán de Santiago. Él no podía más de contento, por primera vez entregaba un proyecto como profesional. Nos tomamos dos botellas de champán. Estaba como en sus mejores días. Cariñoso, divertido, atento. Partíamos en un tema y derivábamos en otro, sin nunca terminar ninguno. A él le gusta contar historias, al igual que a ti. Es un buen conversador. Tuve la impresión de que podíamos pasarnos la vida hablando. Incluso me tomó la mano por sobre la mesa, sin importarle quién pudiera vernos. Hasta un mozo que conozco hace años, uno flaco, con la nariz ganchuda, afeminado a más no poder, ¿lo has visto?, ¿no has ido nunca al Europeo? Tienes que ir. Yo voy a invitarte. Bueno, el mismo mozo que me atiende cuando voy con clientes de la oficina nos vio tomados de la mano. Y como no puede guardarse nada para sí mismo, mientras pasaba con un montón de platos sucios en los brazos y con una expresión muy seria, nos cerró un ojo. Nos reímos mucho. Cuando llegamos al departamento, Felipe me llevó al dormitorio —hizo una pausa para asomarse dentro de su recuerdo, se veía trastabillando al moverse juntos en un abrazo, o cayendo con todo el peso de ambos sobre la cama, o quizás viera a Selden besándolo en el pecho—. Estoy vuelto loco, Tomás. Vieras cómo me miraba, cómo me tocaba. Después se durmió abrazado a mí. Yo no pude cerrar los ojos en toda la noche. Quise mirarlo para siempre, no podía creer que lo tuviera conmigo, así, entregado por completo. Tiene la piel muy blanca, y los vellos del cuerpo son más claros que su pelo —había verdadera emoción en su mirada y en su voz—. Ya, no te cuento nada más —dijo replegándose—, porque te contaría todo. Es una maravilla. Se fue a las siete de la mañana.

Deduje que por primera vez habían tenido una relación sexual plena. Al menos Selden se había quedado a dormir y no había huido como las veces anteriores. Mientras pensaba en esto, Camilo siguió adelante con su crónica:

—Le escribí un mail en cuanto llegué a la oficina, sin haber dormido más de media hora. Tenía toda la lucidez del mundo. Ese día destrabé tres negociaciones, una de ellas para mi cliente más importante. Preparé una lista de los panoramas que podíamos hacer juntos. A él le gusta la música clásica, igual que a mí, así que incluí un concierto de piano en el Municipal. Lástima que en esta época del año no haya ópera. Podíamos ir a la exposición de Álvaro Oyarzún en el Bellas Artes y la de Matilde Pérez en una galería del centro. Le hablé de las películas que quería ver y, al final, lo invitaba a que nos fuéramos este fin de semana a Buenos Aires. Pasó toda la mañana sin que me respondiera. Yo sabía que había corrido un riesgo enorme. Era posible que hubiera sufrido de nuevo una resaca culposa. El mail de respuesta llegó en la tarde. Me contaba que había dormido bien, a pesar de que había tenido un sueño raro. Tiene pesadillas, ¿sabías? Me ha dicho que cuando su vida se complica más de la cuenta, hasta le da miedo quedarse dormido. Se alegraba de que hubiéramos pasado la noche juntos; en realidad, sus palabras fueron que no se arrepentía, y me agradeció lo perseverante que había sido. Después me preguntaba: ¿y qué?, ¿cuándo nos vamos a Buenos Aires a ver una obra de teatro?

»Lo primero que hice fue reservar el hotel, el mismo en el que me alojo cuando voy por trabajo. Para no apurarme y comprobar que Felipe estuviera convencido, dejé pasar todo el martes. ¿Tú sabías que la reunión de los martes con amigos es una comunidad que tiene desde el colegio? Lo llamé por teléfono el miércoles en la tarde. Los pasajes los pagaría con mis kilómetros. Entré al sitio de LAN, con él al otro lado de la línea, y juntos elegimos los vuelos. En fin, nos vamos mañana después de almuerzo y regresamos el lunes en la tarde. Y vieras lo feliz que se puso cuando le conté que nos alojaríamos en el Palacio Duhau. Para él, es el hotel más lindo de Buenos Aires. ¿No ves que es arquitecto el hombre?».

De Camilo brotaba un nuevo esplendor. Parecía contemplar lleno de gozo el futuro que se abría ante él. Lo felicité. Me admiró su determinación, me alegré de presenciar la pureza de su enamoramiento, libre del cinismo y la desilusión con que lo teñimos a medida que pasa la vida. Hasta yo tuve ganas de volver a enamorarme.

—Anoche fui a comer con Inés Battia, una amiga psicóloga. Felipe tenía el cumpleaños de la novia de un amigo. Vieras cómo se rió Inés de mi entusiasmo. Yo no paraba de hablar. ¿Sabes qué me ha pasado, Tomás? Me acuerdo de todo, de las tres mil ciento veinticinco veces que logré golpear arriba y abajo las bolas del tiki-taka cuando tenía nueve años, del roce de la arena en la playa de Maitencillo cuando mi hermano y yo sacábamos machas con los talones, de los argumentos de libros que leí en el colegio, de películas que vi en un viaje en avión, de los números de teléfono de mi niñez, de los roles de los juicios, de las cifras en los contratos, de cada frase que ha dicho Felipe y en qué contexto; tengo todo en la cabeza, en su lugar y bien interconectado. Y con el cuerpo me pasa lo mismo. Tengo la fuerza de cuando jugaba fútbol en la universidad, podría correr dos horas seguidas sin cansarme. Imagínate, llevo prácticamente tres días sin dormir y estoy como nuevo. Lo único que me sugirió Inés, por cómo se había estructurado la relación hasta ahora, así lo dijo ella, tan profesional como siempre, fue que desplazara el centro de gravedad hacia mí. Las cosas no debían ser solo en los términos que imponía Felipe, sino también en los míos. No debía olvidarme de quién era yo. No debía perder nunca de vista que era un hombre valioso por el que Felipe también tenía que luchar. No se lo dije, pero hace rato que me olvidé de mí mismo y no sabes el alivio que siento.

Aunque él no lo percibiera, su apasionada forma de enamorarse actuaba con la misma fuerza del egocentrismo. El núcleo era Selden, pero Camilo se fundía en él. El resto del mundo se limitaba a dar vueltas a su alrededor, ofreciéndoles revelaciones y posibilidades, al modo de un fantástico escaparate que pasaba ante sus ojos como un espiral sin fin.

—Según Inés, yo he alcanzado metas que Felipe ni sueña todavía: madurez, libertad, prestigio, independencia económica. Es él quien debería esforzarse por estar a mi altura y no someterme a sus limitaciones. Tiene algo de razón. Me preocupa que Felipe me mantenga en un compartimento estanco, como si me tuviera escondido. No me invita a salir con sus amigos y se niega a que lo pase a buscar a su casa. Pero de a poco vamos a crear nuestro propio grupo de pertenencia. Y su familia, si lo quiere, tendrá que aceptarme. Estos problemas se arreglan con el tiempo. Lo vieras, está tan cariñoso. Nos hemos pasado los días chateando y vamos a estar juntos setenta y dos horas seguidas. Tengo la sensación de que puedo gozarlas una a una, vivirlas con la misma intensidad que las cuatro o cinco que duran nuestras salidas.

Esa noche tuve problemas para dormir. A las cuatro de la mañana, el calor no cedía. En contra de mi costumbre, había dejado las ventanas abiertas, sin que sirviera de mucho. El aire se había detenido. En la duermevela veía a Selden y a Camilo caminar por los parques de Buenos Aires. Curiosamente, imaginaba que el clima de esa ciudad sería más benigno que el de Santiago. Los acogería con una brisa amable subiendo desde el río. Los vi tendidos en el pasto, con bermudas y polera, atentos a quien le habían pedido que les sacara una foto. Los vi reírse mientras comían en un gran salón blanco. Los vi caminar abrazados, bajo los globos de luz suspendidos en la oscuridad.

El viernes entró en el valle una nubosidad marina que hizo la ciudad más hospitalaria. Escribí durante horas y al terminar el día salí a comer con amigos. Una multitud colmaba las veredas del barrio Bellavista. Diciembre, con sus celebraciones innumerables, se había apropiado de terrazas y cafés, discotecas y salas de fiesta. Tuvimos que esperar una hora para sentarnos a nuestra mesa. Tomamos varias botellas de vino. Hacia el final, después de contarles brevemente la historia, brindamos a la salud de Camilo y Selden, para que tuvieran un buen viaje a Buenos Aires y, ojalá, un buen futuro.

Me despertó con la llamada.

—No fuimos —alcanzó a decir al teléfono, antes de ponerse a llorar.

—¿Camilo?

—No puedo...

De nuevo tuvo que interrumpirse a causa del llanto.

—Vente a mi casa ahora mismo y tomamos desayuno.

Su modo de acceder fue cortar la llamada.

Fui hasta la cocina. Desde la única ventana del departamento que da al poniente, las torres de Tajamar, el totémico celular de la Telefónica y el resto de los edificios de la parte baja del barrio de Providencia habían rejuvenecido gracias a la luz tendida de la mañana. Me rozó un rayo de placer, como si el tiempo hubiera accedido a disminuir el paso. Enseguida sufrí la mordedura de la culpa. Mi bienestar ofendía el dolor de Camilo. Pero no supe fingir ante mí mismo. Exprimí naranjas suficientes para llenar dos vasos de jugo, piqué en dados un fragante melón tuna, puse la mesa de diario y molí una palta. Prepararía el café y tostaría el pan cuando él llegara.

Estaba por darme una ducha cuando sonó el timbre. Debí suponer que no se demoraría más de veinte minutos. Al abrir me mostró una bolsa de pan fresco y me entregó los diarios que habían esperado a ser recogidos del felpudo. Traía el rastro de las lágrimas en sus mejillas. Su nariz se había inflamado. Las arrugas de la polera y los bermudas atestiguaban que no se había cambiado de ropa en días, lejos del atuendo impecable con que lo imaginé durante su paseo por un parque bonaerense. Su primera acción fue darme un abrazo. Me sentí incómodo por mi incapacidad de compartir su dolor. Hasta ese día había pensado que Camilo, en una mínima medida, simulaba su pasión por Selden, quizás llevado por una necesidad de ser parte de una historia emocionante, un rasgo de histeria en un hombre lleno de talentos pero débil a causa de una fractura interior. Sin embargo, ese abrazo no tenía nada de falso, ni de melodramático. No era una actuación.

Tomó un poco de jugo y nada más. Miraba por la ventana y cuando ponía los ojos en mí hacía un esfuerzo para esbozar una sonrisa.

—Tienes que cuidarte, Camilo.

Asintió.

—Quiero contarte lo que pasó, pero no sé si pueda hacerlo sin llorar. No sé qué me pasa. Lloro por cualquier cosa.

—¿Tú crees que vas a sentirte mejor si me lo cuentas?

Asintió con más fuerza. Estuvimos en silencio un rato largo, hasta que con voz sin resonancia dio inicio a su relato:

—Hablamos por última vez el jueves en la noche. Nos encontraríamos al día siguiente en el aeropuerto. Se le oía feliz. No sabía qué ropa llevar, si más o menos formal. Había visto en AccuWeather que haría bastante calor pero no estaría húmedo. Era una de esas conversaciones antes de un viaje que sirven para fortalecer la complicidad. Al despertar fui a mi computador y tenía un mail suyo. Se había pasado la noche sin dormir. La idea del viaje lo angustiaba, sentía que me estaba utilizando para independizarse de su familia, que se había dejado llevar por la fantasía de una vida ideal. Pero la vida no era así, no estaba hecha de una sucesión de viajes a Buenos Aires.

Su deber era encontrar un trabajo y estar con su
Ya después podría pensar en enamorarse —si bien
de Camilo se había afirmado con el recuerdo, al lleg..
este punto se quebró—. Me aseguró que nunca nadie lo
había tratado como yo. Lo hacía sentir vivo y valorado, no
debía dudar de que su cariño por mí era verdadero. Pero
insistió en que íbamos demasiado rápido. Debíamos en-
friar la relación, ser solo amigos —se pasó una mano por
la cara y dejó escapar un quejido—. Mientras leía el mail
una y otra vez, lo único que me preocupaba era cómo
lograría que no volviéramos a distanciarnos, cómo salvar
lo que nos había unido el lunes. Lo llamé por teléfono dos
veces y no me contestó. Le escribí para asegurarle que
comprendía la situación y que yo también había sentido
vértigo a causa del viaje. Lo que no le dije fue que era
vértigo de pura anticipación. Me respondió aliviado porque yo aceptaba sus razones. No quería que nos hiciéramos una falsa idea a causa del viaje. En la tarde le dejé un
mensaje en el celular, pidiéndole que nos viéramos esa
noche para poder hablar con tranquilidad. Quería que me
viera, me oliera, me sintiera cerca. Yo sé que cuando está
conmigo me desea, se siente feliz. Si llegábamos a vernos,
volvería a entregarse. Era lo único en que pensaba, en tenerlo de nuevo a mi lado, tal como creí que lo iba a tener
en Buenos Aires. Si allá o acá me daba lo mismo. Ya era
casi de noche cuando me respondió. Decía sentirse vulnerable. Si yo estaba de acuerdo, él prefería que nos juntáramos en el parque de las esculturas donde llevaría a pasear
al perro, el domingo en la tarde. No pude aceptar que me
soltara en caída libre. Habíamos pasado de un viaje a Buenos Aires a un paseo vespertino con el perro, dos días
después. Estuve a punto de irme a parar enfrente de su
casa y esperar a que saliera. Por suerte no lo hice. Hoy me
sentiría peor. Nos encontramos en el chat más tarde esa
noche. Me dijo que no fuera tan intenso. No quería venir

a mi departamento porque acabaríamos en la cama. Y no creía que fuera conveniente. Conveniente —soltó un hipo de llanto al recordar la dureza de esa palabra. Le tomó un minuto continuar—: Me pidió tiempo para aclararse, para recuperar el control de sí mismo. No sé qué asociación de ideas me la recordó. Le pregunté si le había comentado a su madre sobre el viaje. Claro que le había dicho que iríamos juntos a Buenos Aires, pero que no pensara que él no tomaba sus propias decisiones. Le había contado porque tenía confianza en ella, nada más. A renglón seguido me avisó que tenía que salir y cortó la comunicación sin despedirse. Seguro que di en el clavo. Esa señora le llenó la cabeza de murciélagos.

—Es un tipo complicado.

Levantó la vista y pareció sopesar mi apreciación.

—Poco después de conocernos supe que lo prudente sería alejarme de él, y al mismo tiempo comprendí que no podría hacerlo. No tengo la voluntad ni la sangre fría. Perdí el dominio de mí mismo. A veces pienso que podría consagrarme a él, me ame o no me ame, ser su amigo, su protector, lo que él quiera, pero no soporto la idea de que me aparte de su lado.

—No dramatices, Camilo.

—Nadie me puede desterrar de lo que siento. Ni siquiera Felipe puede privarme de la libertad de amarlo. Hasta ahora he ido dejando atrás vidas anteriores, mi familia, mis amigos del colegio y la universidad, mis dos novios, siempre en busca de un lugar donde descansar del juicio de los demás.

—¡Pero si lo único que hace Felipe con su actitud es enjuiciarte!

—Puede ser... pero no me importa, si me deja estar cerca de él.

Camilo no tenía la fijeza en la mirada ni la agitación corporal de la primera vez que me habló de Selden, ahora su cuerpo se encogía bajo las aplastantes emociones que brotaban junto con sus palabras.

—Le escribí hace un rato para decirle que la iniciativa quedaba en sus manos. Quise hacerle ver que yo no soy el único intenso de esta historia. Sus cambios de ánimo son tan extremos como mis sentimientos.

—Dale tiempo para que te eche de menos. Y trata de recuperar la vida para ti.

—¿Tú sabías que le he hecho un regalo cada vez que nos hemos visto, desde el primer día? Voy seguido a una tienda de películas europeas, le he comprado lápices, cuadernos, libros de todas las clases, hasta hormas de zapatos. No es que lo acose a regalos, le entrego uno a la vez, pero él no tiene idea de que siempre tengo guardados tres o cuatro más. ¿Te conté que cada mail que le he mandado ha llevado o una canción o una foto o un video o un cuadro o una cita que me ha hecho pensar en él o que ha tenido relación con algunos de los temas que hemos conversado? Puede que te suene a demencia, pero a mí me parece lo más natural del mundo. Desde que nos conocimos tengo la certeza de que así es el amor, en cualquier otra forma es solo un paliativo de la soledad. Cuando me abraza no es que me sienta acogido, me siento transfigurado. Soy capaz de hacer lo que sea por ese hombre.

Se quedó pensativo, con la vista escapándose por la ventana. Le propuse que pasáramos el día juntos. Almorzaríamos en un nuevo restorán de parrilla recién abierto en el barrio y después iríamos al cine. Me lo agradeció, pero creía que sería mejor irse a su casa. Al momento de despedirse, ya en el pasillo, me dijo a modo de explicación:

—Perdona, pero no puedo hacer nada más que pensar en él.

5

La mutua intensidad de los tratos entre ellos hacía previsible que, con sus vaivenes, el romance siguiera su curso. Camilo hizo un esfuerzo para no atosigar a Felipe y esperó a que él tomara la iniciativa. Cuando perdía la paciencia, me llamaba para contarme las variaciones en el ánimo de su amado. Sonaba la misma melodía de un principio: un paso adelante y uno atrás.

A Camilo le preocupaba que Selden no hubiera conseguido trabajo. El estallido de la crisis económica amagó las posibilidades que se le habían abierto en un principio y Urbanitas ya no lo necesitaría para el siguiente proyecto. Selden no perdió la moral a causa de estas malas noticias. El diseño y la supervisión de las obras de la galería y la biblioteca de su tía Alicia le aseguraban un año de tranquilidad, pero mientras la situación no mejorara, no creía prudente mudarse a vivir solo.

En una de esas conversaciones, la idea de que yo organizara una cena en mi casa hipnotizó a Camilo como un espejismo y ya no tuvo otro destino en el horizonte. Estaba seguro de que si Selden se mezclaba con gente a la que pudiera admirar y que, al mismo tiempo, fueran personas liberadas de las convenciones sociales, podría asomarse a otros espacios de vida posibles, más allá del que le había tocado en suerte. Según Camilo, Selden me veía de esa manera, como un hombre que hizo de su existencia lo que creyó mejor, sin someterse a la norma. Le insistí en que no era una buena idea acercarlo a mí porque se desilusionaría al ver, tras el escritor, al hombre y sus servidumbres. No padecía la misma clase de esclavitud que los Selden, es cierto, pero yo hacía de mi vida una empresa tan infame como la de cualquiera.

Los días previos a la Navidad nos cayeron encima con su ajetreo depredador. Como era de esperar, Camilo se valió de todas sus armas para someterme a sitio. No pasaban dos horas sin que recibiera un llamado, un mail, o sin que me escribiera en el chat. Si para mí era una complicación, él podía comprar la comida. ¿Qué me parecía si «teníamos» de aperitivo mozarella fresca con pan artesanal, lasaña de alcachofas como plato de fondo y, de postre, helados del Emporio La Rosa? Sencillo pero refinado, era su lema. No fuera Selden a sospechar que nos habíamos desvivido por ofrecerle un banquete. ¿Tenía platos, vasos y cubiertos suficientes? Si era necesario me prestaba los suyos. No debía preocuparme de nada, él llevaría el champán y el vino. Y yo me equivocaba al pensar que mis amistades estarían comprometidas el último sábado de diciembre. Hasta los matrimonios y las celebraciones de fin de año habrían terminado.

Camilo estudió con especial cuidado a quiénes debíamos invitar. El éxito de esta cruzada de sensibilización dependería de que yo consiguiera que Elvira Tagle fuera a la comida. La había conocido en el lanzamiento de una de mis novelas y quedó prendado de su gracia, su risa gozadora, su desparpajo para dar opiniones contrarias al parecer mayoritario. Estaba seguro de que le caería bien a Felipe. Y más allá de sus virtudes personales y de su historia particular, Elvira tenía la ventaja de pertenecer al mismo núcleo social de Selden. A mi modo de ver, podía ser contraproducente exponerlo a una mujer que se había abanicado con las reglas más caras de su clase; en cambio, para Camilo, eran precisamente esas transgresiones las que la volvían imprescindible.

Conocí a Elvira cuando yo todavía era publicista, por intermedio de Santiago Pumarino, creador de una productora audiovisual con el que había hecho amistad. Ella tuvo una participación decisiva en que vendiera mi parte de la agencia y me dedicara a la escritura. En los primeros pasos literarios, cuando más inseguro me sentía, me prestó oídos, corrigió mis textos y me aconsejó con honestidad. Elvira había sido una poeta precoz. Todavía estudiaba periodismo cuando publicó su primer poemario, titulado *La familia.* Con ese libro conquistó a más de un crítico, haciéndose de un nombre en el ambiente. Nada extraordinario si se considera que había abandonado la casa de sus padres el día que terminó el colegio, para huir con un corredor de bolsa treinta años mayor. De hecho, el tipo se había separado un mes antes debido al escándalo que ya se propagaba por los mentideros capitalinos. Cuando la dejó por una mujer de su edad, dos años más tarde, el corredor le regaló un departamento en el edificio El Barco, situado en la esquina de las calles Santa Lucía y Merced, y le continuó dando una mesada hasta que finalizó sus estudios. Elvira fue quien le pasó la voz a Santiago Pumarino, y él a mí, de que se arrendaba un pequeño departamento en ese edificio. Ahí no solo fuimos vecinos, sino íntimos amigos durante más de diez años.

Una tarde de sol otoñal, mientras tomábamos café en mi terraza del noveno piso, con toda la vista abierta al cerro Santa Lucía, el San Cristóbal y la cordillera tempranamente nutrida de nieve, me contó que estaba embarazada. No le revelaría a nadie quién era el padre de la criatura. No quería en su vida la injerencia de ningún hombre. La noticia acabó de malograr la relación con su familia y algunos de sus antiguos amigos también se alejaron de ella. En esas circunstancias nació su hija Josefina Tagle, con el primer apellido tarjado. Para esos días finales de 2008, la niña contaba con ocho años de edad.

Elvira fue quien primero creyó que podía convertirme en escritor. Y yo estuve entre los pocos que le dio amparo durante el embarazo y el primer tiempo de crianza. En algún punto llegamos a formar una familia, con sus ritos, responsabilidades y leyendas. Era una lástima que ese mundo en común hubiera desaparecido.

Tal como Camilo había previsto, ni ella ni los Léniz tenían planes para ese sábado 27 de diciembre. Pieza primordial de la celada por su bien ganado prestigio como arquitecto, Léniz quiso saber a qué se debía la ocasión, consciente de mi poca costumbre de invitar al departamento. Con el rápido batir de su humor alado supo sonsacarme parte de la historia. Cuando terminé mi relato me aseguró que no se perdería por nada del mundo esa comida «cuajada» de suspenso.

Camilo me pidió que también invitara a Santiago Pumarino, convertido a esas alturas en uno de los directores de cine publicitario mejor cotizados de Chile. Los amigos que yo conservaba del mundo de la publicidad le reconocían un talento especial para embaucar a los consumidores ABC1. Si bien alguna vez compartí su opinión, para 2008 me parecía que lo que ellos consideraban un estilo sofisticado no era más que cursilería con un disfraz elegante: una rubia enjoyada se mueve entre temerosa y divertida al interior de un laberinto de laureles, cinco jóvenes fornidos caminan junto al mar, con sus camisas ondeando en la brisa mientras sus pechos refulgen al sol, una modelo hace flotar sus vestidos sobre los puentes de Praga. Y si bien Camilo lo consideraba el perfecto ejemplo del hombre gay que ha llegado lejos por sus propios medios, me negué a invitarlo sin darle mayores explicaciones. No lo quería en mi casa y punto.

El viernes en la tarde, distintos servicios de entrega trajeron un ramo de peonías rosadas, una fuente con lasaña de alcachofas para doce personas, una torta de manjar y nuez, dos litros de helado de vainilla, una caja de vino y otra de champán.

Cuando acompañé a Selden desde la puerta de entrada hasta el living, Elvira se reía de alguna de las ocurrencias del Chico Léniz. Tenía la cabeza echada hacia atrás y su pelo caía largo y recto, con todo su peso. El cambiante reflejo de la luz sobre la negra superficie delataba el temblor de su risa franca y descomedida. Al igual que su voz, no era particularmente ronca, sino más bien corpórea, abarcadora, caudalosa. Elvira no pareció notar la llegada de Selden. Tenía puesta la atención en el arquitecto, un hombre bajo y macizo que les arrancaba destellos a sus ojos negros y a sus grandes dientes de diosa mordedora. Porque Elvira también mordía con su boca ancha y locuaz, con los énfasis y matices que sabía imprimirle a su mirada, con las posiciones que alcanzaba su cuerpo. Ahora reía como si estuviera a punto de mordisquear a su bufón, con la espalda recta y una rodilla desnuda blandida en el aire con el apoyo de sus manos entrelazadas. Selden se detuvo un instante, dándose tiempo para observarla. Enseguida recuperó el paso y fue hasta ella. Al percibir su presencia, Elvira se volvió con un giro lento de cabeza. En sus pupilas aún bailaba la hilaridad y parecía decirle que se sumara a ese estado de ánimo. No saldría de ahí por él, pero estaba dispuesta a acogerlo.

—Este Chico Léniz es muy gracioso —remarcó el «muy» entretejiendo la risa en su voz. Se dirigía tanto a Selden como al resto.

Felipe se presentó y dijo saber quién era ella, Elvira Tagle, la poeta. Con un toque de parodia, Elvira abrió los ojos para celebrar el galanteo del recién llegado. A los Léniz, Selden los saludó con sencillez, le pasó la mano a él, la besó fugazmente a ella, y a Camilo le concedió un par de palmadas en la espalda y un resoplido. El secreto organizador de la reunión le devolvió una mirada más afligida que alegre, una sonrisa enternecedora en su necesidad. Selden se volvió hacia el centro del ruedo y se produjo un silencio. Le ofrecí de beber vino o champán. Con una mirada de niño mimado me preguntó si podía tomar un vodka tónica. Insistió en acompañarme hasta la cocina, acaso para no sentir que abusaba de mi hospitalidad.

—Qué lindo tu departamento, Tomás —dijo después de lanzar un largo suspiro.

—Es el efecto que producen los libros. Están vivos. ¿Y a qué se debe el suspiro?

—No es fácil entrar a una casa donde están Elvira Tagle, Mauricio Léniz y tú.

—Entonces, para la próxima invitación asegúrate de ser el primero en llegar —sonreí—. Nunca me han parecido inocentes los últimos en asomar la cara.

—Como condición para prestarme el auto, cuando venía saliendo, la mamá me pidió que pasara a dejarle un vestido a mi hermana.

—Ah, tu madre.

—¿Sigues pensando que es mi gran problema?

—¿Aceptó tu homosexualidad?

—Cree que estoy pasando por una fase —respondió contrayendo los labios, pero con el tono de voz hasta cierto punto la disculpaba.

Sus mejillas parecieron inflarse, volviendo su rostro aún más circular. Era un gesto semejante al del matrimonio, cuando me pidió perdón por el ataque de Tana. Se revelaba el niñato que subsistía en él, uno de catorce años que aún camina por la calle tomado de la mano de un adulto. Cuando lo conocí, su semblante pacífico me hizo pensar que había vivido una niñez plácida, mientras que ahora esa paz aparente daba la impresión de ser el resultado de la apretada trenza de mimos, rígida disciplina y concientización que su madre debió de tejer con esmero.

—Quien está pasando por una fase es tu madre. Es ella la que tiene que cambiar. A todo esto, es raro que una supernumeraria haya tenido solo dos hijos.

—Tuvo siete abortos espontáneos.

—Perdona.

—No te preocupes, me lo han preguntado antes.

—Dime una cosa, a mí ya me conoces y no te provoco ni una gota de timidez. Es razonable que como arquitecto te ponga nervioso enfrentar al Chico Léniz, ¿pero por qué habría de impresionarte que esté Elvira?

—Elvira Tagle es un mito entre mis amigos.

—¿En serio?

—Imagínate que yo y dos compañeros de colegio leímos su libro de poemas cuando teníamos dieciséis años. A escondidas de nuestros papás y de los curas, por supuesto. Nuestro profesor de lenguaje sabía que nos gustaba la poesía, y como en el Cordillera no leíamos nada que no estuviera aprobado por los mil ojos de la Obra ni que tuviera menos de medio siglo de antigüedad, decidió prestárnoslo, para que leyéramos algo de poesía chilena contemporánea. Todos habíamos oído hablar de ella en nuestras casas —se interrumpió en este punto al notar que yo me había detenido en mi tarea de rebanar un limón. El arrepentimiento palpitó en su rostro—. Camilo me contó que era muy amiga tuya.

—Fuimos íntimos amigos.

—Bueno, tú sabes que sus historias corren por todas partes.

—Pensé que se habían olvidado de ella.

—La hermana mayor de uno de mis compañeros de Círculo vive obsesionada con averiguar quién es el padre de la hija. Iban al mismo colegio.

—Qué gusto que tienen ciertas personas por los colegios. Tú no lo haces nada de mal. ¿No hiciste amigos en la universidad?

—Claro que sí, pero los veo menos. No he salido del clóset con ellos todavía.

—Seguro que los estudiantes de arquitectura,

aunque sean de la Católica, son más abiertos que tus socios del Opus Dei.

—Pero no me quieren de la misma forma. Antes de que me olvide, la tía Alicia me pidió que te invitara a almorzar el próximo viernes, después del Año Nuevo. Te iba a llamar personalmente, pero le aconsejé que no lo hiciera. Es más fácil que me digas que no a mí.

—Es un día complicado —iba a negarme como acto reflejo—. El sábado me voy a la playa a escribir hasta marzo. ¿Invitará a mucha gente?

—Solo a nosotros dos, para hablar de la biblioteca.

—Entonces voy feliz.

La distracción que emborronaba el rostro de Camilo desapareció de golpe con el regreso de Selden. Elvira sometía a interrogatorio a la señora del Chico Léniz, una chef que se había especializado en comida sana. Hacía poco le había tocado impartir un taller culinario al curso de Josefina, en la Alianza Francesa. Sus hijos también estudiaban ahí.

—¿Y cómo se portó mi hija? —preguntó Elvira.

—Bien, quería que le explicara por qué hacía las cosas en ese orden y no en otro. Adorable.

—Muy propio de ella.

—¿Y cómo ha estado? —preguntó la chef. No me pasó inadvertida la mezcla de compasión y morbosidad que brotó de su mirada. Josefina había tenido dificultades para relacionarse con sus compañeros de curso.

—Muy bien, tú la viste —le respondió Elvira con sus dientes brillando como una pared de mármol. La rigidez de su expresión dejó en claro que nada la persuadiría de abrirse a hablar del temperamento de Josefina.

—Está más linda que nunca —comentó la mujer—. Parece una heroína gótica.

—No entiendo a estos franchutes —Elvira se había vuelto a sacar una cajetilla de su cartera—. Quieren darles una enseñanza liberal a los niños, pero lo único que les importa es la disciplina.

—No hablemos de colegios, por favor —dije falsamente exasperado.

—Aquí el único que no puede hablar del tema eres tú.

—Ellos tampoco —dije señalando a Camilo y a Selden, que se habían sentado juntos en una banqueta.

—Ellos son jóvenes, vienen recién saliendo del colegio —intervino Léniz—. No me malentiendan —añadió con los ojos vibrantes de picardía—, no es que Tomás sea viejo, no, cómo se les ocurre, sino que ha vivido tanto —dijo «tanto» con un eco ensoñador, y completó el juego de la voz describiendo un arco con su brazo en un lento ademán. Más que sugerir que había tenido decenas de aventuras amorosas y experiencias difíciles, su histrionismo daba pie para imaginar excursiones a las islas indochinas o a la profundidad de la selva india.

—Y tú ¿dónde estudiaste? —le preguntó dulcemente la mujer de Léniz a Selden.

—En el Cordillera.

—No lo puedo creer —dijo Elvira, inspirando antes de soltar una carcajada. Selden la miró conturbado—. No pienses que tengo algo en contra de ese colegio o del Opus Dei; bueno, sí, tengo todo en contra —volvió a reírse—, pero no es tu culpa, ni siquiera de tus padres. Los hijos de mis hermanos menores estudian ahí y son de otro planeta. En cambio, tú das la impresión de que no fuiste abducido. Ahora, si me dices que vives en La Dehesa puede que lo piense de nuevo.

—Vivo en La Dehesa.

Ahora todos nos reímos de buena gana, incluido Selden, que agregó:

—Y es otro planeta.

—Oigan —dijo Léniz—, desde que proyecté un

par de edificios en la calle El Rodeo, La Dehesa me parece —adquirió una pose televisiva y un tono publicitario— el mejor lugar para vivir. Y he diseñado seis tiendas
en el mall del barrio.

Desde los tiempos en que nos conocimos se ufa-
naba de su escasa vanidad artística.

—Ah, no, Chico Léniz, tienes que llevarme a conocer esas tiendas —dijo Elvira—, deben ser unos ma-
marrachos.

—Te mueres lo feas que son —apuntó la chef.

—¡Pero, mi amor! —exclamó él, llevándose una
mano al pecho—, ¿cómo dice eso? —y soltó una risotada
de detonaciones rápidas.

En el vivaz rostro de Selden se sucedían las reacciones a cada dicho, mientras que Camilo, a su lado, no
le sacaba los ojos de encima, en busca de una clave que
desentrañara el juicio que se estaba formando de la situación.

—Estuve en los edificios de El Rodeo —el tono
de su voz dejó en claro que Selden hablaba en serio—,
me gustó el trabajo que hiciste en el zócalo.

Al ver que la atención se había concentrado en él,
se extendió, haciendo dibujos con las manos.

—Uno baja cuatro peldaños desde el nivel de la
calle hasta una plaza dura y al estar los edificios desplaza-
dos uno respecto del otro se forma un lugar protegido, de
bonitas proporciones. Me senté un buen rato en uno de
los escaños. Cuando crezcan los árboles, esa plaza va a ser
un agrado.

—¿Quieres ser mi amante? —ahora Léniz usaba
un tono bogardiano.

—Claro que sí, nena —respondió de inmediato
Selden, parodiándolo.

Noté que Elvira lo contemplaba con una clase de
atención que no le ofrecía a nadie en un primer encuentro.

—Y tú ¿de dónde saliste? —preguntó—. Eres bien insolente con tus mayores, mocoso.

—Estudié arquitectura.

—A quién le importa tu carrera. ¡De dónde saliste tan buenmozo y canchero! ¿También eres inteligente y buen amante?, porque me mato.

—¿Puedo responder yo? —intervino Camilo, intentando sonar gracioso. En el rostro de Selden no asomó ninguna censura por la apropiación.

—De ninguna manera —zanjó Elvira, atenta a lo que ocurría—. La próxima vez que nos veamos será arriba de una camioneta que vas a arrendar tú —apuntó a Camilo—, para ir a ver las tiendas del Chico Léniz. Y tú —ahora se dirigía a la mujer del arquitecto— tendrás que llevar un tentempié de comida ultrasana, porque La Dehesa queda muy lejos, es otro valle, otro clima y nos podemos indigestar con el mal gusto.

—Me demoré solo catorce minutos en llegar hasta acá.

—Es lejos culturalmente, nene, que es mucho más grave. Lo que tú tienes que hacer es salvarte. Nosotros te podemos ayudar. Ni siquiera tienes que decirme que eres de derecha. Se te nota hasta en los calcetines.

Mientras celebrábamos el comentario con un rumor de risa, Selden deslizó una mano por la cintura de Camilo.

—El niño salió aventajado —dijo este en una reacción ventrílocua.

—El niño todavía tiene mucho que aprender —replicó Elvira, mientras se tomaba el pelo en una cola y lo dejaba caer por delante de su hombro izquierdo.

—Y tú le vas a enseñar, por cierto —acoté, punzado por una mezcla de curiosidad y celos.

—Tendría que hacer mérito. Hace quince años que no doy clases particulares. Las últimas te las di a ti.

¿Valdrá la pena? —se preguntó al tiempo que examinaba a Selden de hito en hito, lo que a él pareció divertirle.

—Siempre fui el regalón de las profesoras.

—Conmigo —dijo ella, adquiriendo un tono desafiante— no bastan ni las manzanas ni las sonrisas coquetas.

La noche se desenvolvió en sucesivas mareas de chanza y provocación, sin permitirnos ni una pausa. Elvira enarbolaba sus frases, acicateada por Léniz, a veces por mí, pero era a Selden a quien se ofrecía en una especie de baile. Se abría y luego se replegaba, reía con ferocidad y después murmuraba quedamente. Selden la hacía girar con solo contemplarla. Estaba rendido ante el espectáculo. Había encontrado un lugar entre nosotros. Con una mano recorría la espalda de Camilo, atrayéndolo hacia sí y brindándole de vez en cuando una mirada de agradecimiento. Camilo fue desprendiéndose de toda inquietud. La impresión que se hiciera Selden de cada detalle que él había cuidado ya no importaba. Cuando por fin se dejó ir y apoyó su cabeza en el hombro de su amante, sus ojos brillaron en agua.

6

Una de las primeras medidas de ahorro que tomé al abrir mi agencia fue abandonar el departamento que arrendaba en Vitacura. Mi nuevo socio sería Carlos Núñez, director creativo de Grey Chile y mi mejor amigo dentro de la oficina. Habíamos decidido independizarnos, en la esperanza de que algunos clientes nos siguieran. Por tratarse de una multinacional, tanto él como yo teníamos pocas oportunidades de ascender. Compartíamos además el propósito de vivir nuestra homosexualidad a puertas abiertas en el trabajo, tal como ya lo hacíamos en nuestras vidas privadas. Ambos pusimos nuestros pequeños capitales para montar la oficina, pedimos un préstamo al banco y, en parte por prudencia, en parte por inseguridad, redujimos drásticamente nuestros gastos personales.

En ese tiempo, Santiago Pumarino trabajaba con nosotros en algunos proyectos y nos alentó a que montáramos Zarabanda, tal como él había creado su propia productora audiovisual. Coincidíamos a menudo en fiestas. Pumarino hallaba en mí a un buen interlocutor para dar rienda suelta a su ingenio malevolente, cultivado, según él, durante generaciones por su familia de pasado latifundista. Pero no fue hasta que conocí a Elvira Tagle que nos hicimos amigos.

Recuerdo el día en que me acompañó a ver el departamento en el edificio El Barco. El corredor de propiedades había dejado las llaves con Elvira. Ella nos recibió con apuro, como si estuviera en medio de algo importante. Tan solo abrir la puerta nos espetó:

—Ya, ya, ya, el departamento es precioso, muévanse, hay que arrendarlo ahora mismo.

Frente a la puerta del ascensor se dedicó a rebuscar en un gran bolso de tela negra que se había echado al hombro. Cuando por fin dio con las llaves, me las entregó, y solo entonces abrió la totalidad de su rostro, dulcificado por una sonrisa. Me llamaron la atención su boca grande de labios finos, la mezcla de intensidad y picardía que borbotaba en sus pupilas. Esa tarde tenía el pelo tomado en una coleta y la dejaba caer por delante del hombro. La acariciaba con una mano, luego con la otra, de arriba abajo, mientras conversaba con Santiago acerca de una comida a la que habían ido juntos. Llevaba puesto un vestido negro de algodón, cuya parte superior consistía en una pechera y dos gruesos tirantes que ascendían hasta los hombros para cruzarse luego atrás, a media espalda. A partir de la cintura, el vestido se desplegaba en un ruedo de amplias ondas, hasta casi alcanzar unas sandalias de cuero. Tal como descubriría con el tiempo, ese vestido, simple a primera vista, pero de diseño elaborado, anunciaba su personalidad. Mientras el viejo ascensor trepaba hasta el último piso, me sentí embargado por la gracia que despedía su cuerpo y la sencillez con que me había acogido. Para ocultar mi azoramiento puse la vista en el suelo, donde los largos dedos de sus pies bronceados y el relieve de sus tendones acabaron la labor de conquista. No sabíamos que el estrecho habitáculo de paredes recubiertas en chapa de madera iba a ser una pieza fundamental de nuestra amistad.

—Si no fuera dueña de mi departamento —dijo Elvira con una seguridad inusitada— me habría cambiado al que vamos a ver sin pensarlo. Es cierto que el mío está mejor cuidado, pero te vas a morir cuando veas el tuyo.

Yo respondía con sonrisas y asentimientos, intimidado por esa mujer diez años menor que yo, de la que solo había oído hablar por intermedio de Pumarino. Lo inusual era que él nunca hubiera criticado a su amiga, pese a ser dueño de un talento extraordinario para detectar las debilidades ajenas. Su mayor diversión consistía en usar la boca como cerbatana. De su rostro alongado, de pómulos altos, piel gruesa, barba dura y mejillas hundidas, cubierto con un velo de prescindencia, brotaban juicios punzantes, jamás del todo exentos de verdad. Puesto a pensarlo, no es extraño que Elvira se salvara de sus dardos. Lo que era pecado en el resto, lo consideraba ejemplo de virtud en unos pocos escogidos. Vivía en un mundo de extremos, en el que no calibraba ni las injurias en contra de quienes perdían su favor, ni los elogios a los habitantes de su parnaso particular.

—Este edificio es muy bonito —me dijo Pumarino—, lo proyectó don Sergio Larraín. La Julita Astaburuaga vive en el primer piso y lo llama el Dakota Building de Santiago. Pero como queda en el centro, la gente sin imaginación no quiere vivir aquí. Vas a tener vecinos de lo más conspicuos. Jorge Edwards vive en el quinto, pero a su departamento se sube por el ascensor de enfrente.

Entre los saberes de Pumarino primaba el quién es quién. Era un esnob consumado, pero no el peor de los que me había tocado tratar. Más de alguna vez le había oído decir en la agencia de publicidad que, en lo posible, prefería entenderse con los dueños de las compañías que nos contrataban. Eran los únicos que podían apreciar un trabajo bien hecho. Nada más propio de un fanfarrón si se piensa que en esos años aún no se había afianzado su prestigio y que para conseguir un trabajo debía esmerarse en oficinas de paneles prefabricados, intentando darles en el gusto a ejecutivos de tercera línea.

El departamento me pareció pequeño y la falta de clósets podía llegar a ser una incomodidad. Mientras husmeaba en los dormitorios, la cocina y el baño, Pumarino se movía detrás de mí, emitiendo interjecciones guturales: ¡hm!, ¡mf! Miraba los rincones, el escusado, el interior de los muebles de cocina. De regreso en el living, donde Elvira nos esperaba, se detuvo en el centro de la pequeña sala, adelantó un pie calzado con un mocasín de gamuza y llevándose las manos a la cintura dijo triunfal:

—¡Por Dios que es cochina la gente para vivir!

—No te fijes en tonteras —lo reprendió Elvira con una autoridad que no había imaginado alguien pudiera ejercer sobre él—. Se cambia la alfombra, se le da una mano de pintura y listo. Además que el living y el dormitorio dan lo mismo. Vengan conmigo.

—¿Cómo que dan lo mismo? Los baños y la cocina son una mugre.

—Se limpian, Santiago.

Elvira abrió de par en par las puertaventanas del living y salió a la terraza. Desde afuera gritó:

—¡Esto es lo único que importa!

Al ver nuestras caras de estupefacción nos mordió como a un par de niños con una de sus carcajadas cosquillosas.

En esa enorme terraza que rodeaba el departamento por dos lados formando una L, durante los primeros meses de 1990, con la bendición del Santa Lucía y el San Cristóbal, de la cordillera y la recién llegada democracia, cimentamos nuestra amistad. El primer regalo que recibí de Elvira fue un juego de viejos muebles de fierro, bastante a mal traer a causa del óxido. Los había comprado por cuatro chauchas en un anticuario de avenida Mapocho. Ella misma lavó y remendó cada uno de los cojines. A la hora del atardecer le gustaba recostarse en el balancín de dos cuerpos para ver cómo se encendían los cerros. Me obligaba a fijarme en las rugosidades de las laderas, reveladas por la luz horizontal. Para Elvira no había nada más

conmovedor que la cordillera al final del verano, la única
época del año en que se podía apreciar en toda su poten-
cia, con el aire libre del esmog y la humedad invernales.
Si hasta la nieve le quitaba ese fulgor terroso, decía, esa
densidad titánica. Pumarino pasaba seguido después de la
oficina y se dedicaba a cocinar mientras nosotros nos tomábamos un trago. Dado que tenía mis gustos por plebeyos, cuando se sintió en confianza comenzó a comprar él
mismo los ingredientes y hasta traía flores. A los tres nos
unía la pasión por conversar, siempre avivados por la valentía de Elvira y el humor de Pumarino. La política teníamos que dejarla fuera porque Santiago era pinochetista
e implicaba una pelea segura. Hablábamos de situaciones
de la vida, la primera que cruzara nuestro campo de atención. Tanto las aventuras amorosas de Elvira como las
mías animaron las noches de febrero. Pumarino, en cambio, no aportaba mayores detalles de su vida privada. No
tenía pretendientes ni menos novios, solo encuentros fu-
gaces, desperdigados en el tiempo. A diferencia de mí, que
fermentaba amores intensos pero que pronto llegaban a
su fin, Elvira conservaba una corte de amantes, con los
cuales restablecía vínculos a cada tanto. Me admiraba la
soltura con que los mantenía a una distancia que no coar-
tara su libertad. Incluso su primer amor, el corredor de
bolsa casado por segunda vez, venía a verla de vez en
cuando y se quedaba a dormir. Elvira no tenía problemas
de mezclar a sus amantes con nosotros, ni tampoco a ellos
parecía incomodarles nuestra presencia. Venían a mi casa
o yo bajaba al departamento del cuarto piso a comer,
mientras Pumarino se complacía en observar cada uno de
los dichos y actos de la visita de turno, en la seguridad de
que sus apreciaciones desatarían las carcajadas celebrato-
rias de Elvira la próxima vez que nos reuniéramos.

Teníamos nuestros ritos. Los domingos en la noche cenábamos juntos, sin falta. Lo habitual era que el fin

de semana lo hubiéramos pasado cada uno por su cuenta, razón por la que no podíamos esperar ni un día más para relatar nuestras excursiones al mundo exterior. Privado de incidentes amorosos y reacio a hablar mal de su madre viuda y su hermano beato con mujer y siete hijos, por lo general Pumarino nos contaba lo que había visto o escuchado en alguna reunión social. Muy de vez en cuando se daba permiso para criticar a su hermana estrafalaria, como él la llamaba. «La pobre» se había ido a vivir a una casucha en Isla Negra con un tránsfuga, se empecinaba en vestirse como gitana y su madre insistía en que no había nadie en la familia a quien hubiera podido salir. Poco antes de comer, cuando cada preparación aguardaba su punto en una olla, Pumarino encendía su impajaritable pito de marihuana.

—El viejuco ese de tu marido, porque es mucho más tu marido que de las otras dos, aunque nunca te hayas casado con él. ¡Qué gorda que es la nueva! Los vi donde los Valdés. ¿En qué estaría pensando cuando te dejó tirada? Es bien suelto de billetera, que es lo más importante, pero por Dios que le cuesta trabajo decir dos frases seguidas. A veces pienso que nos considera unos lunáticos, nos mira con esa cara de aturdido, llena de risa, como si estuviera orgulloso de no entender ni palote de lo que decimos.

Me divertía verlo agitar los brazos contra el cielo abierto, aspirar el pito con fruición, entonar las palabras con malicia, notar cómo su rostro perdía su habitual reserva y se multiplicaba en muecas teatralmente expresivas.

—Es medio leso, ¿no? Da lo mismo que sea idiota... ¡idiota! —gritaba, repentinamente iracundo—, si al final es un pan de Dios. Y te deja feliz, para qué estamos con cosas. Te calma. A mí me bastaría su plata para calmarme el resto de la vida. La tonta eres tú por no haberlo agarrado bien. ¡Bruta! Estaríamos todos en una casa en

Lo Curro, con mozo, cocinera, niña de mano y chofer, en vez de contentarnos con ese cuchitril del cuarto piso, bien bonito el cuchitril, no se puede negar. ¿De dónde sacaste el gusto? Ah, sí, de tu abuelo. Mira, tu abuelo era un gran tipo, la mamá siempre me ha dicho que se vestía increíble. No me has contestado, ¿por qué no te casaste con ese hombre? Con esta pobreza no se puede vivir.

—¿Para qué iba a casarme? Tendría que estar enferma del chape. Tengo todo lo que quiero sin necesidad de ser la señora de nadie. Vivo como me gusta, ¿no te parece? Y no se te olvide que tengo solo veinticinco años. Dices tantas idioteces, Santiago —su trato era dulce y risueño, como el que le brinda una mujer al marido que ama—. El tipo me da lo que yo quiero cuando lo necesito, sin tenerlo metido en la casa todos los días. Además, ¿qué haría yo con una tropa de empleados? Terminaría involucrada en sus vidas, hastiada del hombre y de hacer compras. Cásate tú con él, si quieres.

—Claro, terminarías encamada con el chofer de puro aburrimiento. Qué agrado tener chofer y encamarse con él de vez en cuando, así, como quien no quiere la cosa, a la pasada. Pero tiene que ser guapo, ¡guapísimo!, ojalá haya sido milico. Y las nanas perfectas —prolongaba la «s» al final—. Mira, quítaselo a la otra y yo te ayudo a organizar la casa. Imagínate las fiestas que haríamos. Los Valdés se morirían de envidia. ¿De qué se trata la vida si no es de matar de envidia a tus amigos? Yo soy profundamente envidioso, todo el mundo lo es, no pongan esas caras, ustedes también lo son, solo que envidian otras cosas. Apréndanme a mí, cuando uno aprende a reconocer y a aceptar la envidia, se vuelve placentera, tanto si la provocas como si la padeces.

Una vez sentados a la mesa de comedor, no pasaban más de treinta segundos antes de que yo dejara el plato vacío. Elvira y Pumarino comían con la fruición que despierta la marihuana, pero lo hacían pausadamente y se daban tiempo de hablar entre bocado y bocado. Al final, Santiago siempre dejaba un resto de comida en el plato. «Limpiarlo», como hacía yo, constituía una falta grave.

Nunca llegué a ser uno de los favoritos de Pumarino. Algunos rasgos de mi personalidad le irritaban. Desde ya, cierta indolencia respecto de los asuntos cotidianos, como, por ejemplo, el planchado de las camisas o el cuidado de mis suéteres, una tara que me impedía darle esplendor a mi clóset. Con razón había sido ejecutivo de cuentas, lo oí decir en uno de sus monólogos alucinados, y no un creativo como él, claro, me hacía falta finura, vuelo. Mi hablar estentóreo le hería el tímpano, mi sudor al bailar ofendía su sentido de la etiqueta, la ausencia de clase de mis enamorados era sencillamente incomprensible. Según él, mis pecados nacían de una nula afición por el detalle y una escasa conciencia del límite. Entonaba esta palabra ya sin aire en los pulmones, dejando hueca la última sílaba. Con la literatura he llegado a comprobar que no soy desprolijo ni menos desmesurado. Mi ansiedad de esos tiempos se apaciguó cuando me dediqué a escribir. Pero para él seré siempre un hombre vulgar. Solo Elvira conseguía mantenernos unidos. Ella no resentía el ardor crítico de Pumarino, persuadida de que en él primaba el espíritu del clown y no los barros de la amargura. Pero claro, no tomaba en cuenta que recibía de su parte un trato privilegiado y que era ella quien, en último término, imponía su visión en todo orden de cosas. Pumarino la adoraba con vocación sacerdotal. A la primera oportunidad que se presentaba componía alguna alabanza a su pelo, a su estilo o su manera de caminar; o bien a la fluidez con que se relacionaba con los demás, a su agudo sentido de la belleza que le permitía distinguir de una sola mirada lo lindo de lo feo, a la inteligencia de sus comentarios. En el fuero interno de Pumarino, los juicios de Elvira predominaban sin contrapesos. Él me aceptó como amigo e incluso me llegó a querer porque ella se lo impuso. Y si bien Elvira no le rendía culto a un dios enjuiciador y no desperdiciaba las horas en un extenuante ejercicio de discriminación, cada vez que daba a conocer un nuevo mandamiento, Pumarino pasaba de su creencia previa a la aceptación de la nueva ley sin quejas ni remordimientos, con toda su fe puesta en la santidad de su amiga.

Cada domingo terminaba en la terraza, con una nota plácida. Hablábamos sin aspavientos, nos regocijábamos del solo hecho de estar juntos. Alguna vez, Elvira nos recitó algunos versos de los que guardaba sin intención de publicar. Escribía poco, pero cuando daba por terminado un poema se sentía totalmente segura de él, al punto de jamás pedir una opinión ni menos un consejo. Tampoco protestaba en contra de la vida profana del periodismo. La independencia que le ofrecía su trabajo en la Gerencia de Comunicaciones de la Universidad Andrés Bello era suficiente retribución para soportarla sin rebelarse. Hacíamos declaraciones de cuánto nos queríamos, lo bueno que había sido encontrarnos, la tranquilidad que nos daba saber que contábamos los unos con los otros. Sentados en el balancín, Santiago le acariciaba el pelo por largo rato, o cuando él se hallaba tenso, ella le daba un masaje en el cuello. Hubo noches en que Pumarino, pasado de copas y de marihuana, se quedó a dormir en el departamento de Elvira, sin que ninguno de los dos se sintiera incómodo porque ocuparían la misma cama. Yo no pude alcanzar ese grado de confianza ni con él ni con ella. Sospechaba que Pumarino se sentía atraído sexualmente hacia mí y temía acercarme demasiado a Elvira. En cierto modo la deseaba, pero no habría soportado que por un goce incierto y

momentáneo se hubiera perdido el equilibrio que disfru-
tábamos. Mis padres habían muerto, mantenía a mis pasados amantes a distancia, había sustituido a mis hermanos y viejas amistades por un nuevo lugar de pertenencia,
uno en el que mi homosexualidad no despertaba descon-
fianzas, donde más bien constituía una virtud. Es por
eso que la disposición llana, la acogedora inteligencia y
los placenteros mordiscos de su risa transformaron a Elvira, en el curso de un par de años, en la persona más
importante de mi vida.

7

—¿Quieres conocer el lugar donde vamos a construir la galería?

La tía abuela de Felipe vivía en Camino Las Flores,
donde se hallan las grandes casas del barrio Los Dominicos,
parapetadas detrás de arboledas y muros de protección. La
suya era de estilo modernista, diseñada por De Groote, con
una notoria influencia de Barragán en el uso de estucos
coloridos. Con paso firme y la suficiente habilidad en sus
tobillos para no perder el equilibrio a causa de sus tacos,
Alicia Mendieta emprendió camino a través del extenso
prado. El sol de enero dominaba el centro del jardín, sin
por eso arrebatarle su frescor antiguo, con los muros rosa
respirando apacibles a la sombra de los árboles. Al llegar a
una esquina, la mujer giró en ángulo recto como lo haría
un soldado. Su marcialidad no desentonaba con los grandes
botones de su traje sastre, ni con su peinado guerrero. Más
adelante se abría una cancha de tenis con suelo de arcilla.

—Ahí —indicó con un dedo que se extinguía en
una uña impecablemente modelada—. No vayas a creer
que ya no juego porque no me dan los pulmones. Tuve
que dejarlo por culpa de una lesión en el codo —se llevó
la mano izquierda al brazo derecho, en un gesto piado-
so—. Es una pena. Cuando joven llegué a ser categoría
honor y hasta hace dos años me las batía de lo más bien.

Selden no había llegado aún. Ella contemplaba la
cancha con una expresión que más bien quería invocar el
pasado que imaginar el futuro. Sus viejas glorias conquis-
tadas a punta de raquetazos se hallaban ante nosotros. La
lesión también le impedía jugar golf. Se conformaba con

salir a caminar por la cancha del club muy temprano en la mañana, cuando había poca gente jugando. No quería morir de un pelotazo en la sien.

Con la misma brusquedad de sus pasos me preguntó:

—¿Cómo encuentras a mi sobrino Felipe?

La interpelación me tomó por sorpresa. Ella se quedó mirándome, hasta que su rostro se contorsionó para precisar:

—No te pregunto si lo encuentras simpático, inteligente o buenmozo —las palabras brotaban gordas de su boca—. Ya sé que está lleno de dones. Lo que quiero saber, y perdona que te lo plantee de modo tan directo, es cómo crees tú que se está tomando su homosexualidad.

—No sabría decirle...

—Trátame de tú, por favor —me interrumpió de manera firme pero cortés. Luego dilató la boca en redondo para volver a cerrarla en una trompa.

—Yo solo lo he visto tres veces y tengo la impresión de que la lleva bien... con la cabeza en alto...

—¿Pero?

Mi falta de resolución había delatado mis aprensiones.

—Antes de responderte quisiera saber el porqué de tu interés.

La pequeña trompa tomó vida una vez más.

—Conmigo puedes ser sincero —dijo por fin—. Soy absolutamente desprejuiciada al respecto. No podría decir que me alegro de que Felipe sea gay, pero tampoco me apena. Cada uno con su vida... Así pienso yo. Quiero mucho a ese chiquillo y no me gustaría verlo sufrir.

Me miró a los ojos. Sus plásticas facciones habían dado paso a un semblante serio y reposado.

—Tú conoces a Camilo, ha salido con él este último tiempo.

—Sí, lo sabía.

—Él puede darte una mejor idea. Según me cuenta, Felipe tiene momentos de gran libertad y otros en que se siente perdido, incluso culpable.

—Me lo figuraba.

—¿Por qué?

—Esa sobrina mía traba la mandíbula cuando muerde. Puede hacerle la vida miserable a cualquiera. Felipe ha sido su regalón y tiene una influencia enorme sobre él. Si no lo suelta, lo hará sufrir.

—En un matrimonio, hace no mucho tiempo, me pidió que lo dejara en paz. Estaba descompuesta porque me había visto hablando con él.

—Si supieras la de malos ratos que me ha hecho pasar. Para el funeral de su madre, mi hermana, estaba más preocupada de darles en el gusto a los sacerdotes del Opus que a sus parientes. Había tantos curas como moscas en un basural. Y cuando se enteró de que mi hermana me había dejado un cuadro que yo siempre alabé, se enfureció. Para qué, me gritó, si yo ya tenía tantos cuadros. Es un Mori, el retrato de mujer que está colgado a la entrada. Lo tengo ahí para que se enrabie cada vez que viene. Si no fuera porque ella es una de mis herederas, ni se asomaría por esta casa. Su madre le dejó algunas cosas de valor, joyas sobre todo, pero ahora con la crisis vive bastante al justo. Y el marido no da pie con bola. En el fondo me odia porque me sobra la plata y me he demorado más de la cuenta en heredársela. Le doy un cheque para Navidad, como a su hermano. Pero es tan antipática. Creo que oí llegar un auto. ¿Volvemos?

Como si nos observara absorto desde lo alto, Selden entró al living y nos saludó con esa gestualidad cortesana que lo hace agradable a los demás. Esa tarde parecía hallarse más distante que en otras ocasiones. Huía hacia dentro de sí mismo, lejos de esa realidad de cómodas imperio, alfombras persas y poltronas de época. Mientras su tía abuela bordaba el hilo de la conversación con maestría, él hacía un doloroso esfuerzo para salir de su reticencia, logrando componer solo unas cuantas frases astilladas.

—No soy el indicado para ayudarlos con la biblioteca —dije luego de que Alicia la mencionara—. Hablé con un conocido, dueño de una tienda de libros viejos, y se ofreció a asesorarlos.

La anfitriona alzó las cejas y el mentón para decir:

—Por ningún motivo. Yo quiero que seas tú. No nos conocemos tanto, pero sé los puntos que calzas. No quiero a ningún extraño en mi casa.

—La persona de la que te hablo es un bibliófilo en el que puedes confiar. Ha orientado a varios ricachones que han querido organizar sus bibliotecas. En ese tema, yo soy un inútil.

—Entre inútiles nos entenderemos. ¿Yo soy una ricachona para ti? —hizo una pausa tan resonante como su voz—. Felipe va a estudiar el diseño de la biblioteca y lo verá contigo. Yo no quiero tener un sistema de clasificación ni nada que se le parezca. Solo espero que sea un lugar agradable donde ir por las noches a hojear un libro. Al menos así sobrellevaré el insomnio con cultura y no con televisión. Vieras los volúmenes de grabados botánicos que me dejó mi padre. Es una pena que estén enmoheciéndose por ahí.

Durante el almuerzo, Alicia interrogó a su sobrino sobre el proyecto, pero la admirable gama de recursos que empleó para sacar a Felipe de su encierro fracasaron. En medio de un silencio prolongado, le soltó a bocajarro:

—¿Estás saliendo con Camilo Suárez?

Se lo preguntó con ojos serenos, al tiempo que se llevaba un trozo de carne a la boca.

—¿Perdón? —repuso Felipe, marcando la última sílaba con dureza. Luego se volvió hacia mí, con el enojo impreso en el ceño.

Una vez que puso fin a su histriónico acto de masticar, Alicia medió:

—No culpes al escritor, él no ha cometido ninguna indiscreción. Deberías saber que en este tipo de asuntos soy la persona mejor informada de la ciudad.

—Estamos muy lejos de eso —dijo Selden con los ojos bajos; su voz tenía un filo de indignación.

Dejé aflorar mi desacuerdo con un reacomodo en la silla, pero Selden no se dio por aludido.

—Es un chiquillo encantador, harías bien en enamorarte de él —insistió Alicia.

Felipe no se convencía de que estuviera hablando de su vida amorosa con su tía abuela. Al parecer, dos facciones luchaban en su interior. Una que hubiera deseado responder al interés y la confianza de la mujer, y otra que se rebelaba ante la intromisión. Una que aceptaba el estado de cosas y otra que pretendía negarlo. Debió de ganar la segunda, porque Selden clavó la mirada en el plato y volvió a embozarse de silencio.

Dos abejas entraron por una ventana abierta del comedor. Al percibir el cambio de atmósfera se dieron media vuelta con la intención de marcharse. Una de ellas encontró la salida, pero la segunda se estrelló contra el vidrio de la ventana contigua. En su afán por salir, comenzó a chocar una y otra vez contra la superficie transparente. Con frenético empeño recorrió la hoja vidriada arriba y abajo, de lado a lado, hasta topar con los marcos que ceñían el paisaje al que ansiaba retornar. No tenía forma de saber que tan solo unos centímetros más allá del margen izquierdo, la luz y el aire se expandían sin límites.

Alicia quiso mostrarme los bocetos que Felipe le había presentado, mientras tomábamos café en el living. Selden salió en su busca. Ella se levantó de su poltrona y vino a sentarse junto a mí en el sofá enfrentado a un enorme cuadro de Matta, y lo hizo tan cerca que pude sentir su olor, mezcla de perfume y vejez.

—Tu ayuda en la biblioteca es solo un pretexto —aunque murmurara, su voz inundaba la estancia—. Le hará bien pasar tiempo contigo. Ya ves como está. Que no se te suban los humos a la cabeza, pero creo que tú puedes ser un buen guía en estas lides.

—¿La galería y la biblioteca son también un pretexto?

—Mmm, puede ser. Le he dado vueltas a la idea desde hace tiempo, pero si no estuviera Felipe involucrado no la concretaría jamás. Me alegra la vida tenerlo cerca. Va a llegar lejos, ¿no crees? Entre tú y yo, y ojalá Camilo, vamos a arrancarlo de las fauces de su madre para que sea feliz.

—Si quieres que lo aconseje, no tienes que valerte de un proyecto tan oneroso. Me comprometo a ponerle atención.

—No seas aguafiestas. Yo también quiero gozar de tu compañía, siempre y cuando no te vuelvas demasiado sarcástico.

—Hoy no he dicho ni un solo sarcasmo.

—Me llamaste ricachona. Pero veo que ya no te soy tan insoportable.

Al regresar Felipe, ella se puso de pie y dijo:

—Cuando se habla de honorarios hay que hacerlo en voz baja. Ven, muéstrale al escritor esos bocetos magníficos. Acabo de pensar que podríamos poner un par de grandes mesas en la galería, para que no se vea tan desnuda en el centro. Creo que lo vi en la Frick Collection.

—Yo había pensado que el centro quedara libre para poder instalar paneles desmontables y así aumentar la superficie de exhibición.

—Buena idea. ¡Tengo tantos cuadros!

El almuerzo terminó a eso de las tres y media de la tarde. Felipe y yo salimos juntos a la calle calcinada por el sol. Me ofreció llevarme de regreso a mi casa en el auto de su madre, una camioneta Chevrolet de color grafito. Su ánimo taciturno se había despejado y había vuelto a ser el Selden que yo conocía. Reconquistó su levedad mientras nos enseñaba los bocetos, colmándonos los oídos con alcances y precisiones. En el camino consideramos alternativas de estantes, sillones de lectura y discutimos cuál sería la iluminación apropiada. Llegado un punto me dijo:

—Almorcé con Elvira el martes.

—¿Y cómo lograste semejante proeza?

—La llamé por teléfono a la universidad.

—Las cosas de la vida, fui uno de sus mejores amigos y tengo que hacer malabares para verla.

—No pudo ser más cariñosa. Me asombra que sea tan abierta y comprensiva conmigo, cuando en realidad detesta a la Iglesia católica, a la clase alta y a la derecha.

—Porque debe ser la poeta izquierdista más pituca, más momia y más católica que existe. Y porque tú eres gay.

—¡Qué va a ser católica! Habla pestes de los curas.

—Hay quienes nunca dejamos de ser católicos, aun cuando nuestros intelectos y nuestras vidas se esfuercen por demostrar lo contrario.

—¿Tú también?

—Lo digo por la educación en el sacrificio y la culpa. Ya no creo en Dios y la jerarquía eclesiástica me repugna, pero todavía me enfrento a algunas situaciones difíciles como un católico cualquiera.

Selden se rió y me palmeó la espalda, como si ese comentario hubiera derramado un cántaro de indulgencia sobre él. Cuando ya me bajaba del auto hice el comentario que había refrenado hasta entonces:

—Pensé que las cosas iban bien con Camilo.

Selden suspiró.

—¿Lo dices por la comida en tu casa?

—Te veías contento.

—He tratado de pensar que es posible. Pero no lo consigo... Siempre llega la mañana.

—¿Y cómo es la mañana?

—Pesimista, rabiosa.

—¿Se lo has dicho a Camilo?

—En todos los tonos, pero no me hace caso. Siento que no es el momento adecuado. Quiero estar solo, no me gusta sentirme comprometido. Camilo cree que lo pienso así solamente cuando estoy lejos de él.

—¿Y no es cierto?

Miró hacia el fondo de la calle antes de responder:

—Quisiera tener mayor fuerza de voluntad.

Tuve el impulso de aconsejarle que no lo viera más, para evitarle a Camilo un mayor sufrimiento. Pero había aprendido a no inmiscuirme en los amores ajenos. Basta un leve golpe en los pies de un velocista para tirarlo al suelo y arruinarle la carrera.

Lo primero que hice al llegar a mi departamento fue escribirle a Camilo. Había interpretado la ausencia de noticias en el sentido equivocado. Ahora temía que se hubiera hundido al punto de quedarse sin fuerzas para pedir auxilio. Me dediqué el resto de la tarde a preparar las maletas y a reunir los libros que llevaría conmigo a la playa. La respuesta llegó a eso de las ocho de la tarde.

Querido Tomás, gracias por la preocupación. No he tenido ánimo de llamarte ni de escribirte. Me tomé una semana libre y me vine al sur. A la mañana siguiente de la comida, Felipe me dijo por teléfono que no podíamos seguir. Cada vez he tenido que caer desde más alto. Tanto en tu casa como después en la mía creí que por fin se había dejado llevar. Pero no. Mientras más fuertes son las emociones que despierto en él, más fuerte el rechazo. Ya perdí las esperanzas, su reacción fue tan virulenta que no puedo soportar una nueva pelea. Me recriminó mi insistencia, mi falta de orgullo. Le dije que no podía seguir oyéndolo, y entonces me gritó que era él quien no podía seguir oyéndome a mí. Más tarde mandó un mail disculpándose, pero insistió en que dejáramos de vernos. A esas alturas yo venía del aeropuerto de Puerto Montt camino a este hotel, del cual no he salido desde que llegué.

Espero que te vaya bien en la playa. Si puedo, y me invitas, me escapo a verte unos días.

Un abrazo, Camilo

II

8

Marzo siempre me ha parecido un mes despreciable. A la mayoría de los santiaguinos nos mueven fines prácticos, conquistas insignificantes. Es un mes apresurado, administrativo, enojoso. Al contraste de la tranquilidad que me cobijó en la casa de la playa durante el verano, se volvía aún peor.

No cumplí con la promesa que le hiciera a Alicia Mendieta. Salí de Santiago el 3 de enero de 2009 y no tuve contacto con Selden en dos meses. Supe algo de él a través de los correos que me envió Camilo. No habían vuelto a verse y mantenían una comunicación intermediada por largos silencios. Por facebook me enteré de que Selden había permanecido en Santiago durante la mayor parte del verano, a excepción de dos semanas que pasó con su familia en el lago Colico, un tiempo documentado con fotografías. Contra el telón azul, cielo y lago apenas diferenciados, se podía ver a Tana sentada en un sillón de madera, con el pelo hecho una maraña, vestida con unos shorts que revelaban sus muslos abotargados. O a toda la familia, los cuatro de pie en un muelle, Selden y su hermana embarazada en trajes de baño. La cámara debió de estar en manos del cuñado. Posiblemente se hallaba a bordo de un bote o una lancha, a pocos metros de distancia. Los cuatro miraban hacia el lente sin asomo de simpatía. El resto de las fotos mostraban a Felipe en una terraza o tendido en una playa pedregosa, por lo general rodeado de amigos y amigas, jóvenes con una marca social tan ostensible como la de un pueblo originario. Sus cuerpos, sus peinados, sus posiciones, todo en ellos los hacía miembros de una tribu social, niñitos bien, educados en colegios elitistas, con una asombrosa uniformidad en el actuar y en el vestir. Selden se salía del molde. No intentaba, como los demás, atraer al fotógrafo con una sonrisa, una mueca o una pose. Daba la impresión de que el fotógrafo lo seguía, de no ser él quien se sumaba al retrato grupal, sino que el resto venía a rodearlo. Deseé que albergara el anhelo por distinguirse, desligarse de esa pastosa masa de jóvenes que, generación tras generación, han tenido como objetivo primordial el parecerse lo más posible los unos a los otros. Me lo imaginé trepando la pared del cuenco donde todos se zambullen, mientras cientos de manos se estiran para asirlo y obligarlo a regresar a la uniformidad. También revisé las fotos que Selden había publicado en su álbum «Verano en Santiago». Y me llevé una sorpresa cuando en tres de ellas reconocí a Elvira. Dos en un bar, en las que apenas se podía distinguir la luz de sus sonrisas contra un fondo de ladrillo, y otra en el departamento de Santa Lucía, más nítida, con Selden abrazándola como si la hubiera pillado desprevenida en el sofá bajo el telar, el mismo sitio en el que pasé tantas horas y que no visitaba hacía tiempo. No me extrañó que se hicieran amigos. La capacidad de Selden de involucrarse sin «perder sus contornos», seguramente surtió en Elvira el mismo efecto embriagador que tuvo en Camilo y en mí. Lo desconcertante fueron mis celos. Elvira tenía un nuevo amigo gay, uno que me enrostraba mi obsolescencia. Sabía que todo aquello era irracional, hacía años que no éramos cercanos, pero estos sentimientos se amplificaron durante la noche para atormentarme y solo se contrajeron por la mañana al volver a mi rutina. Con el fin de ahuyentar ese estúpido instinto posesivo, me propuse llamarla para intercambiar apreciaciones acerca de Selden. Cuando alguien le interesaba, Elvira se hacía de un punto de vista original para juzgarlo. Sin embargo, dejé correr los días fingiendo una supuesta indiferencia, hasta que no pensé más en ellos.

Durante la segunda semana de marzo recibí una llamada de Selden. Se le oía cálido y optimista. Se encontraba bien, aunque un poco decepcionado por la falta de ofertas de trabajo. Le entregaría los planos del anteproyecto a su tía Alicia y ella quería verlos conmigo antes de que se lanzara a dibujar los planos de detalles. Insistí en la extrañeza que me despertaba el interés de ambos en mi opinión, a lo que Selden repuso, con una gota de comicidad, que tal vez su tía Alicia se había enamorado de mí. Pensé en decirle que también Elvira se había enamorado de él, pero me contuve. No quería que supiera que había espiado sus fotos.

A pesar de que aún había luz en el cielo, los árboles inundaban la casa de sombras. El mozo encendió una lámpara que se erguía sobre una mesita y me invitó a tomar asiento en la poltrona junto a ella. ¿Quería algo de beber? La señora «saldría» en cinco minutos. Me dediqué a estudiar la lámpara. Era de estilo imperio. Sin duda una representación de la libertad. La figura tunicada de una mujer llegaba en ese momento de su vuelo, posándose con un solo pie sobre la base de granito negro, mientras con un brazo alzaba la antorcha en cuyo ápice brillaba la bujía. Me asombró la delicadeza del modelado en bronce doré, especialmente por la levedad que el orfebre había conseguido darle al vestido y a la figura en general. Selden me sacó de mi contemplación. No lo había oído llegar. Traía bajo el brazo un tubo con los planos y el maletín del computador colgado del hombro. Me puse de pie y nos saludamos dentro del aura de luz que dejaba ir la pantalla de pergamino. Recibí un abrazo de su parte, como si estuviera ansioso de verme. Aun así, no se me ocultó un matiz convencional en su actuar, nacido de unas maneras corteses que no necesariamente respondían a razones afectivas.

—A la tía Alicia le ha dado por estar a oscuras desde que se cayó —dijo mientras se movía por la habitación, encendiendo otras lámparas y focos para iluminar los cuadros. No había ni una sola fuente de luz cenital en toda la sala—. Así está mejor.

—¿Fue una caída grave?

—Ella dice que no, pero la veo desanimada. Oye —dijo cambiando el rostro—, nos hemos visto mucho con Elvira. Te mandó saludos.

—¿Ah, sí? ¿Y cómo está?

—Muy divertida. Me río tanto con ella.

Oímos pasos, acompañados de unos golpes en el mármol del vestíbulo. Momentos después apareció la dueña de casa. Avanzaba lentamente con la ayuda de un bastón. Nos dirigía alternadamente a Selden y a mí una mirada senil, mezcla de compasión hacia sí misma con ternura hacia nosotros. Su boca ya no se movía al ritmo de sus pasos. Una vida entera había cruzado por el cuerpo de esa mujer en poco más de dos meses.

—No pongas esa cara, escritor, me di un costalazo en el baño, nada más.

En su voz vibró el deseo de sonar superior y de hallarse en control, pero los hilos de la fragilidad se enredaron en sus palabras, sin permitirle alcanzar un tono convincente.

—Déjame ayudarte a bajar ese escalón.

No obstante lo genuino de mi propósito, me sorprendió que me permitiera socorrerla con tanta docilidad.

—Hoy no me siento bien. Me ha dolido mucho la cabeza —dijo una vez que alcanzamos el centro de la sala. Con ambas manos sobre la cacha labrada del bastón miró a su alrededor para añadir—: No soporto la idea de sentarme en uno de esos sofás, quedaría enterrada, ¿no les parece? Hay que considerar que cuando terminemos tendré que ponerme de pie.

—Podemos ver los planos en el comedor, tía. Ahí hay más luz y después podrá levantarse sin problemas.

—Puedo levantarme de una silla de comedor sin problemas, claro que sí.

Se tomó del brazo de su sobrino y fueron hasta la cabecera de la mesa. Si bien contrajo el rostro, al momento de sentarse no dejó escapar quejido alguno. Enganchó el bastón en uno de los brazos del sitial y, en un inesperado gesto de confianza doméstica, se frotó las rodillas con las dos manos. Mediante láminas preparadas en el computador, Selden nos enseñó la apariencia de la futura construcción, tanto por dentro como por fuera. La luz de la pantalla hacía resplandecer el rostro de Alicia. Se veía hermosa en su debilidad, una belleza opuesta a la pulcritud de antes, esa especie de rigor fatuo, ese hipertrofiado sentido de la forma. En el desmadejamiento de sus rasgos brillaba la olvidada belleza de los ancianos. Selden desplegó la planta de la galería ante nosotros, sosteniendo los extremos del plano con un par de copones que tomó del aparador. Por momentos, Alicia parecía un tanto ida. Su mirada rezumaba nostalgia, como si ciertas imágenes del pasado viajaran ante sus ojos, proyectadas en el cuerpo de Selden. Me esforcé por mantenerme atento a él e hice un par de preguntas para que advirtiera mi interés. Alicia permaneció callada, oculta tras una sonrisa triste. Durante la revisión de las elevaciones, Selden se dirigió solo a ella, alertado de que podía perder su atención. Llegado un punto, su tía dio una cabeceada y cuando regresó a la conciencia abrió los ojos desmesuradamente. Fue la primera gesticulación de la tarde que me recordó la gimnasia facial que practicaba esa otra mujer que también se llamó Alicia Mendieta.

—Perdóname, mi amor —no la había oído tratar a Selden de ese modo antes—, ha sido un día pesado. La galería y la biblioteca van a quedar preciosas. No quiero que pienses que no me emociona; todo lo contrario, es por lejos lo que me tiene más entusiasmada. Ahora que no podré moverme tanto, voy a pasar mucho tiempo aquí. No quiero ser pesimista, pero en los cambios de nivel, además de peldaños, habría que pensar en poner rampas.

—No me había dicho que fuera tan grave, tía —dijo Selden alarmado.

—No es grave en lo absoluto, mi amor, tú no tienes que preocuparte de mis achaques —juntó los labios y apenas insinuó la trompa a la que antes daba vida—. No te digo lo de las rampas para que te agobies, pero si me caí una vez en el baño, puedo volver a caerme, me siento insegura al caminar. Tengo setenta y un años, Felipe, a esta edad todos tenemos algún desperfecto.

—Si quiere terminamos de ver los planos otro día.

—No, no... Quiero que empecemos la construcción lo antes posible.

Durante unos minutos recobró su carácter vital para luego aislarse en la misma añoranza de un principio. Temía que Alicia cediera de nuevo al cansancio o que Felipe acabara por perder el hilo de su ya confusa presentación. El silencio que se abrió después de su última frase nos devolvió en parte la tranquilidad.

—Estoy orgullosa de ti, para ser tan joven eres un gran arquitecto —dijo ella, con el tono de voz de quien recuerda.

—Sí, el proyecto está muy bien —concordé.

Selden agradeció con coquetería infantil, esa vanidosa ingenuidad que socavaba el aplomo que me había impresionado en él.

—¿Me harías un favor, Felipe? ¿Me dejarías a solas con el escritor?

Me sorprendí tanto como Selden. Me trajo a la mente a mi madre, cuando le pedía a mi padre que la dejara con el doctor o el sacerdote.

—Claro, tía —accedió él, refrenando la curiosidad que había excitado su mirada. Recogió sus cosas y antes de salir, dijo—: Voy a hacer la modificación para instalar un montacargas en la biblioteca. También servirá de ascensor. Puedo tener listos los planos en tres semanas. Los detalles de los muebles van a demorar un poco más. Contraté a un dibujante para que me ayude. Mientras tanto, usted tiene que descansar y recuperarse.

—En tres semanas voy a estar hecha una Nadia Comaneci, ya verás. Gracias por todo —Alicia le puso la mano en la mejilla al momento de recibir su beso de despedida—. ¿Le dirías a Francisco que nos trajera una taza de té?

Ella se quedó contemplando la espalda de Selden hasta verla desaparecer. Luego bajó lentamente la vista hasta su regazo. Jugaba con sus manos huesudas, había perdido peso, la luz de la gran araña de bronce y cristal acusaba los pliegues que le hendían el rostro. No pronunció palabra ni cambió de posición por un rato, y yo no me sentí digno de interrumpir sus cavilaciones. El mozo entró por una puerta disimulada en el muro y nos sirvió el té a cada uno con gran destreza. Cuando ya se retiraba, Alicia le dijo con cariño:

—Gracias, Francisco. Que no nos molesten.

Solo entonces, sin levantar el rostro, dejó ir un largo suspiro.

—La última vez que nos vimos me preguntaste por qué estaba interesada en la vida de Felipe y no te di una respuesta como se debe. En todos estos años no me había planteado la pregunta de con quién podía hablar de este tema. Confesarse con un escritor no es lo más aconsejable y, sin embargo, hoy, al vernos a los tres juntos, me convencí de que tú eras la persona indicada. He mantenido este secreto por muchos años y hasta ahora una barrera inconsciente me había separado de él. Todo cambió cuando supe que Felipe era homosexual.

Su voz había perdido fuerza, ya no llegaba al final de las frases con el mismo ímpetu de antes. Me he preguntado en más de una ocasión por qué Alicia Mendieta confió en mí, siendo un extraño en su vida. Puede que la lectura de uno de mis libros despertara en ella la ilusión de intimidad, o quizás la moviera el afán de convertirse en un personaje de novela. Su principal motivo, en cualquier caso, fue compartir una vivencia que tenía su origen en tiempos oscuros, una época de la que yo apenas había escapado. Me había hecho adulto cuando ya amanecía, pero ella debió intuir que, mientras huía hacia la luz, también había experimentado el frío atenazador de esas sombras en mis tobillos.

—Conocí a mi marido el verano después de terminar el colegio. Eso fue en... 1955. No te mentiría si te dijera que me enamoré de él a primera vista. Era alto, lo que para una petiza como yo constituía un requisito sine qua non en un pretendiente. Y tenía el pelo aleonado. Como estábamos en la playa, sus papás dejaban que no se lo peinara a la gomina y que no usara sombrero. Yo había sido una niña cuidada, sin trato cercano con los hombres. No tenía hermanos y recién hacía un mes había salido del Colegio de las Monjas Francesas. Mi idea del amor era absolutamente romántica. Princesa, torre y caballero. Ese primer verano me dieron permiso para pasear con Arturo por la rambla de Zapallar, después del último baño —el recuerdo la había animado—. Muy pronto estuve segura de que sería mi marido. Me sentía feliz, cómoda, liviana a su lado. Y también me sentía segura de su amor —recalcó, como si quisiera convencerse una vez más de este punto—. Ni te imaginas lo buenmozo que era, no me da vergüenza decirlo, a mí me lo parecía al menos, tenía una forma noble de pararse y de caminar. No era ningún dios, los ojos demasiado juntos y las orejas sobresalientes no le hacían ningún favor. ¿Viste la foto que tengo de él en el living? —asentí—. Cuando mis amigas lo llamaban «orejitas», yo les decía que me importaba un rábano que no fuera lindo de cara. Un año después ya éramos novios oficiales. Tanto a él como a mí nos devoraban las ganas de estar solos para besarnos. Mi hermana mayor, la abuela de Felipe, hacía de chaperona. En las pocas escapadas que nos permitía, tenía que contenerlo para que no se propasara. Nos íbamos a meter al garaje de la casa de Felipe —sí, dijo Felipe en vez de Arturo—, al lado de la playa. Yo lo deseaba con toda mi alma, para qué te voy a mentir, pero las monjas me habían inculcado que la virginidad era la mayor virtud de una mujer soltera. Si hubieses visto, escritor, lo dulce y lo atento que era conmigo. Nunca fue brusco, ni menos antipático. Me regalaba piedras, estrellas de mar, porque no podía comprarme chocolates ni flores. En su familia siempre fueron tacaños. Él era un estudiante del montón en ingeniería, pero como mi padre tenía plata, me aseguraba a cada rato que él iba a ser rico, que no me preocupara —levantó la vista y le dio una mirada abarcadora al comedor—. Toda su fortuna la hizo en quince años.

»En mi casa le habían tomado cariño y se alegraron cuando me regaló anillo de compromiso. Y fíjate lo que es la vida, desde ese minuto yo empecé a sufrir. Al principio Arturo se olvidaba de que yo iba a su lado. Leseras. Un día no me abrió la puerta del auto, y otro, a la salida del cine, salió caminando delante de mí. Nunca antes había pasado por alto ese tipo de gentilezas. Con el paso del tiempo las conversaciones se fueron extinguiendo, él parecía tener la cabeza puesta en otra cosa. La explicación que yo me daba era que su memoria de grado lo tenía inquieto. Se recibió y entró a trabajar en una corredora de bolsa, pero nuestra comunicación empeoró todavía más. Hubo días en que, sin avisar, no llegó a verme por la noche. Usaba como pretexto el cansancio, pero yo sabía que no era verdad, su trabajo no tenía nada particularmente agotador. Hasta que una noche de desvelo comprendí que estaba a punto de perderlo. Pedí permiso en la casa para salir sola con él. Mi madre me vio tan decidida que no pudo negármelo. A ella no se le escapaba nada de lo que sucediera alrededor, así que percibía que las cosas no iban bien. Arturo me invitó a un restaurante francés que estaba cerca de mi casa, en Providencia; francés a la manera chilena antigua, carnes y pescados con mucha salsa. Todavía me acuerdo de lo incómodos que eran los manteles hasta el suelo. Me pasó a buscar a pie, porque sus papás le prestaban el auto muy de vez en cuando. Venía de la oficina. Era otoño y recuerdo el brillo de sus zapatos en contraste con las hojas secas de la calle. En esa época todavía se usaban los trajes holgados y los pantalones hasta el ombligo. Apenas nos sentamos a la mesa le dije que no quería perderlo. Su respuesta me confundió aún más. Dio un vistazo alrededor, como si temiera que nos oyeran, y me pidió que lo conversáramos después de comer. Prácticamente no hablamos en el restaurante. A la salida me lo dijo... Nos habíamos parado debajo de un poste de luz. La oscuridad que arrojaba el ala del sombrero sobre su cara me impedía ver su expresión. Encendió dos cigarrillos, uno para él y otro para mí. Cosa rara, porque él aborrecía que las mujeres fumaran en la calle. El resplandor del fósforo iluminó por un instante sus facciones. No supe distinguir si estaba a punto de llorar o de dar un grito de rabia. Se quedó callado, con la mirada en el piso hasta que apagó el cigarrillo con la suela del zapato. También me gustan los hombres. Esa fue su manera de decirlo».

Alicia calló. Alzó la mirada y desafió a los ventanales. Desde el fondo de la casa nos alcanzó el ruido sordo de una televisión.

—Se me vinieron a la cabeza los insultos, la cara de asco de mi madre cuando se hacía mención al tema, las burlas de mi padre porque los Valenzuela tenían un mozo colipato, el cuchicheo cruel de mis amigas cuando un hombre resultaba ser afeminado. Me quedé sin palabras. En realidad, no sabía de lo que me estaba hablando. De Arturo no brotaba ni una gota de amaneramiento, mi mamá incluso lo encontraba tosco. Y nada en sus modales ni en su personalidad ni en sus actitudes del pasado me daban un indicio, un hilo a seguir. En el camino de vuelta a la casa se ocupó de recordarme que solo era un impulso instintivo, que no tenía que ver con el amor, que él estaba enamorado de mí. Su distanciamiento se debía a que había tomado conciencia de su engaño. Había sentido que no podía casarse conmigo sin que yo conociera algo tan esencial de su manera de ser. Antes no había tenido problemas porque todavía se lo negaba a sí mismo, pero desde el compromiso se le había hecho cuesta arriba, ya no era capaz de estar conmigo sin sentir que me estaba involucrando en un asunto que no era de mi responsabilidad. Yo seguía choqueada y abrumada por las preguntas e implicancias que me venían a la mente. Cuando estaba por entrar a la casa, me rogó que no lo juzgara, que comprendiera que él no había hecho nada malo. Solo era algo que le sucedía. Me pidió que pensara bien si quería que siguiéramos juntos, ese flanco de sí mismo podía ser una fuente de perturbación para los dos. Pero me volvió a jurar que estaba enamorado de mí, que lo único que quería era casarse conmigo y que su alejamiento se había debido a que se sentía deshonesto. Yo te quiero, Alicia, nunca dudes de eso, me dijo —trajo lentas las palabras desde el pasado—. Me pidió una última cosa:

que mantuviera el secreto. Si la gente se enteraba, él no solo perdería su buen nombre, sino también su trabajo, su familia, todo. Pero lo peor sería que quedaríamos condenados a la separación.

»Mi madre me estaba esperando despierta. Me preguntó por qué traía esa cara. No sé de dónde saqué fuerzas, pero la convencí de que todo estaba bien. Me fui a la pieza y no lloré. Otra noche en vela. Aunque no lo parezca, escritor, tengo una mente analítica y me armé de preguntas. Al día siguiente llamé a Arturo a su trabajo y le pedí que me fuera a ver esa noche, como lo hacía normalmente. Comeríamos con mis padres y él se iría después a su casa. Ya encontraríamos un momento para hablar con tranquilidad. Sentados a la mesa, me miró con los mismos ojos de arrobo con que me había contemplado en nuestro primer año de pololeo. Incluso bromeó con mi padre, que al otro día me comentó que se alegraba de que Arturo tuviera buen sentido del humor. Durante la semana que siguió me vi sometida a las sucesivas tentaciones de hablar con mi hermana, mi madre y mi mejor amiga. Pero ellas estarían tan perdidas y tan prejuiciadas como yo, y una vez que la noticia saliera de mí, nada la contendría. Mientras más lejos estás de una persona, más fácil es revelar su secreto. Me quedaba la oportunidad de hablar en confesión con el cura del colegio, el padre Armas. Nos sentamos en una de las bancas de la capilla. No recuerdo gran cosa de lo que me dijo, pero tengo grabada su expresión. Perdió la jovialidad de siempre y se le encorvaron los hombros, se puso triste como si fuera el problema de alguien muy cercano. Me aconsejó que si yo tenía alguna duda del amor de Arturo, lo dejara; pero que si confiaba en sus sentimientos, me casara con él. Una semana más tarde me sentí preparada para hacer las preguntas que había acumulado. Salimos a caminar y nos sentamos en una plaza de

Pedro de Valdivia. Corría un poco de viento que anunciaba lluvia. La primera de todas las preguntas fue si se había acostado con un hombre y cuándo. Me dijo que no. Una única vez, en el bar de un hotel, se había sentido flaquear. A propósito de ese encuentro se cuestionó si era honesto conmigo. Quise saber si se sentía más atraído por los hombres que por mí. Me explicó que eran atracciones de distinta índole. La que sentía por mí nacía del corazón y lo otro era solo un impulso del cuerpo. Él nunca podría enamorarse de un hombre, de eso estaba seguro. Le pregunté si pretendía casarse conmigo para no enfrentar su realidad. Me aseguró que él se quería casar porque estaba enamorado de mí y lo único que deseaba era que enfrentáramos el futuro juntos, incluido lo que yo llamaba su realidad. Le pregunté si tenía miedo. Tomó mis manos con las suyas, así —Alicia me pasó sus manos por encima de la mesa y tomó las mías, para retirarlas inmediatamente—, y lloró. Yo también lloré —de nuevo había bajado los ojos—. Si una pareja no ha llorado junta alguna vez no debería casarse. Nos abrazamos y le prometí que si permanecía fiel a mi lado, yo estaría para siempre con él. Por supuesto que no quedó ahí, tuvimos recaídas, días de confusión, yo sufría ataques de impotencia porque no iba a casarme con un hombre normal. Pero Arturo poseía el don de hablar de lo que fuera sin tapujos y así, cada vez, recuperábamos el camino hacia el matrimonio. Nunca en esa época de equilibro tan frágil tuve motivos para sentir celos. Nunca lo vi mirar a un hombre de manera indiscreta. Me casé segura de que hacía lo correcto. Lo único que puedo contarte de la ceremonia en la Recoleta Dominica es que él temblaba más que yo, pero en sus ojos pude comprobar que tenía el alma limpia».

Hizo una larga pausa. No esperaba una opinión de mí.

—Qué bien hace ventilar los secretos —dijo—. Me siento aliviada. Y me acabo de dar cuenta de algo. Lo perdoné del todo cuando él perdonó mi infertilidad. Al principio, las noticias de mi problema me hicieron sentir aún más insegura. Sin hijos, no había nada que lo retuviera a mi lado. Y fíjate lo que es la vida, al final terminó por unirnos. Estábamos a mano. Con los años he llegado a pensar que no me podría haber casado con nadie más. Si no hubiera tenido esa tendencia no me habría enamorado de él. Y te soy sincera, creo que estuvo con un hombre antes de morir, al menos con uno que conocí. Si lo piensas bien, yo le di la vida que hubiera perdido de haberse enfrentado a los prejuicios de nuestra época. Y me siento orgullosa de haberlo hecho y en ningún caso burlada. Arturo nunca me postergó y, haya hecho lo que haya hecho, jamás me hizo sentir desprotegida ni engañada, ni mucho menos poco amada.

»Por todo lo que te he contado es que me interesa que Felipe sea feliz. Me dirás que son tonterías de vieja infértil, pero a veces lo miro y pienso que podría haber sido el hijo que no tuve, un hijo de Arturo con derecho a ser un hombre pleno. Y no porque tenga una madre beata voy a permitir que sufra. Ya Arturo y todos los hombres gays que vivieron antes que él sufrieron lo suficiente. Yo había oído rumores acerca de Felipe, dos o tres semanas antes de que nos encontráramos en la galería. Una de mis amigas tiene una pasión artera por enterarse de los asuntos de los demás. Me decía que, debido a la pena, Tana no salía de su casa, y que Felipe andaba con hombres por ahí. Cuando los vi a él y a Camilo juntos no me cupo duda de que era verdad. Así que en ese mismo momento retomé la idea de construir mi propia galería y, de paso, hacer el esfuerzo de influir en este niño mío que, te habrás dado cuenta, es chúcaro como él solo».

—Es de esperar que pueda librarse del dominio de su madre.

—Es la parte más difícil. Tiene que sobreponerse a una vida entera de concientización, desafiar principios inculcados pacientemente en la casa y en el colegio, a través de sacerdotes y amigos. El Opus se dedica al adoctrinamiento. Y no por pequeño, su mundo deja de bastarse a sí mismo. No necesitan de nadie más; al revés, están convencidos de que el mundo los necesita a ellos. Se consideran rectos, tienen dinero y sus relaciones les confieren poder. No te sorprendas si te hablo como si fueran de una casta diferente a la mía. Yo me crié entre niñas iguales a mí, crecí al amparo de las monjas, siempre me apoyé en el dinero de mi padre y luego en el de mi marido. Pero tanto en mi casa como en el colegio y, sobre todo, después con Arturo, me formé libre, con la idea de que la felicidad era un don para quienes son capaces de darle cabida a su propia naturaleza, no en asimilarse al resto. En esto me ayudó la homosexualidad de Arturo y mi infertilidad. Se podría pensar que hicieron mi existencia incompleta, o insatisfecha, y sin embargo me dieron libertad para pensar y hacer de mi vida lo que me diera la gana. Por esa razón no volví a casarme. ¿Para qué? No quería que viniera ningún hombre a decir cómo tenía que comportarme o cuál debía ser mi papel. Y tú, ¿qué opinas de mi historia, escritor?

—Yo siempre he pensado que los homosexuales que se casan para guardar las apariencias, al fin y al cabo, son infelices. Pero tal como tú lo cuentas, no da la impresión de que haya sido el caso de Arturo.

—No lo sé. Quisiera creer que no. Murió en un accidente de auto. Si se hubiera muerto de viejo, tal vez habría asomado algún resentimiento.

—¿Tenían una vida sexual satisfactoria?

—No me obligues a contarte nuestros secretos de alcoba. No fue muy diferente a como uno imaginaría que debiera ser en un caso así.

—¿Dices que estuvo con un hombre?

—Un tipo que llevaba la contabilidad de su oficina. Era una buena persona. Jamás tuve celos de él —en este punto apretó una mano contra la otra—, hasta que murieron juntos en el accidente. Me pasé el velatorio, el funeral y el año que siguió furiosa porque, al morir a su lado, ese hombre tomaba un protagonismo que no se merecía.

—¿Todavía te duele?

—Ya no. La vida de Arturo fue la que tuvo conmigo. Es justo que, si llegó a amarlo, la muerte le haya tocado al contador.

—¿Tú crees que se amaban?

—Se pasaron juntos cada día de la semana durante tres años. El accidente fue a la salida de un motel en la carretera al sur. Un camión prácticamente los aplastó. Me preocupé de que las circunstancias del choque no se hicieran públicas. Ya no tengo rencor. Incluso en mis mejores momentos me tranquiliza pensar que Arturo conociera esa clase de plenitud.

—Qué quieres que te diga, Alicia, me tienes asombrado.

—Tonterías. Cualquiera habría hecho lo mismo en circunstancias similares.

—No creo.

—Bueno, ya está, te conté todo —dijo golpeando suavemente la mesa—. Me siento bien por haberlo hecho.

—¿Y por qué me lo contaste?

Meditó unos instantes antes de responder:

—Cada uno busca redimirse a su modo.

Bajamos al mismo tiempo el peldaño hacia el living. Esta vez no aceptó el ofrecimiento de mi brazo. Al pasar junto a la lámpara de la libertad aún encendida, Alicia deslizó el dedo índice de su mano libre por el borde superior de la pantalla, y solo lo retiró cuando ya había dejado atrás el círculo de luz.

9

—Ay, Tomás, cómo no me llamaste. ¿En serio subió las fotos a facebook? Qué raro... No me calza con su manera de ser. No tiene nada de exhibicionista.

—A los de su edad no les parece raro publicar sus fotos privadas.

—Yo no voy a pertenecer jamás a una red social. Es una de las cosas que me gusta de ser vieja, no tener que estar al tanto, ni a la moda, ni menos subida al lomo de la tecnología.

—Tienes solo cuarenta y tres años, Elvira.

—Me halaga y me preocupa que sepas mi edad —dijo lanzando una de sus carcajadas benevolentes.

Me había sentado junto a ella en el sofá bajo el telar, con una copa de vino blanco en las manos. Elvira volvía a mostrar sus dotes de anfitriona. Había preparado erizos con salsa verde de aperitivo. Una agradable penumbra nos rodeaba. Ella creía que un living debía apenas iluminarse para no importunar a nadie con las arrugas propias ni ajenas, y porque confiaba en la belleza de los acentos que con esa escasa luz se podían poner sobre un ramo de flores o una pequeña figura precolombina. Sostenía, además, que la vocación de la estancia principal de cualquier casa debía ser nocturna. Por eso había pintado las paredes de un color que ella llamó visón, a medio camino entre el gris y el café, y que Pumarino insistió en llamar topo. Y bajo el mismo principio, el viejo piso de parqué había sido barnizado de negro y vitrificado brillante. A pesar de las puertaventanas con palillaje que se abrían hacia el cerro Santa Lucía, las paredes molduradas y los techos altos, no había nada de versallesco en el tono general. Mediante chales, pilas de revistas dejadas en cualquier sitio, e incluso tarros de lata enmohecidos, que oficiaban de dulceros, Elvira había conseguido que no tuviera un aire pretencioso. Ayudaba su escritorio junto a la puerta, una mesa de campo tiznada por el uso, sobre la que cundían libros, libretas, cuadernos y envases de vidrio de los que brotaban haces de lápices grafito.

Bajo el marco de la puerta se dibujó la silueta de Josefina. La luz del vestíbulo a sus espaldas proyectaba en torno a ella un halo ominoso, ocultándome sus facciones. Tuve la impresión de que estaba más envarada que la última vez que la había visto, hacía un año.

—Ven a saludar a Tomás, Josefina.

La niña no se movió durante unos segundos. Llevaba puesto un buzo de gimnasia que la hacía ver muy delgada y tenía su pelo largo tomado en una coleta. Caminó hasta mí junto a la biblioteca que ocupaba la pared opuesta a las dos puertaventanas. Traía los brazos apegados al cuerpo. El color ceniciento de su pelo acompañaba bien su piel lívida. Quienes recién la conocían pensaban que era una niña débil, quebradiza. Sin embargo, resultaba ser la más ágil de su curso. En alguna ocasión la había visto saltar una cerca con mayor brío que cualquier hombrecito de su edad. Pensé lanzar mis brazos hacia ella para recibirla, pero me disuadió su actitud distante. En un golpe de pensamiento entreví la posibilidad de que mi rendición a su frío saludo se debiera a un rechazo secreto de mi parte hacia la extrañeza que me despertaba su carácter. Así es que no me dejé intimidar, abrí los brazos finalmente y la estreché contra mí. El cuerpo de Josefina no cedió, pero al final me brindó una sonrisa cuando le dije al oído:

—¿Cómo está la niña más linda?

Ella tomó distancia y me preguntó con un aire de pretendida adultez:

—¿Cómo estás?

—Muy bien. Y ahora contento de verlas a ti y a tu mamá. ¿Cómo te ha ido en el colegio?

La niña se encogió de hombros. Sus ojos trazaban dos líneas finas cayendo en diagonal hacia la nariz y su rostro había perdido sus formas llenas para poblarse de ángulos. Se parecía a su madre, en los labios finos y los pómulos altos, pero a la vez era tan distinta. De Elvira brotaba luz a través de su piel, de sus ojos, un pulso vibrante colmaba sus ademanes y desbordaba hacia los espacios donde se movía; en cambio, Josefina resultaba una niña opaca. Se sentó en la punta de una silla frente a nosotros y se sirvió un vaso de agua. Elvira quiso saber de la novela que yo estaba escribiendo. Durante mi relato, Josefina bebió del vaso y no lo bajó hasta que no hube terminado. A Elvira le entusiasmó la trama y quedó intrigada con el personaje principal, pero no estaba segura de si comprendía el conflicto de la mujer. Nos quedamos en silencio. El ruido del tráfico cobró vida. Notar que ese sordo fragor había estado presente desde el minuto en que entré al departamento, me endulzó la memoria con tantos ratos de buena compañía pasados ahí, en ese mismo cuarto. Elvira preparó una tostada de erizos y me la ofreció. Con un timbrazo destemplado, más alto y más agudo que el tono que habíamos establecido, Josefina espantó las murmuraciones de la ciudad:

—¿Va a venir Felipe?

Su madre me ofreció una mirada de sorpresa, antes de responder:

—No, hoy no va a venir.

—Dile que le quiero mostrar las flores secas que tengo en mi cuaderno de música del año pasado.

No me resistí y comenté:

—No sabía que a Felipe le gustaran las flores.

—El otro día en el parque recogimos hojas de muchos árboles diferentes. Las puse a secar en otro cuaderno. Fresnos, castaños de la India, castaños comunes, olmos, plátanos orientales y ginkgo bilobas —enumeró, empleando todavía el tono altisonante.

—¿Fueron al Parque Forestal con Felipe? —pregunté en un tono levemente irónico, dirigiéndome a Elvira.

—Hemos ido al parque, al teatro, al cine e incluso al museo, ¿no es cierto, Josefina?

—Sí, Felipe es muy simpático —dijo la niña.

—Sí, es simpático —reconocí yo.

Josefina asintió con fuerza y Elvira desplegó su ancha boca con todo el gusto que le causaba descubrir mis sentimientos.

—Estás celoso —dijo riendo con asombro—, ¡estás muerto de celos! —gritó golpeándose las piernas con las palmas de sus manos.

—No seas tonta.

—No te conoceré yo.

Me ofusqué, sobre todo por la mirada torva con que me castigó Josefina. Si ella hubiera tenido que tomar partido, lo habría hecho por Selden. Se puso de pie y en un despliegue de buenos modales e indiferencia nos dio un beso a Elvira y a mí.

—Tengo que estudiar —dijo.

La vimos salir tan recta como había llegado y de inmediato comenté:

—Qué cambiada está. Antes era más... inquieta, ¿no?

—Sí, se ha vuelto toda modosa. Tú sabes cómo se ponen las niñitas a su edad. Además, yo creo que está enamorada de Felipe.

—¿Sí?

Elvira rió haciéndose cómplice de mis celos.

—La vieras cuando él llega. Toda una señorita de sociedad. Le pregunta cómo le ha ido con el proyecto de la galería y le ofrece algo para tomar.

—Pero cuéntame de esta amistad con Felipe.

—¿Qué te asombra tanto?

—Bueno, no sé, tú misma dices que te gusta ser vieja y aun así te pasas los días con un hombre joven con intereses completamente diferentes a los tuyos.

—Pero tú sabes que Felipe no es cualquier hombre joven. ¡Si es un viejo! Más viejo que tú y que yo. Mira, yo lo paso bien con él. Es un buen conversador, le saca punta a la vida, a cualquier cosa que haga. Y si estás pensando en que es católico, pituco y todo el resto, me importa un bledo, no me va ni me viene. Para ti o para el pobre de Camilo puede ser un problema, pero a mí me parece hasta pintoresco. Lo que yo no me explico es cómo Felipe pudo fijarse en ese posme. Me cae bien, tú sabes que sí, pero es una lata mayúscula, con esa cara de animal santurrón. ¿Dime si no se parece a esos perros juguetones y sin personalidad? ¿Cómo se llaman? Esos golden. Suárez se cree alguien y no es nadie.

Mientras la oía recordé que Camilo me había contado de un nuevo encuentro con Selden, después del que Felipe no lo había vuelto a llamar. Con las convincentes opiniones de Elvira inundando en sus oídos, debió de resultarle más fácil mantenerse alejado.

—La que parece que está enamorada de Selden eres tú.

—¡Cómo se te puede ocurrir! —exclamó con un trino final—. Me divierte nada más, los buenos conversadores no abundan, hace años que no conocía a alguien que me interesara. Te apuesto que te pasó lo mismo a ti. En el fondo nos gusta la misma clase de gente. Y Felipe tiene tantas expresiones que me son familiares... Es como un déjà vu, como si fuera de mi familia, pero sin las exigencias ni los ritos ni la espesura. Nada más cómodo. Ah, y con todas las ganas de pertenecer a un mundo diferente.

—Camilo me dice que a veces Felipe se abre y lo siente cercano, pero que al otro día no quiere saber nada de él.

—Porque se aburrió la noche anterior, obvio.

—Yo no considero que Camilo sea aburrido. Es un tipo gozador, mentalmente sano. A Selden le hace falta alguien así a su lado y, por qué no, alguien que lo escuche y que le lleve el amén.

—¿De dónde sacaste esa teoría tan burguesa del amor? Hay que tener al lado a alguien igual o más intenso que uno. Esas ideas tuyas son de matrimonio católico del siglo XX. Nada de complementos, ¡qué lata! Y Selden no tiene ninguna intención de comprometerse con nadie.

—Si entendieras la intensidad del amor de Camilo, lo admirarías y te compadecerías.

—No creo, los tontos cuando están enamorados son más tontos aún.

—Pero si no tiene un pelo de leso.

—Es tan... ¡normal! —protestó batiendo una de sus manos para espantar el humo del cigarro—, le falta ángulo, punto de vista, filo, locura, ingenio, le falta todo. Aparte de ser buenmozo, no sé qué gracia le encuentras.

—Y bajando el tono de su voz hasta el de una confidencia, me preguntó—: Y a ti ¿no te gusta Selden?

—No.

—Harían una buena pareja.

—Jovencitos indecisos no me los den.

—¿Y si le presentara a Santiago?

Un acceso de risa estuvo a punto de hacerme escupir el vino que tenía en la boca. Unas gotas microscópicas alcanzaron a brillar en un rayo de luz que cruzaba ante nosotros.

—No veo por qué te parece tan insólito —agregó ella con seriedad.

—¿Existe un hombre menos atractivo que Pumarino? Además, lo castraría. Sería peor que sus padres.

—¿Qué pasó entre tú y Santiago para que lo odies tanto?

—¿No te acuerdas cómo fue conmigo cuando me dediqué a escribir?

—No puedes ser tan delicado de piel. Santiago siempre ha dicho lo que piensa y es mejor que lo diga a que se lo calle.

—¿No te acuerdas cómo fue con lo del embarazo?

—Bueno, sí, alegaba porque con un niño entremedio se iba a acabar la entretención y nos íbamos a pasar preocupados de la rotería de los pañales y la papa. Pero eran alardes, no fue cruel ni desagradable.

Cuatro años después de fundar Zarabanda le vendí mi parte a Carlos Núñez, mi socio. Con el dinero podría mantenerme sin apuros durante un tiempo, el suficiente para comprobar si llegaría a vivir de la literatura. Desde que me reconocí gay había experimentado un intenso deseo de dedicarme a escribir, pero me escudaba en que el trabajo me consumía todo el tiempo y el espacio para la imaginación. Mis escritos iniciales no tuvieron otra lectora que Elvira. Cuando leyó el primero de ellos me dijo que los personajes parecían piedras asentadas en arena y que a la prosa le sobraban inexactitudes, reiteraciones y cacofonías. También criticó mi apego adolescente al tiempo y al espacio. Pero consideraba que había dos o tres imágenes que tenían valor literario y la historia avanzaba con fuerza. Iba a llegar a ser un escritor reconocido, estaba segura. Al final de ese día estuvimos con Pumarino. Elvira le comentó la satisfacción que había tenido al leer mi cuento. Después de fumarse un pito, Santiago me fulminó con su acendrado escepticismo, soltándome uno de sus tantos conjuros. Ahora me había dado por la escritura. ¡Si lo único que yo buscaba era llamar la atención! Obvio, me había cansado de que otros se llevaran los laureles y ahora buscaba la misma clase de reconocimiento. Lo decía por él, que se sentía un artista consumado, y por Elvira, que seguía conquistando lectores con su único libro. Pumarino no creía que pudiera llegar a ser un artista con solo proponérmelo. Pero allá yo. Si quería su opinión, estaba seguro de que se trataba de un *trip* egótico sin el más mínimo sentido de la realidad.

Seguí adelante con mi empeño y las conversaciones con Elvira se hicieron más profundas y detalladas. Me hacía sentir que para ella mi realización como escritor era tan importante como para mí. Ese año me presenté al concurso de cuentos de la revista *Paula*, que contaba con cierto prestigio. Recibí la llamada en que me anunciaron que había sido el ganador mientras cambiaba un cheque en el banco. Salí a la calle y mis sentidos se habían acentuado. Lo que sucedía en ese momento, avenida Providencia, agosto, las nubes avanzando más rápido que el tráfico, los zapatos del gentío arrancándole al pavimento una música tribal, todo serviría para escribir una nueva historia, mis próximas historias. Al fin alguien, aparte de Elvira, me había dado permiso para ser escritor. Esa tarde la esperé en las escalinatas del edificio a que regresara de la universidad.

—¿Qué haces aquí?

—Gané el concurso.

—Ay, qué estupidez.

Hizo el ademán de seguir camino hacia la puerta de fierro, pero se detuvo para darme una segunda mirada. Después apoyó su cabeza en mi pecho y sus manos en mis hombros, mientras me dejaba abrazarla. Hasta entonces, cada vez que había intentado hacerlo, para la celebración de su cumpleaños o un Año Nuevo, se había escabullido profiriendo una serie de ya ya ya. Pasamos el resto de la tarde en su departamento, tomando y riéndonos. A eso de las nueve llegó Santiago envuelto en un abrigo con cinturón que le caía hasta los tobillos y con el cuello cubierto por los giros de una bufanda que parecía no tener fin. Mientras tiraba de las puntas de uno de sus guantes, Elvira le contó del premio. La agitación del recién llegado, que en cierto modo servía para mantener a raya a los demás, perdió fuerza. Pumarino no dejaba de moverse mientras disparaba sus juicios, tal como un combatiente experimentado sabe que si se detiene en medio de un asalto será blanco fácil. Pero al oír la noticia se aquietó.

—Qué bueno, me alegro —dijo desde su momentánea inmovilidad, para luego reanudar su despliegue escénico con la siguiente frase—: Ahora podrás dormir tranquilo y de paso nos dejarás tranquilos a nosotros.

—Todo lo contrario, esto significa que no los voy dejar nunca más en paz —me sentía alegre e invulnerable.

—¿Y el cuento es bueno?

La próxima vez que nos vimos le entregué una copia. Lo leyó sentado en una banqueta de mi cocina, mientras tomaba una taza de té. Elvira y yo lo dejamos solo y nos fuimos a la terraza. Una vez que terminó se salió para emitir su veredicto:

—El cuento es muy bueno, te felicito, pero no se puede negar que eres un poco siútico —estiró el brazo enérgicamente para entregarme la copia.

—¿Siútico en qué forma? —le pregunté, haciendo lo posible por disimular mi enfado ante un juicio tan propio de él, tan banal y arbitrario.

—Bueno, cuando la mujer enfrenta a su ex marido, el narrador dice que ella contrae la comisura izquierda. La palabra comisura ya es suficientemente siútica para además empeorarla con la precisión de que era la izquierda y no la derecha. Y no sé por qué escribes «regresó a casa», cuando en realidad uno dice «se fue a su casa» o «volvió a la casa».

—Me asombra la profundidad de tus comentarios.

—Un artista se juega en los detalles, sin ese ojo para el toque de gloria no llega a ninguna parte.

—Seguro que tu ojo izquierdo es infalible.

—¡Touché! —gritó Elvira.

—Nada de touché —dijo él, girándose para regresar adentro—, límpiate de tanta palabra rebuscada, de otro modo uno se pasa dando saltos mientras lee.

—Lo que me llama la atención —dije, sin dejarlo escapar— es tu falta de interés por los personajes y la historia. Bueno, claro, como filmas comerciales, nunca has tenido ese tipo de preocupaciones.

—No hay nada más trivial que enamorarse o perder lo que se quiere, a todos nos ha pasado. Pero la belleza es belleza más allá de la materia con que se alcanza. No importa que un rostro esté correctamente representado, si el retrato no conmueve.

En este punto intervino Elvira:

—La comisura izquierda me pareció que reflejaba la crispación de la mujer, incluso el sonido de las dos palabras reunidas la transmite. A lo largo de todo el cuento, ella somatiza su malestar en el lado izquierdo. En varios pasajes menciona el dolor bajo el omóplato izquierdo, el cansancio reflejado en la caída del párpado izquierdo. Tienes que leer con más atención, Santiago.

—Bueno, señores literatos —dijo haciendo un gesto displicente con su mano—, no tengo ningún ánimo de discutir con ustedes, pero bájale el tonito, Tomás, hazme caso, se te notan demasiado las ganas de ser escritor.

—¿Y qué problema hay con que se me noten las ganas? ¿No se les notan a todos los artistas?

—A los grandes no, porque no necesitan demostrarle nada a nadie.

La peor cara de Pumarino afloró años más tarde, con el embarazo de Elvira. Su primera reacción fue pedirle que abortara. ¿Cómo se le ocurría que iba a tener un hijo soltera? ¡Para qué! ¡Para hacerse la vida difícil y echarse encima un lastre! Nadie querría casarse con ella, nadie ni siquiera querría salir con ella. Era mejor que dejara de pensar en ositos de peluche y abortara de una vez por todas. Él podía encontrar un doctor confiable al que acudir.

Elvira no prestaba oídos a sus protestas, las que se volvieron más exasperadas a medida que se acercaron los tres meses de embarazo. Pumarino insistía en que no se trataba de un juego, ponía en peligro su modo de vida, ya no iba a ser dueña de su tiempo, iba a quedar amarrada a ese niño. No podría viajar, ni siquiera emborracharse los fines de semana. No había nacido para tener hijos, ¡por Dios!, que oyera lo que le estaba diciendo. Había sido siempre muy burra, ¡burra!, pero esta vez se había superado a sí misma. ¿Qué gracia le encontraba a tener un hijo?

Y Elvira le respondía con las mismas palabras cada vez que él se empeñaba en convencerla:

—Quiero tenerlo, Santiago.

Pumarino no estuvo con nosotros el día que Josefina nació. Cuando lo llamé para que nos acompañara durante el parto en la Clínica Indisa, me pidió que le avisara cuando se le hubiera pasado la hinchazón a la guagua. Tan feas que eran al nacer. Desde que Elvira ingresó al sector de pabellones hasta que salió pasaron tres horas. Recuerdo que hubo un temblor mientras yo estaba en la sala de espera. El remezón alcanzó fuerza suficiente para que los adultos nos miráramos entre nosotros y los niños observaran embobados un botellón de agua que se balanceaba sobre su precario soporte. Elvira salió del parto bastante maltrecha y solo recobró el habla cuando tuvo a la niña en sus brazos. Mi Josefina, la llamó. En los meses que siguieron, Pumarino bajó manifiestamente la periodicidad de sus visitas a nuestro edificio. En una de sus escasas apariciones trajo de regalo un esponjoso abrigo de lana, tejido a croché y con cintas de raso, rosado por fuera y blanco por dentro, obra de una tía suya que, en sus palabras, era la única persona en Chile que aún tejía ropa de niño a la antigua, como debía ser.

Así fue como un día a principios de 2001, sentado ante mi pequeño escritorio, Pumarino me rebalsó desde dentro, su amargor me salió por los orificios del cuerpo, me ahogó sin dejarme avanzar una palabra más en la novela que escribía. Incluso en el trance solitario de componer una escena, se agitaba dentro de mí su espíritu censor, ese gigantesco parásito de juicios afilados. Tomé conciencia de su avidez y de lo débil que me hacía sentir. Expulsé esa tenia furiosa para que se revolviera y enredara en sí misma, fuera de mí, para que nunca más me usara como alimento. Saqué la vista de la pantalla, salí a la terraza con su enorme dimensión visual, y poco a poco me inundó una sensación de alivio. No quería volver a ver a Santiago Pumarino.

Elvira contrató una empleada puertas adentro para que cuidara de Josefina. Su ayuda le dio libertad para volver a salir de noche y en esas circunstancias reapareció Santiago. Puesto que el humor de ambos era celebrado por un gran número de amistades, recibían invitaciones a comidas, fiestas y cumpleaños, con los dueños de casa convencidos de que su reunión adquiriría un mayor brillo si ellos se hacían presentes. Pumarino había hecho un comercial para una gran tienda y se había convertido en pocos meses en uno de los directores publicitarios más solicitados del medio. Según Elvira, se gastó la primera ganancia importante de su vida en llevarla a los mejores restoranes de Santiago y en un viaje a Nueva York para comprar ropa. La nueva cercanía entre ellos redundó en que yo me excluyera de la rutina que antes compartíamos. Pasé de ser parte de la familia a ser un amigo ocasional, distancia que ni a Elvira ni a mí nos acomodó, devotos ambos de las relaciones intensas. Cuando ya ni siquiera nos llamábamos para saber del otro, encontré el departamento de Pedro de Valdivia en el que vivo hasta hoy. Sus vistas y su relativa paz me dieron el último empujón fuera del edificio El Barco y de la vida que habíamos compartido.

10

El llamado me hizo sentir viejo por segunda vez. Alicia Mendieta se moría. Un tumor en el cerebro había puesto límite a su existencia. Camilo me pidió que lo acompañara a verla, temía que Felipe considerara su visita una intromisión. Claro que iría con él, yo también quería darle un abrazo a la vieja dama. Infundirle valor, si era posible.

A pesar de haber sido un caluroso día de invierno, con la caída de la noche y nuestra ascensión a los faldeos cordilleranos, el frío nos pilló desabrigados. Habíamos cruzado Santiago hacia el oriente durante la hora más fatigosa, en medio del tráfico vespertino. Avanzamos entre detenciones por avenida Kennedy hasta llegar a Estoril, la calle que en mi niñez marcaba el límite de la ciudad y que ahora se había convertido en un polo comercial, con edificios de oficinas, supermercados y una inmensa clínica. En el auto me enteré de que Camilo había preferido llamar a Selden para preguntarle qué le parecía la idea de que le hiciéramos una visita a su tía. Felipe se había mostrado agradecido y estuvo de acuerdo en que fuéramos esa misma noche. Alicia se encontraba de buen ánimo.

El muro estucado en color rosa, sobre el cual pendía una buganvilla, enmarcaba un portón de fierro. El siguiente paso era el patio adoquinado que llevaba a una maciza puerta de madera. Nos abrió Francisco, vestido de traje negro y pajarita, aunque las galas no iluminaban su rostro entristecido. Con un gesto de su brazo y una venia apenas perceptible, nos indicó el camino hacia el living. Desde allí brotaban más voces de las esperadas. No había previsto la posibilidad de encontrarme con Tana. Sus ojos fueron los primeros con que me crucé al entrar. Se puso de pie con brusquedad, el cuadro de Matta como un gran marco a sus espaldas. Luego lanzó una mirada de alerta a su marido, que atendía con cierta distracción a dos mujeres mayores, sentadas junto a él en el sofá. Nadie nos dio la bienvenida, ni siquiera la hermana de Selden que conversaba con un joven de traje y un sacerdote de sotana. En sus brazos cargaba a su hijo recién nacido. Me tomó un instante reconocer al padre Materazzo, segundo hombre del Opus Dei en Chile, aficionado a aparecer en las páginas sociales y director espiritual de Selden en el colegio. Camilo no se arredró ante la inhospitalidad. Avanzó con decisión, repartiendo besos y apretones de mano a diestra y siniestra. Al recibir su saludo, Tana apartó la cara, como si la piel de Camilo produjera un efecto urticante. Yo me quedé a la espera, para hacerme una idea de la situación. Solo la lámpara de bronce doré jugaba a mi favor. No me movería de ahí hasta que Tana o su marido tomaran la iniciativa. Ella y yo nos quedamos mirando durante el tiempo que tomó la rueda de saludos. Al terminar, Camilo preguntó:

—¿Está Felipe?

No había duda de que era un hombre valiente.

—Está con la tía Alicia —respondió Tana, tomándose las manos a la altura del pecho, como si fuera a rezar. Luego agregó—: Hola, Tomás.

Mi respuesta fue ir hasta ella y besarla en la mejilla. Enseguida saludé al resto de los presentes con una inclinación de cabeza.

—¿Cómo ha estado Alicia? —quise saber.

Advertí la reticencia de Tana en la rigidez de su rostro.

—Hoy parece recuperada de la mala noticia.

El cura Materazzo se levantó ágilmente y vino hasta mí con la mano por delante.

—¡Qué bueno que hayas venido! —su sonrisa de aviso publicitario desentonaba con las circunstancias. ¿Por qué me recibía como si fuera el dueño de casa?

—Hola —respondí al estrechar su mano de dedos gruesos. Le quité la vista y me dirigí a Tana una vez más—: ¿Qué ha dicho el doctor?

—Es un cáncer del peor tipo. Le harán una quimioterapia suave para retrasar el crecimiento y paliar el dolor.

—Qué gran tristeza. ¡Que Dios la guarde y la bendiga! —exclamó Materazzo, sin lograr domesticar su sonrisa.

—Sentémonos —dijo Tana—. La está viendo el doctor Kunstmann.

Ella regresó a su poltrona y me ofreció la gemela, junto a la lámpara de la libertad. El aura cálida que irradiaba me hizo sentir protegido. Materazzo no encontró una silla a mano y no tuvo más alternativa que regresar junto a la hermana de Selden.

—¿Y es un buen doctor?

—El mejor oncólogo de la Clínica Las Condes. Se especializó en Houston. Y tú, ¿de dónde conoces a la tía Alicia?

Supe que cada palabra le escocería.

—En el último tiempo la vi seguido por intermedio de Felipe. Ella quiso que lo ayudara en el diseño de la biblioteca.

—La biblioteca...

Camilo se había sentado sobre uno de los brazos del sofá e interrogaba a las viejas mujeres, dejando fuera de juego al marido. Tana lo espiaba por el rabillo del ojo. No pude resistir la tentación de aguijonearla:

—Te debe parecer extraño que reaparezca en tu vida cuando pensabas que jamás volverías a verme.

—Así es este mundo, más pequeño de lo que uno quisiera.

El toque de coquetería en su voz me dio la clave de que habíamos ganado una fulminante complicidad como antagonistas.

—Sigo siendo el mismo.

—Es curioso verte tan a tus anchas. ¿Nunca te has arrepentido?

—¿De qué?

Sabía a qué apuntaba, pero quise empujarla a que lo pusiera en palabras.

—De ser... —la frente se le enrojeció y sus ojos reflejaron más angustia que desprecio.

Me la quedé mirando hasta que se resolvió a decir:

—¿Crees que Felipe podría ser feliz siendo como tú?

La contracción de sus hombros y de su ceño puso en evidencia el gran esfuerzo que le había implicado hacer esa pregunta.

—Es la única manera que tiene de ser feliz.

Francisco entró al living y con cierto apresuramiento anunció:

—La señora Alicia quiere ver a don Tomás.

—Si pudieras decirle a mi hijo que quiero hablar con él, te lo agradecería.

—Muy bien.

—Y dile a la tía Alicia que me encantaría verla —al decir esto giró la cabeza hacia los ventanales y se llevó el dedo meñique a la boca—. No, mejor no le digas nada —había recobrado su aire de superioridad—. Tiene que estar aburrida de tantas visitas. Ya la he visto suficiente. Vendré mañana en la mañana y seguro que la voy a encontrar más tranquila.

Seguí a Francisco por los pasillos anchos y oscuros, con las paredes cubiertas de pinturas. En el cuarto de Alicia se hallaban encendidos los focos que apenas iluminaban tres grandes cuadros y una lámpara de velador. En la penumbra, de pie junto a la cama, con las manos tomadas tras la espalda, Felipe parecía mantener una conversación con su tía abuela. Un chal color malva despedía un brillo lujoso desde los hombros de Alicia y, a la luz de la lámpara, su rostro adquiría un viso áureo, como si pelo y piel se hubieran fundido en el mismo metal. Al oírme entrar, Felipe vino hacia mí y me saludó con un sorpresivo beso en la mejilla.

—Por fin una visita que no es aburrida —dijo Alicia con su voz poderosa y modulada—. Deberías traer a todos tus amigos, Felipe, me suben el ánimo. Ven, escritor, no es contagioso, yo también quiero un beso.

Cuando llegué junto a ella sentí una vez más el olor a vejez mezclado con su perfume y el aroma de las sábanas. En medio del cuarto, el macizo respaldo gótico de madera y un Cristo quiteño que pendía sobre su cabeza la entronizaban y al mismo tiempo la hacían ver pequeña y vulnerable. Qué bella me pareció, su rendición la volvía conmovedora.

—Tu madre quiere hablar contigo, Felipe.

—Ah, muy bien —dijo Alicia con dulzura—, quería cotorrear un rato con el escritor. Anda a ver a tu mamá, dile que no podré recibirla hoy, ni al cura ese, y no vuelvas hasta que yo te mande a llamar.

—Tú y tus conspiraciones con Tomás —murmuró Felipe al salir.

—Ahora podemos hablar. Te quiero pedir un consejo —hizo un esfuerzo por sacudirse de su decaimiento y volvió a ser la valkiria marcial que había conocido—. Trae esa silla —apuntó una con el dedo— y siéntate a mi lado, para no tener que mirarte hacia arriba. Ya no veo bien por este ojo. Dicen que lo primero que voy a perder es la visión y la movilidad del lado derecho. Perfecto, aquí. Lo que quiero preguntarte es algo que ni

Felipe ni nadie debe saber. Por su propio bien. Yo sé que los escritores son por definición indiscretos, pero si yo te lo pido, supongo que podrás mantener la boca cerrada, al menos por unos meses.

—Claro que puedo.

—He pensado en cambiar mi testamento —esperó a que sus palabras hicieran efecto en mí y luego prosiguió—: ¿Qué dirías si convierto a Felipe en mi heredero?

—Muy bien —respondí yo de manera impulsiva.

—¿Muy bien? ¿Es eso lo que opinas?

—Es tu decisión, no tengo mucho que decir.

—Te lo estoy preguntando porque quiero que me ayudes a pensar en el asunto, a ver sus matices. Lo último que quisiera es que mi fortuna le arruinara la vida.

Me divirtió la idea. Ella había tenido una buena vida gracias a ese dinero, pero temía que se la arruinara a su sobrino nieto.

—¿Por qué temes eso?

—No sé, hay días en que creo que Felipe es el hombre más sensato del mundo y que podría hacer grandes cosas con la plata. Tiene ese brillo, esa energía. Imaginación no le falta. Pero en otros momentos lo veo tan joven, indefenso, ofuscado, incluso superficial, y me da miedo que el dinero lo pervierta, lo ablande.

La duda de Alicia tenía su origen en esa volubilidad que había observado Camilo en Selden, en sus cambios de ánimo, en pasar de momentos íntimos a una lejanía hosca e infértil.

—Tanto dinero en manos de una persona inteligente puede servir para hacer más dinero o llevar adelante una causa noble, pero en cualquier caso trae consigo un cierto grado de corrupción.

Me sentí estúpido al dar esa respuesta convencional.

—Bueno, sí, entiendo lo que quieres decir —hizo su típico gesto de entrelazar sus manos huesudas y mirárselas con arrobo—. Es cosa de verme a mí. Me dediqué a ir a fiestas, coleccionar cuadros y a hacerles la vida más llevadera a una veintena de pintores. Quisiera que él no fuera igual que yo.

—No quise decir eso, Alicia, no me refería a ti. Cada uno vive como le place.

—Debo confesarte que tengo otras motivaciones —alzó la cabeza para mirarme—. Si le dejo el dinero a su madre, lo más seguro es que buena parte vaya a parar a manos de esos cuervos. No quiero que mi fortuna sirva para lavarles el cerebro y quizás qué otras cosas a los pobres niños y jóvenes que van a sus colegios y universidades —hizo una lenta mueca con su boca, durante la cual pude observar una mayor flexibilidad en su lado izquierdo—. Pensémoslo de otra manera —continuó, como si meditara, sacándome la vista—, ¿crees que si lo nombro mi heredero, Felipe será feliz?

—La riqueza tiene una ventaja en el caso de un hombre gay. Lo exime de dar explicaciones de sus actos y, en general, son los demás los que le ofrecen explicaciones a él.

—Esa es una tremenda verdad —asintió con energía—, ¿pero no iré a crearle un problema con su madre? Él la adora. Cuando ella se entere de que la he desheredado puede someterlo a una tortura interminable.

—¿Es una mujer codiciosa?

—¿Tana? ¡Por supuesto que sí! Sabe que no la quiero, y así y todo viene a verme cada semana sin falta. No se olvida de ninguna de las fechas importantes. Para los aniversarios de la muerte de Arturo, me manda flores y viene de visita, vestida de negro, aunque yo la reciba de verde. No creo que pretenda construir grandes casas ni pasarse la vida en París, pero podría jurar que le gusta el poder que da el dinero. Sería una de las santas del Opus, una nueva virgen empapelada en dólares. La pondría de golpe en la compañía que ella busca, entre los pudientes de este país que tan bien combinan su buen pasar con su beatería.

—¿No crees que al hacerlo rico protegerías a Felipe con una buena armadura de ella y sus prejuicios religiosos? El dinero le daría una independencia que hasta ahora no tiene. La vida y el trabajo podrían brindarle esa misma protección, pero le tomaría más tiempo.

Ella permaneció unos segundos callada, hasta que bajó la cabeza para decir:

—Qué pronto me voy a morir.

Me sentí torpe al olvidar que hablábamos de su muerte y sorprenderme abogando sin ponderación por la futura riqueza de Selden. Creí que Alicia iba a llorar, pero se recompuso de inmediato.

—Tienes toda la razón en lo que dices. No puedo pensar en un mejor destino para mi plata. Tengo otro problema —prosiguió—. Mi abogado es Pedro Montes, ¿has oído hablar de él? —negué con la cabeza—. Tiene un estudio conocido, Salinas & Montes. Él ha llevado mis cosas desde hace muchos años. El punto es que es pariente nuestro, más cercano a mí que a Tana, pero tú sabes cómo son estas cosas. No puedo pedirle que redacte un nuevo testamento sin que ella se entere. Había pensado en que tal vez Camilo hiciera los papeles y actuara de albacea. Y que tú fueras uno de mis testigos, además de Francisco, que es una tumba, y la Meche, mi mejor amiga desde que estábamos en el colegio. Si yo se lo pido, ella sabrá mantener la boca cerrada. Perdona que te involucre en un asunto que no te incumbe, pero entre mis cercanos no hay nadie en quien pueda confiar. El resto de mis amistades son fatalmente habladoras. Su éxito social se lo deben a sus altas dosis de indiscreción. No pretendo pasarme el poco tiempo que me queda discutiendo con Tana y los demás. Te aseguro que todos van a pensar que fui injusta con ella, incluso mis amigas.

Las tiene engañadas con su actuación de sobrina devota.

—Cuando se sepa que hay un nuevo testamento, con quien primero se va a pelear será con Camilo y conmigo.

—No te preocupes, te va a poner mala cara, pero no tendrá cómo atacarte. Yo tengo mis cosas en orden. Y te puedo dejar unos cuantos pesos.

—Si me quieres de testigo, no vas dejarme ni un solo peso. Ahí sí que me meterías en un lío de nunca acabar. No quiero tener problemas ni con Tana ni con nadie. Y si quieres que Camilo sea albacea, preocúpate de que tampoco reciba dinero de la herencia. Eso le dará más autoridad.

—Ay, escritor, te acorazas de ironías y tienes el corazón de malvavisco. ¿Crees que Camilo esté dispuesto? He soñado con que Felipe se vuelva a acercar a él.

—Celestina —le arranqué una sonrisa—. Camilo es una lumbrera como abogado y le oí mencionar que ganó un gran juicio por un tema sucesorio.

—Bueno, hablaré con él. No le irá a decir nada a Felipe, ¿no es cierto?

—Yo también hablaré con él. ¿Estás segura de que quieres pasar por esto, justo ahora?

—Debí haberlo hecho antes, como también debí comprarme una tumba. El mausoleo de mi familia está que rebosa de huesos. Recién mañana me traen los papeles para firmar la compra de un sitio en el Parque del Recuerdo. Los llaman sitios, qué cosa más rara. Ahí pueden enterrar hasta a seis personas. Me encantaría que trasladaran a Arturo y lo pusieran junto a mí. Manías de vieja. Nunca antes le di importancia a los cementerios. Creí que no me moriría hasta los noventa. Iba al Cementerio General una vez al año, a pagarle a la cuidadora del mausoleo, y ni siquiera me conmovía la idea de que mi marido estuviera enterrado ahí.

Sus ojos temblaron a la luz. Adelanté el cuerpo y puse mis manos en el borde de la cama.

—Quién iba a decir, escritor, que nos haríamos amigos.

Posó una mano frágil sobre las mías. Luego la alzó para tocar el timbre que estaba en la pared, sobre el velador. Cuando entró Francisco, le pidió que llamara a Felipe y a Camilo.

—Tan buenmozo como siempre, Camilo —exclamó Alicia, mientras yo me ponía de pie—. Ven, te quiero ver de cerca.

Al cruzarme con él observé que se había conmovido. Seguro que el reencuentro con Selden había hecho surgir frescas sus emociones. Temí que se pusiera a llorar, pero logró contenerse. Alicia le tomó el rostro con sus manos ramosas y le dio un beso en cada mejilla.

—Alicia —dijo él, nada más.

—No tengas pena, chiquillo, solo tienes que prometerme que vas a cuidar a Felipe —levantó la vista hacia Selden—, mira que no sabe cuidarse solo. Estuvo demasiado tiempo a cargo de ese cura Materazzo.

—El padre no es mala persona —dijo Selden.

—Puede que no lo sea, pero sonríe demasiado.

Alicia tiró de la mano de Camilo y lo atrajo hacia sí. Le habló al oído por un instante que se hizo largo. Felipe me dio una mirada interrogativa.

—¿Una noticia que los demás no podamos oír, tía?

—Nada, mijito, Camilo y yo tenemos un pasado en común.

Oímos voces exasperadas en el pasillo. Unos segundos más tarde se abrió la puerta. Materazzo sostenía la manilla con el brazo estirado para franquearle el paso a Tana, quien hizo su ingreso con gran ímpetu. Alicia no se mostró sobresaltada por la irrupción. Su único gesto fue erguir la cabeza aún más sobre el cuello, dejando que se dibujaran los tendones bajo la piel.

—El padre Materazzo no quería irse sin darte la bendición, tía. Por eso me atreví a pasar.

No fue necesario que Francisco aclarara que había tenido un altercado con los intrusos. Bastaba observar su agitación.

—Gracias, padre, por su buena voluntad, pero como ve estoy con mis amigos. Cuando lo necesite lo mandaré a llamar, no se preocupe.

—No puedes ser tan desconsiderada —protestó Tana.

—¿Yo estoy siendo desconsiderada?

Alicia abrió su boca y le dio un toque con su lengua a las comisuras, como si acumulara fuerzas para sacar su característico vozarrón.

—Acabas de entrar a mi dormitorio como un caballo desbocado, cuando sabes perfectamente que aquí no entra nadie sin mi permiso.

A la vez amedrentada y colérica, Tana repuso:

—¿Recibes a esta gente que no tiene ninguna cercanía contigo y no quieres recibir a tu sobrina ni tampoco la bendición de Dios?

—Mamá... —intervino Selden con el rostro enrojecido, tomándola de un brazo.

—¡Déjame! —exclamó por lo bajo, zafándose—, ya es suficiente humillación.

—La que se humilla eres tú, querida sobrina, de eso no tengas la menor duda.

—Yo no quiero que Felipe se rodee de esta gente —dijo en una súplica.

—Ahora entiendo —replicó Alicia, alisando el embozo de las sábanas—. Perdónenos, padre, aquí nadie se arrepiente de sus pecados.

—Tú no eres así, el padre Materazzo merece más respeto.

El sacerdote se apoyaba en las puntas de sus pies

con cada argumento de Tana y volvía a poner su peso sobre los talones con las respuestas de Alicia.

—Entonces no lo expongas a una situación tan desagradable. Ay, padre —dijo Alicia con fingida dulzura—, usted y yo nos hemos sacado demasiadas fotos juntos como para pasar este mal rato.

—Hijas mías, dejen que la misericordia de Dios alivie sus corazones. No discutan. Estos son momentos para reflexionar y orar al Señor.

Me había sentido seguro hasta ese instante, protegido gracias al resplandor de autoridad que emanaba de Alicia. Sin embargo, noté que de pronto le faltaban las fuerzas y que su cabeza se había inclinado.

—Deja al menos que recemos un avemaría y el padre te dará la bendición.

—Mamá, la tía ya dijo que no quiere.

Alicia perdió contacto con la realidad. Tana tomó a Materazzo de una muñeca y tiró de él para acercarlo a la cama. De manera instintiva, yo me interpuse en su camino.

—¡No se te ocurra meterte! —me ladró.

Un instante después, el padre sacaba su estola de un bolsillo y se la ponía al cuello, mientras Tana se arrodillaba a los pies de la cama.

—Señor Dios, Rey celestial... —comenzó a decir Materazzo ante el estupor de todos.

En ese instante Alicia levantó con gran esfuerzo su brazo derecho. Parecía que iba a posar su mano sobre la cabeza de su sobrina. Quizás la conciencia de la enfermedad que le había infligido ese desvanecimiento inesperado la había hecho cambiar de idea. Permanecimos en suspenso, incluso el padre Materazzo calló. La respiración agitada que acusaba el cuerpo de Tana le confería el aspecto de un fiel guerrero a punto de recibir la unción de su reina.

Alicia finalmente alzó la mano como si quisiera detener un asalto.

—Felipe, sácalos de aquí.

En una reacción que no habría esperado de él, Selden se abalanzó sobre su madre, la tomó de las axilas y sin prestar atención a sus protestas la forzó a ponerse de pie para luego sacarla de la habitación. Los gritos todavía se oían en el pasillo cuando el padre Materazzo guardó su estola y recurriendo a su sonrisa sempiterna dijo con una venia:

—Hasta pronto, Alicia, cuando necesites el consuelo del Señor no tienes más que llamarme.

Francisco se cruzó entre él y la dueña de casa, y con triunfante impertinencia le indicó la puerta.

Camilo y yo fuimos los últimos en salir. Alicia nos despidió con voz apagada:

—Adiós, chiquillos. Si tan solo el Señor supiera las cosas que hacen en su nombre.

11

La firma del nuevo testamento de Alicia tuvo lugar dos semanas más tarde. Camilo le había ofrecido llevar al notario a su casa, pero ella consideró que sería mejor reunirse en el estudio de abogados. Así se evitaría la posibilidad de que un familiar llegara de visita y se percatara de que algo inusual estaba ocurriendo. Alicia se sentía bien. Se había recuperado sin problemas de la primera sesión de quimioterapia. El doctor le había prometido que no perdería ni un pelo de ese casco refulgente que aún seguía protegiéndola en su último trance. Fiel a su carácter, la vieja dama no quería encerrarse en su casa antes de que las fuerzas la abandonaran del todo.

Llegué antes de la hora, con el ánimo lastrado por ser parte de un asunto que no era de mi incumbencia. Camilo había insistido en que no debía preocuparme. Alicia conservaba la mayor parte de su fortuna en instrumentos líquidos y pinturas. Y en caso de surgir problemas con alguna propiedad u otros bienes, él sería el encargado de despejarlos. Dado que Alicia haría a Selden su heredero universal, no habría divisiones odiosas, la fuente de conflictos más común.

El estudio de Camilo ocupaba un piso alto de uno de los tantos edificios que se habían construido durante el último tiempo en avenida Isidora Goyenechea. A medida que avancé por los caldeados pasillos de la oficina, pude contemplar las vistas que se abrían al sur y al poniente. Daban una sensación de amplitud vertiginosa y en cierto modo obscena.

—Somos veinte abogados —dijo Camilo cuando notó mi impresión al hacerme pasar a la sala de reuniones.

Una gigantesca mesa rectangular ocupaba gran parte de la sala y una guardia de sillones de respaldo alto la rodeaba. Bajo la luz matutina, el barniz de la cubierta despedía un brillo cegador. Sentí que mi ánimo se empequeñecía. La presencia de los edificios cercanos que se levantaban hacia el oriente, esa ciudad de cristal que había surgido en el curso de una década, no me sirvió de cobijo. Me saqué el abrigo y la bufanda como si me desnudara ante cientos de mirones. Camilo esperó a que yo tomara asiento para ir hasta una mesita donde encendió una cafetera y un hervidor eléctricos. En la pared principal colgaba una obra textil, formada por haces de una fibra rústica, embarrilados cada cierto trecho con lana roja.

—¿Qué opinas de que Alicia le deje el dinero a Felipe? —me preguntó.

A pesar de haberlo visto siempre bien vestido, y que su porte y sus rasgos se avenían con aquella suntuosidad, jamás pensé que Camilo pudiera trabajar en un sitio así. Sin embargo, al mirarlo con ojos desacostumbrados, me volví a encontrar con la inquieta sencillez que impermeabilizaba su carácter a los artificios de ese mundo.

—Ya le di mi opinión a Alicia y al parecer siguió mi consejo. No te veo cara de estar de acuerdo —le respondí.

—Tengo un solo temor. Felipe cree que tiene la razón más seguido de lo razonable. Puede que sea un rasgo de personalidad apropiado para acumular aún más dinero. Pronto va a encontrar buenas maneras de invertirlo y te aseguro que será un administrador competente. Por lo general, los ricos son personas llevadas de sus ideas. Así que no temo por la plata. Temo por él.

—¿Cuál es tu aprensión?

Sin necesidad de preguntarme qué deseaba tomar, Camilo me sirvió una taza de café sin azúcar y me la trajo hasta donde yo me había sentado, casi al centro de la mesa, de espaldas a las ventanas, mirando hacia la puerta de entrada.

Luego fue hasta la mesita, vertió agua caliente en una taza y puso en ella una bolsa de té. Me asombró la firmeza de su pulso mientras recorría con rapidez el lado opuesto de la mesa. Se demoró un rato en acomodarse frente a mí y no se mantuvo quieto en ningún momento mientras habló.

—Que el dinero se vuelva un eco, que deje de ponerse en duda, que el silencio de la gente a su alrededor lo haga olvidar sus cambios de ánimo, el sesgo con que a veces juzga la realidad. Fíjate cómo ha sido conmigo. Cada vez que hablamos de nosotros, él tiene una versión de las cosas que está centrada en sí mismo, sin tomarme en cuenta. Cree que la diferencia entre sus mañanas odiosas y sus noches dulces es mínima y, si yo me quedara callado, él continuaría convencido de que no hay nada de malo en decirme que me ama a las cinco de la mañana y que no quiere volver a verme seis horas más tarde. Si hasta borra de su mente las contradicciones que le resultan imposibles de explicar. Tampoco le ve el problema a que pasen diez días sin que me dirija la palabra y que aparezca luego como si nada hubiera pasado. Cuando yo le presento mi visión de las cosas se pone frenético, me reprocha mi crudeza, la poca consideración con las razones que tuvo para actuar de tal o cual modo. Pero hasta ahora ha sido capaz de apaciguarse y meditar sobre lo que hemos hablado e incluso a veces me ha pedido perdón. El dinero puede sepultar esa capacidad de reflexionar, malcriarlo como una madre permisiva.

—No conozco tanto a Felipe —el café me había reconfortado—, pero no parece ser un hombre gratuitamente seguro de sus dichos y de sus actos, conmigo al menos se muestra dispuesto a escuchar e incluso a aprender.

—Sí, claro. Pero es más estricto con los demás que consigo mismo. Como me dijo una vez, él tiende a creer que el resultado de la deliberación de su cuerpo y de su mente es siempre el correcto. No ve lo retorcidas que llegan a ser algunas de sus justificaciones. Puede dudar del mundo entero, pero una vez que él ha actuado le cuesta trabajo dudar de sí mismo. Yo estoy seguro de que me quiere, me lo ha demostrado decenas de veces en distintas circunstancias, pero él afirma sin empacho que es mi deseo el que me hace pensar así, no sus actos.

—Por lo poco que han avanzado, pareciera que él está en la razón. ¿No será que tienes miedo de que el dinero lo ponga fuera de tu alcance?

—¿Como si en su fastuosa vida futura yo no tuviera lugar? ¿Qué clase de vida sería esa para que yo no pudiera compartirla? Te equivocas si piensas que estoy haciendo matemáticas de estatus. Ser dueño de una fortuna no va a alejarlo de mí. Lo que sí puede suceder es que anule su capacidad de autocrítica y, sin ella, ni yo ni nadie tendrá verdadera intimidad con él. ¿Te conté que fuimos a la playa juntos el fin de semana pasado?

—Esa sí que es noticia.

—Fuimos a tu pueblo, a Zapallar. Hicimos el paseo que recorre la costa. Subimos a la Isla Seca y bajamos hasta la rompiente. El mar estaba bravo y las olas reventaban blancas. Ahí le hablé de que tuviéramos algún tipo de compromiso. En sus términos, sin obligaciones. Me besó con ternura, sin responder ni que sí ni que no, como si dejara abierta la posibilidad. El resto del día lo pasamos jugando el uno con el otro, haciéndonos reír, contándonos historias, comiendo rico. Esa noche tiramos y dormimos abrazados. A las ocho de la mañana se levantó al baño y al salir me dijo que tenía que regresar a Santiago temprano. No podía llegar tarde al almuerzo familiar. Me enojé como nunca me lo había permitido con él, y cuando ya veníamos de vuelta en el auto me puse cabrón. Nadie podía pasar de ese momento en las rocas a querer escapar a la mañana siguiente. Su respuesta fue decirme que había sido un error ir a la playa conmigo, lo pasábamos bien juntos, pero no se sentía atraído hacia mí; me quería, pero no estaba enamorado. Su mente le juega malas pasadas, Tomás, y creo que la plata no va a ayudar a que el Felipe amante y vulnerable subsista, sino que lo va a enterrar en una seguridad maldita.

—Y si tienes tan claro que le causará un mal, ¿por qué te haces parte de esto?

—Hablé con Alicia. Le dije todo lo que pensaba. ¿Tan terrible lo ves?, fue su único comentario. Me prometió que lo iba a considerar.

—¿Y no se molestó? No hay nada peor que un abogado que opina de lo que no le incumbe.

—Acuérdate de que somos amigos hace tiempo. Yo sabía que corría un riesgo, pero me protegió el hecho de que mi consejo iba supuestamente en contra de mi bolsillo. No le había dicho aún que no le cobraría. Felipe me contó después que había tenido una conversación extraña con ella, como si le hablara de algo que iba a ocurrir sin llegar a ponerlo en palabras. Se asustó. Creyó que Alicia estaba perdiendo el hilo de las ideas. Ella me llamó días más tarde para reafirmar su confianza en Felipe y para tranquilizarme. A pesar de su inmadurez, su inteligencia lo pondría muy pronto fuera de peligro. Así me lo dijo, con esas palabras. Por eso sigo aquí. Si Alicia va a dejarle el dinero, es preferible que sea yo quien esté a su lado cuando lo reciba. Un hombre rico sin experiencia es pasto verde para inescrupulosos, en especial cuando son abogados.

—Cuando te oigo, lo que distingo son tus miedos. Te lo digo con todo cariño. Tal como a Felipe le gusta dictaminar cómo es la realidad, a ti te gusta tenerla bajo control. Te has desvivido por enmarcar a Felipe, hacerlo posar dentro de tu idea de futuro. Temes que la plata sea un grado de libertad que cambie a tal punto la situación que tu trabajo para ponerlo dentro de la foto se vuelva inútil.

—Estoy enamorado, Tomás, y sé que tú me crees egocéntrico, pero eso no me hace una persona egoísta.

—No tengo para qué recordarte que los enamorados son todos egoístas.

Una secretaria anunció la llegada de Alicia. Venía acompañada de Francisco y de su mejor amiga, Mercedes Arriagada, una mujer más alta y endeble que ella, con un peinado a la laca tan sólido como el de su compañera.

—No se levanten, miren que ahora me doy cuenta de toda la energía que se necesita para hacerlo.

Se soltó del brazo de su ayudante y para acercarse a Camilo recurrió a su bastón. Lo manejaba con mayor destreza que la primera vez que la vi utilizarlo, ese día de recuerdo oscuro, cuando me contó la historia de su marido. Tampoco era la misma Alicia decaída que había visto la última vez en su cama. La enfermedad no había terminado de robarle el brío que la caracterizaba. Luego de sentarse con la ayuda de Francisco y de Camilo, con el gesto altivo de su barbilla estuvo en un instante al mando de la situación. Camilo salió de la sala y quedé enfrentado a las dos mujeres, con Francisco de pie detrás de ellas, como un edecán.

—Siéntate, Francisco —le dijo Alicia.

—No, señora, estoy bien así, gracias.

Como buenas damas de corte, las mujeres sonreían y conferían a un trámite ingrato el tono de una reunión social. La presencia de ánimo de Alicia me devolvió parte de mi convicción. Era la muerte la que me había amedrentado, no el lujo, ni los edificios, ni el dinero. Me fijé con mayor detención en Mercedes Arriagada. Tenía los ojos como semillas oblongas, la nariz aguileña, el pelo teñido de un color bronce oscuro. Menos determinada que la de Alicia y por lo tanto más senil, su sonrisa reblandecía el que de otro modo sería un rostro distinguido.

—¿Cómo te va, escritor? ¿Preparado para la tarea más difícil de tu vida? No he conocido a nadie que se haya hecho tanto de rogar para hacer algo tan simple.

—Te ves bien, Alicia.

—Digamos que estoy tranquila. Camilo me dio confianza. Dice lo que piensa y los papeles que me ha presentado son fáciles de entender.

Entró a la sala quien supuse sería el notario, seguido de Camilo. La tez bronceada y la ausencia de corbata le daban al primero un aire deportivo, por completo alejado del estereotipo. Era corpulento y parecía recién llegado de un centro de esquí. Por primera vez veía a un notario cara a cara, acostumbrado a tratar con quienes actúan en su nombre. Entre esa reflexión y la indiscreta pregunta que siguió no hubo distancia.

—¿Es usted el notario?

—En realidad —dijo el tipo, sin ningún engolamiento— soy el notario suplente, que para el caso viene a ser lo mismo.

—La última vez que firmé un testamento —Alicia se dirigía a mí—, mi abogado hizo que todo fuera muy solemne. Pero no hay mayor diferencia con cualquier otro papeleo legal. Bueno, sí, es necesario tener testigos y yo esta vez tengo unos testigos estupendos.

Mercedes Arriagada sonrió al aire, como si no supiera de qué se hablaba.

El notario nos explicó que se firmaría un testamento abierto y que su deber era leerlo ante los testigos: Mercedes, Francisco y yo. Le dejaba todo a Selden y disponía una asignación de cien millones de pesos para cada uno de sus sobrinos.

Terminaba diciendo: «Esta es mi expresa y única voluntad. Pido a mis familiares, en especial a Felipe Selden Guzmán, que la respeten. Será la mejor forma de honrar mi memoria».

Cada uno de nosotros firmó y estampó su huella digital en las copias del documento.

—Al final —dijo el notario—, el que se llevará el

premio mayor va a ser el Estado. El impuesto a la herencia será gigantesco.

—La señora Alicia tiene razones personales para legar su patrimonio de esta manera —le espetó Camilo con cierta violencia, en ostensible desaprobación de la confianza que se había tomado. El hombre en un principio tan campante se encogió y su bronceado tomó el aspecto de un disfraz. Reunió los papeles, confirmó que esa misma tarde realizaría los trámites necesarios para inscribir la escritura en el Archivo de Testamentos del Registro Civil y salió sin despedirse.

—Bien hecho, mijito, no hay nada peor que la gente entrometida —dijo Mercedes Arriagada desde su limbo personal—. ¿Es cierto que el Estado se va a llevar gran parte de tu plata?

—No hay otra manera reservada de hacerlo en tan poco tiempo. Y no tengo paciencia para estar lidiando con un tumor y con mis parientes. No te preocupes, Mercedes, hay de sobra.

—No debiste elegirme como testigo. No voy a durar mucho. Mírame cómo estoy.

—Estás como hace quince años y vas a seguir así mucho tiempo más. Así de bien y así de distraída.

La mujer me miró con ternura.

—A este hombre no lo había visto nunca en mi vida.

—Es Tomás Vergara, el escritor —dijo Camilo.

—Sí, sé quien es, la gente habla de él de vez en cuando. Pero nunca lo había visto —sus ojos se clavaron en el arrugado puente de su nariz, en un esfuerzo para verme mejor—. Me perdonará, soy mala para leer novelas, tampoco leo el diario y usted, que yo sepa, no sale seguido en televisión.

Hizo una pausa y se dirigió a Camilo:

—Preocúpese de que nadie vaya a molestarnos, ni a Alicia ni a mí. Estamos muy viejas para estos trotes.

—No tengas ningún miedo, Meche. Yo le voy a decir a Montes que todo sigue igual, si es que me pregunta. Tanto Camilo como Tomás van a ser tus ángeles guardianes. Lo único que les pido a todos es que le hagan a Felipe la vida fácil, para que esta herencia se la alegre y no se la arruine.

En el ceño de Camilo volvió a dibujarse una suerte de severidad profesional.

—Tus sobrinos no podrán impugnar el testamento, porque no son herederos legitimarios. Podrían pretender anularlo con el argumento de que lo firmaste bajo coacción o in artículo mortis, pero tal como hemos hecho las cosas sería solo una bomba de ruido para asustar a Felipe. Y si él quisiera renunciar a la herencia, el dinero iría a parar a manos de la fundación contra el maltrato animal.

—¿Hago mal en empujarlo a recibirla?

—Ya lo hablamos, Alicia. Si no lo hubieras establecido de ese modo, su madre encontraría la forma de manipular a Felipe para que renuncie a ella.

—Yo quiero dejarle esta herencia precisamente para que se libre de su madre, no para que sea su víctima. Ustedes pensarán que soy injusta, pero no es así. Mi hermana y yo éramos muy unidas, y conozco lo suficiente a esa sobrina mía como para temerle.

Mercedes palmeó la mano que su amiga tenía sobre la mesa y dijo con voz calma:

—Tranquila, Alicia, estás haciendo lo correcto.

Nos quedamos mirando unos a otros hasta que Alicia hizo el ademán de tomar su bastón. Me levanté y fui rápidamente hacia ella, dando medio giro alrededor de la mesa. Francisco me cedió el paso. Mientras la ayudaba a levantarse, su querido olor llegó hasta mí. Una vez en pie, desprendió su mano de mi brazo y dijo:

—Vamos, Meche, ya hice todos los trámites necesarios para morirme en paz.

12

—La mamá se apoderó de la casa. Duerme aquí.

Selden al teléfono me contaba de la salud de Alicia. Las crecientes dosis de morfina le habían arrebatado la conciencia. El doctor aseguraba que no duraría más de una semana.

—¿Y si vienes hoy? —su voz tenía un dejo de súplica.

—Tu madre no me dejará entrar.

—Va a salir.

Su tío Joaquín cumplía sesenta años y se celebraría con el resto de la familia. Selden se ofreció a cuidar de Alicia, para que los demás pudieran estar tranquilos. No se trataba de un sacrificio. Era un alivio librarse de ellos una tarde entera. Pasar tanto tiempo junto a sus parientes había sido quizás lo más agotador de su trabajo como enfermero.

Me pareció cariñoso de su parte que quisiera verme. Hacía un mes desde mi última visita. Con la excusa de no ser indiscreto, una vez que Alicia comenzó a tener episodios de inconsciencia y que Tana se enseñoreó de la casa, opté por enterarme de las noticias a través de Camilo, quien mantenía una comunicación periódica con Selden. En un principio me sorprendió que Felipe se dedicara al cuidado de su tía abuela con tanto celo. Era un hombre de buen corazón y le había tomado cariño en el último tiempo, pero nada explicaba el porqué de su permanencia diaria en la casa de Los Dominicos. Camilo me contó que había sido Alicia quien había demandado su compañía. No dejaba que nadie más que él o Francisco, con la ayuda de la enfermera de turno, se hicieran cargo de su cuidado. Incluso había enviado a decir a sus visitantes que la perdonaran, pero que todavía le restaba algo de dignidad. Sería mejor que conservaran el recuerdo de la Alicia de siempre. Su lado derecho apenas respondía, le costaba trabajo mantener la cabeza en alto, decir una frase completa o valerse de su brazo o su pierna para realizar cualquier movimiento.

Camilo aprovechaba estas llamadas informativas para quejarse de la frialdad de Felipe. Y dado que Tana custodiaba la casa como un cancerbero, se le había hecho imposible tener un momento de intimidad con él. No lograba conmoverlo, atraerlo hacia sí una vez más. Camilo se había acostumbrado a esa relación intermitente, sin exigir que cumpliera con el apego que une a la mayoría de los enamorados. Daba a entender que a pesar de las ausencias de Felipe, ellos formaban una pareja. Pero la larga agonía de Alicia había alterado los ciclos habituales, al punto que llevaban dos meses sin meterse a la cama. Cada vez que Tana lo veía llegar le daba un recibimiento hostil. Y si bien Selden protestaba por la mala educación de su madre, jamás se fue con Camilo a pasar un rato a otro sitio. Tal consagración de Selden al bienestar de su tía, lo llevó a preguntarse si sabría ya de la herencia. Quizás Alicia, en un momento de debilidad, le había revelado el secreto, haciéndolo prometer que no se lo contaría a nadie. Camilo lo sondeaba con preguntas indirectas; una vez incluso se atrevió a mencionar el testamento, pero Felipe reaccionaba con la inocencia de quien nada sabe, sin malicia ni contrapreguntas. Despejada esa posibilidad, las interpretaciones que Camilo daba al comportamiento de Selden buscaban otras grietas donde verterse. El amor lo cegaba a la alternativa de que tal vez Felipe había encontrado en la enfermedad de su tía una barrera, infranqueable por lo bienintencionada, que lo separara definitivamente de él.

Francisco me abrió la puerta. De su mirada no surgió el brillo de simpatía de otras ocasiones. Hasta su pajarita había perdido su pulcra horizontalidad.

—¿Estás durmiendo lo suficiente?

Se tendía un rato cuando se presentaba el momento. Y Felipe lo relevaba en las tardes para que pudiera dormir una siesta. Las noches eran intranquilas. Se había mudado a la habitación contigua al dormitorio principal, y a él acudía la enfermera de turno cada vez que era necesario mover a la señora. Si no sucedía nada extraordinario, se cuidaban de no despertar a Tana.

—Don Felipe está con la señora Alicia. Pase al living mientras le aviso. Hay otra persona esperándolo.

Me apresté a ver a Camilo y sus ojos de niño anhelante. Pero no encontré a nadie aparte de los personajillos de Matta y el par de figuras de corte que ocupaban el centro de una tapicería flamenca. Tomé asiento en la poltrona, junto a la lámpara imperio, extrañado de que Francisco se hubiera confundido respecto a la presencia de otra visita. Era posible que estuviera con Felipe en la habitación de Alicia.

No tengo la menor afición por las antigüedades, pero cada vez la lámpara se volvía más valiosa a mis ojos. El reflejo de la luz en la túnica de la mujer me fascinaba. Incluso pensé pedirle a Selden que me la regalara cuando se hubiera hecho de su fortuna. Alicia no había muerto todavía y mi pobre misión de testigo ya se me había subido a la cabeza. Cómo serían los apetitos de los que se sentían con derecho a esa herencia.

Un movimiento detrás del ventanal me reveló una silueta recortada contra el jardín. Supe de inmediato quién era. Al verme salir a la gran terraza techada, Elvira soltó una risa indiscreta para estar en la casa de una moribunda.

—Las cosas que uno tiene que hacer por los amigos —dijo mordisqueando el aire.

—Una visita no es un gran esfuerzo.

Llevaba puesto un vestido largo de lino color arena, y se arrebujaba en un chal negro que le cubría el escote ancho y poco profundo.

—Ay, Tomás, no te pongas beato. ¿Existe algo más aburrido que ir de visita donde un enfermo que no conoces? A esta vieja la he visto nada más que en el diario.

Recordaba ese jardín como un lugar sombrío y durante el invierno, con la enfermedad de Alicia, había adquirido un aspecto aún más lóbrego. Ahora revivía en regalos insospechados. La luz de la tarde lo llenaba de profundidad, los diferentes verdes de los renuevos se brindaban brillo mutuamente. Junto al cuerpo de la casa que habíamos recorrido Alicia y yo en dirección a la cancha de tenis, bajo una ventana, crecía un macizo de lirios blancos; a los pies del gran cedro brotaban selváticamente las calas, y gracias al naranja de las clivias, hasta los lugares más umbríos del jardín se habían iluminado.

—¿Y viniste para consolar a Felipe?

—¿Estás loco? —soltó un borbotón de risa—. Le advertí que jamás vendría a verlo. A los que cuidan a un enfermo les da una lata atroz contar una y mil veces que le corre la baba y cómo fue la última vez que abrió los ojos. Lo mejor es dejar que la vieja muera tranquila. Todo lo demás es pose. A la gente no le importa el futuro muerto. Quieren verse ahí, preocupados, solidarios, pero en el fondo están tiritando de miedo y rezan para irse pronto a sus casas. Así fue cuando murieron mis abuelas. Ni me aparecí mientras agonizaban y cada uno de mis parientes volvió a afirmar que yo era una descastada. Pero estoy segura de que las quise mucho más que cualquiera de esos que calientan asientos durante días enteros en la clínica.

Me hizo reír su desmesura. Daba la impresión de estar acostumbrada a la muerte, de tener cierta intimidad con ella y de no temer faltarle el respeto. Me acordé de la

misa de muertos de mi madre. Estuvo repleta de acontecimientos. El sacerdote resultó ser dado al sentimentalismo
y les arrancó el llanto a la mayoría de los asistentes. Durante la comunión, una mujer pasó a llevar una de las esquinas
del ataúd con el cierre de su falda y por un instante quedó
en enaguas delante de todo el mundo. Lo más insólito
sucedió al final, cuando una de mis tías subió hasta el púlpito de madera y dio un discurso larguísimo, en el que
tuvo el mal gusto de asegurar que mi padre había sido el
único hombre en la vida de mi madre. A la salida, Pumarino y Elvira se abrieron paso hasta mí y ambos soltaron
una risotada apenas estuvimos frente a frente. Yo también
me largué a reír, lloriqueando todavía. Elvira no podía
creer que esa tía tan chicoca y habladora hubiera dicho
blanco el cuello, blanco los puños, blanca la blusa y blanco
el corazón. ¡Era lo más siútico que había oído en la vida!
Los dos me agradecieron la misa. Habían gozado. Pumarino llegó a decir que lejos el mejor panorama era ir a una
misa de muertos. ¡Si la gente era tan ridícula!

Elvira hablaba de la muerte como si estuviera presente entre nosotros y le dijera a la cara que no era ni tan
horrorosa ni tan temible como la pintaban. La retaba como a cualquiera, bajándole los humos, arrancándole los
disfraces, criticando su dudosa trascendencia. Recordé
cuando conoció a Selden y le dijo lo que se le pasó por la
cabeza, sin temor a ofenderlo. Ahora que yo había llegado a conocer mejor a Felipe, me extrañaba que se hubiera sentido tan a gusto esa noche en mi departamento.
Porque era un tipo formal. Aunque Camilo tenía razón:
a veces jugaba a ser un hombre de hierro y otras parecía
un oso de peluche. Su repentina e intensa amistad con
Elvira revelaba su vocación de ser el oso de peluche. Ella le
ofrecía un lugar donde sentirse cómodo, donde detener,
gracias al humor, aunque fuera por un rato, los engranajes
que el resto del tiempo funcionaban en su cabeza.

—¿Por qué viniste, entonces? —le pregunté.

Se dio media vuelta y se acercó a mí, como una niña competitiva, tomándose el pelo por delante del hombro.

—Porque Felipe me lo pidió especialmente.

Y respondiendo a su desafío infantil, repliqué imitando sus gestos y su voz:

—A mí también me lo pidió.

—La diferencia está en que yo le propuse que nos juntáramos a comer en un restorán, porque me cargaban los enfermos. Pero él insistió en que viniera. Podría apostar a que tú te sentiste tocado por la llamada, señalado. La vanidad te pierde, Tomás. No hay que dejarse vapulear por ese demonio carroñero. Y seguro que a ti te encanta estar cerca de la muerte porque está rodeada de historias. La mayoría bastante fáciles, ¿no te parece? Narrativamente, los muertos pecan de utilidad. No me extrañaría nada que de la tortura de esta pobre mujer sacaras un cuento o una novela.

—Y tú siempre tan íntegra —me había irritado su acusación—. Me sueltas este alegato de inocencia, pero igual estás aquí. Pretendes mostrarte como una persona liberada, imposible de conmover con trivialidades, te gusta ventilar tu independencia a los cuatro vientos para después permitirte todos los convencionalismos.

—¿Te enojaste? No seas tonto, si la vieja nos importa un comino.

—A mí me importa más que un comino.

Con la risa y el asombro palpitando en el rostro se abrazó a sí misma con más fuerza. Si no me hubiera visto molesto habría soltado la carcajada y se habría burlado sin piedad.

—¿Me estás hablando en serio? Creí que la despreciabas. Es una vieja feroz —para ella, feroz podía significar ridícula, patética, estúpida, burda. Era su adjetivo predilecto para mostrar desprecio—. Una vez la vi en una foto de la vida social, rodeada de promotoras en una feria de autos. Nadie puede sacarse una foto así. ¿O me perdí de algo?

—De que es una mujer encantadora e inteligente.

—Ya, ya, ya, todo eso da lo mismo. Lo que quiero saber es cómo te tocó el corazón, eso sí que no es fácil.

—A Felipe también se lo tocó. Se volvieron cercanos recién este último año y mira cómo la acompaña a morir.

—No lo había pensado —dijo meditándolo con un giro de cabeza—, la vieja Alicia Mendieta tiene un cerebro y un corazón. Al menos tiene un bonito jardín.

Se volvió hacia mí nuevamente y me dio un beso rápido en la mejilla.

—¿Y eso por qué?

—Para que no te enojes. No hay nada mejor que tener cerca a alguien que sepa los puntos que calzas. Esa certeza me da una tranquilidad enorme cuando estoy contigo. No tengo que hacer ningún esfuerzo para convencerte de nada.

—¿Y cómo lo has hecho con Felipe? Él es bastante más rígido que yo.

—Estás tan perdido. Es como un niño, escucha mis opiniones como si le estuviera contando un cuento de hadas o un pasaje del Antiguo Testamento. Claro que es un poco tieso, pero quiere aprender a ser libre. Yo creo que para eso me contrató como su nueva mejor amiga, y yo estoy feliz con el trabajo.

Felipe demoró un rato en aparecer. Se presentó con una gran sonrisa, libre de la reticencia y la compostura con que solía protegerse. Tenía el pelo desordenado, algunos crespos subidos arriba de otros. No parecía el mismo de siempre.

—Qué bueno verlos —nos atrajo hacia sí, a cada uno con un brazo, y nos mantuvo apegados a él.

—Ya, suéltame, que me ahogo —manoteó Elvira—. Estas efusividades me cargan. No serás de esa gente que se pone querendona cuando tiene un enfermo cerca.

—Yo siempre he sido querendón con ustedes dos.

Su abrazo me había conmovido. La proximidad de la muerte lo había liberado de su encierro.

—¿Y por qué tantas ganas de vernos y de manosearnos?

Selden se dejó caer en uno de los sofás de fierro con cojines de lona. Luego puso los pies arriba de una extensa mesa de centro. Un artrítico bonsái de azalea la adornaba. Elvira se sentó junto a Felipe y yo me hundí en el cojín de una banqueta.

—Qué agrado que estén aquí —dijo Selden, llevándose las manos detrás de la cabeza—. Tenía ganas de verlos, los echaba de menos. Mejor que vinieran hoy, cuando no hay nadie más de mi familia.

—Mejor habría sido que invitaras a tus amigos de Círculo —dijo Elvira—. Tendrían la justificación perfecta para tomarse de las manos y largarse a rezar como unos descosidos. ¿Sigues yendo a esas reuniones espantosas?

—No, hace tiempo que no voy.

Comprendí la sensación que tuve al verlo salir a la terraza. Parecía más joven, más lozano incluso que el día en que lo conocí. Ayudaban la polera azul, los blue jeans claros, y sobre todo un par de zapatillas viejas. Me alegró su liviandad de ánimo. Movido por un prejuicio inexplicable, pensé que interpretaría ante nosotros el papel del doliente, aquel que lleva el sufrimiento ajeno sobre sus hombros. No solo como un buen católico que se prodiga a los demás, sino que buscaría vanagloriarse de su esfuerzo, hacerlo valer ante testigos. Camino a la casa de Alicia lo había imaginado con el semblante abatido, dando con el tono justo para despertar admiración por su entrega. Yo insistía en ver a Selden como un hombre atrapado en un mundo y una familia que lo obligaban a anteponer las apariencias a cualquier convicción personal. Sin embargo, él había dado muestras de autonomía e integridad. Eran estas virtudes las que justificaban que Alicia le heredara su fortuna. Más que un eco embrutecedor, como temía Camilo que llegara a ser, el dinero lo liberaría de ese pasado opresivo, abriéndoles camino a sus dones naturales.

—¿Cómo sigue Alicia? —pregunté.

—Sin asquerosidades, por favor —pidió Elvira.

Estaba muy mal, con el pulso débil y la presión baja. Dormía todo el día. Pero ayer había sucedido algo extraordinario. Cuando Selden llegó después del almuerzo, ella estaba despierta, hablando con la enfermera, con la cabeza en su lugar y casi sin problemas de dicción. Al oír que su sobrino nieto la saludaba, lo llamó a su lado y le reconoció a la mujer que él la volvía loca, que era el amor de su vida. No duró más de un minuto despierta, pero bastó para alegrar a Selden. Me habría gustado preguntarle si no había pensado el porqué de la predilección de su tía abuela. Pero no quería faltar a mi palabra. ¿Guardaría yo el secreto de Alicia y su marido una vez que ella hubiera muerto? A la única persona que deseaba contárselo era a Felipe. Es bueno conocer a tus ancestros, en este caso a tus benefactores.

—Yo me pregunto por qué se volvió loca por ti. Te tiene aquí enclaustrado como a una monja de hospital —dijo Elvira.

—No me importa venir a verla. Desde el día que supo que estaba enferma me pidió que la acompañara. Si salía, las enfermeras me contaban que preguntaba a cada rato por mí. No puedo dejarla sola cuando se va a morir. Ya le queda poco.

—Bien demandante la señora, ni que fuera tu mamá —claramente Elvira no quería caer en la conversación «típica» de enfermo—. A todo esto, me habría encantado conocer a la famosa Tana.

Debo de haber hecho un gesto de desagrado, porque Elvira inmediatamente añadió:

—A Tomás le carga, ya sé, y tú me has contado que ha sido una bruja con Camilo, cosa que no me parece mal. Pero me gustaría ver cómo reaccionaría conmigo. Creo habérsela oído nombrar a los papás.

—Mejor no hagamos experimentos —dijo Selden—. No eres precisamente su tipo de mujer. Hablando de ella... —ocupó la entonación de quien introduce un tema nuevo.

—Ya era hora. Al menos que esta visita tenga una finalidad.

—Son cosas que he observado y oído. No sé cómo interpretarlas. Cuando empezó a tener períodos de inconsciencia, la tía Alicia me llamó para entregarme la llave de la caja fuerte y me hizo jurar que no le diría a nadie que la tenía. Además, me imploró que ni yo, ni menos otra persona, abriera la caja antes de su muerte. Si lo hacía, me dijo, le provocaría un gran sufrimiento. Y también me hizo jurar que sería yo el primero en abrirla. ¿Por qué creen que me haya pedido una cosa así?

—Todos tenemos secretos y no queremos que se sepan en vida —me apresuré a conjeturar—. No sé qué habrá en esa caja, pero debes someterte a la voluntad de Alicia. Puede que haya un diario, anda tú a saber. Es su vida, su caja fuerte, hasta el día en que se muera. Ya después sus herederos —quise usar otra palabra, pero me vi diciéndola igualmente— podrán decidir qué hacer con su contenido.

—Suena razonable —asintió Elvira.

—El punto es que la mamá está buscando la llave. Una vez le preguntó a la tía Alicia dónde la había dejado, conmigo presente, y ella le contestó con un no sé, mijita, no sé, ahí no hay nada importante. Pero bastó que la mamá se distrajera para que me lanzara una mirada de advertencia.

—¿Y para qué busca la llave, crees tú? —quiso saber Elvira.

—Dice que le preocupa que alguna enfermera pueda encontrarla.

—Es obvio que tu mamá quiere quedarse con las joyas. Esta señora debe tener la caja fuerte hasta el tope de diamantes.

—La mamá no usa joyas.

—Puede venderlas. Yo que tú, ahora que tu tía no pispa ni una, le digo a la enfermera que salga y le echo una mirada al tesoro.

—Es lo único que no haría —repuso Selden—. Había pensado entregarle la llave a la mamá. Cuando sepa que yo la tenía, se pondrá furiosa conmigo y a estas alturas no hay razón para ocultárselo.

—Claro que la hay —me había vuelto parte de la maquinación e intentaría por todos los medios que la fortuna de Alicia llegara a las manos de Selden sin que Tana se enterara antes de lo debido—, una razón fundamental: la dignidad de tu tía. Ella sabía al entregarte la llave que tú no abrirías esa caja y en cambio tu madre sí. No puedes atropellar su voluntad para evitarte un problema después. Tana va a estar igual de enojada hoy que en diez días más. Y la apertura de esa caja puede armar un revuelo alrededor de Alicia que no se merece.

Selden me miró con ojos confiados y dejó escapar un quejido de su garganta, un sonido que junto a un leve asentimiento dio a entender que seguiría mi consejo.

—A veces me imagino cosas.

—¿Qué cosas?

—No sé, que la tía va a dejarme parte de la plata a mí, qué sé yo. Les puede parecer fantasioso...

—¿Fantasioso? —lo interrumpió Elvira, incorporándose y tomándose como de costumbre una rodilla con las dos manos—. Es lo menos que podría hacer con todo lo que te ha hecho trabajar.

—Imagínense el problema que voy a tener con la mamá si le niego que tengo la llave y cuando la abra me encuentre con que la tía me dejó algo valioso.

—Hay dos cosas que debes tener claro, Felipe —volví a atacar—. Si hubiera querido dejarte algo de valor, ya lo habría hecho. Y nada de lo que haya en esta casa o sus propiedades o cuentas corrientes puede ir a parar a manos de alguien que no sea su heredero, a no ser que esté claramente estipulado en el testamento.

—Según el abogado de la familia, un primo de la mamá, no hay nada de qué preocuparse. Los papeles importantes están en su oficina, incluido el testamento donde le hereda todo a sus sobrinos.

—Entonces quédate tranquilo —dije sin temor a que después Selden me reprochara mi falsedad. Lo estaba haciendo por su propio bien. Y me alegró saber que el abogado creyera tener la confianza de Alicia al punto de no darse el trabajo de consultar el registro público— y, si tienes alguna duda, pregúntale a Camilo.

—¿A Camilo?

—Él es abogado civilista, ¿no? Sabrá darte un buen consejo —había dado un paso en falso y traté de borrar la huella—: Creí que lo iba a ver por aquí.

Una mujer de brazos robustos y zapatos blancos se asomó a la terraza.

—Venga, don Felipe, la señora está teniendo una convulsión.

Felipe se puso de pie antes de que la enfermera terminara la frase.

—¿Qué le sucede?

—Vaya a verla, mejor. Francisco no está.

—¿Quieres que te ayude? —dije por cortesía.

—Sí, soy cobarde para estas cosas.

—Yo los espero aquí —dijo Elvira, alentándonos con las manos a que fuéramos pronto en ayuda de la enferma.

La habitación se hallaba en penumbras. El olor de los moribundos fue un áspero recibimiento. De la cintura hacia arriba, con la cabeza caída hacia adelante, el cuerpo de Alicia se golpeaba contra las almohadas con violencia. A su lado se sacudían los tubos que la alimentaban y la sedaban. Mantenía los ojos cerrados y los brazos junto al cuerpo, como si no pudiera liberarse de una camisa de fuerza hecha de morfina.

—Vaya, abrácela, ¿no ve que usted es su cachorro? —le dijo la enfermera a Felipe. Su expresión sensiblera y pasiva daba a entender que no tomaría ninguna otra acción más que observar.

—Llame al doctor —le pedí.

Selden se había sentado junto a Alicia para abrazarla.

—Tía, tranquila, estoy aquí. Soy Felipe, soy Felipe...

En la pared sobre el velador había un papel pegado con cinta adhesiva en todo su contorno donde estaban escritos los números telefónicos del médico. Antes de marcar cada número, la maciza mujer se cercioró dos o tres veces de que fuera el correcto.

—La señora Alicia está teniendo una convulsión, doctor...

Selden seguía abrazado a su tía. El cuerpo se agitaba adelante y atrás con una fuerza que nadie habría esperado de una mujer agónica.

La enfermera se reanimó después de la llamada y fue hasta un tocador antiguo, convertido en un abarrotado botiquín. Extrajo una jeringa de su envoltorio, la puso en un azafate de metal con forma de riñón y tomó dos ampollas opalescentes para traerlas consigo. Llevó su carga hasta el velador, encendió la lámpara de pantalla plisada, rompió el gollete de una de las ampollas y alimentó la jeringa. Luego hizo lo mismo con la segunda.

—Permiso, don Felipe.

Selden se fue a sentar al otro lado de la cama. En ese momento levantó la vista hacia mí. Tenía los ojos llorosos.

—Debe estar sufriendo —me dijo, y le tomó la mano.

Para inyectar el líquido transparente, la enfermera usó uno de los orificios disponibles en la mariposa plástica que Alicia tenía implantada en el dorso de la mano derecha.

El cuerpo se fue calmando poco a poco. Dos minutos más tarde había regresado a su limbo inducido. Me fijé en los pellejos colgantes de sus brazos y de su cuello, en la deformación de su boca. Antes de enfermar, y a pesar de ser una mujer pequeña, irradiaba una fortaleza que la hacía ver imponente. Ahora, bajo el pesado respaldo gótico, en medio de la gran cama y las ostentosas dimensiones del cuarto, el cuerpo de Alicia no era más que el de una niña de siete años asaltada por una violenta decrepitud.

Al ver el rostro conmovido de Selden, Francisco le ofreció explicaciones por su ausencia. Había salido unos minutos en el auto, a comprar algunas cosas que la cocinera le había pedido para el almuerzo de mañana domingo.

—No te preocupes. Tuvo una convulsión, pero ya pasó. Enciende velas. Aquí no hay buen olor.

Selden fue hasta la ventana que daba al jardín, descorrió las cortinas y abrió una de sus hojas. La desfalleciente luz del atardecer se coló entre las copas de los árboles. El cuarto se tiñó de dorado y Alicia, por un momento, brilló como una rústica estatuilla de oro, a medio enterrar en la arena blanca de las sábanas.

Al regresar a la terraza encontramos a Elvira fumando recostada en el mismo lugar donde la habíamos dejado.

—¿Muy tremendo?

Selden suspiró. Elvira encendió otro cigarro para él. Todavía había luz suficiente para distinguir a un zorzal que avanzaba en el pasto. Daba tres pasos rápidos para luego detenerse e inclinar la cabeza en señal de escucha. Repitió la rutina un par de veces hasta que, de un picotón, extrajo de la tierra un gusano que se retorció con violencia hasta desaparecer en su garganta. Elvira y Felipe aspiraban sus cigarros a intervalos regulares. La penumbra resaltaba sus semejanzas. Mantenían la mirada al frente, la cabeza hundida en los hombros, las líneas de los mentones formando un mismo ángulo con las de sus cuellos, hasta los cuerpos habían adquirido una posición semejante, tensos en su desmayo. Le pregunté a Selden si había enfrentado una muerte cercana y me respondió que no con un gesto amedrentado. Le relaté la muerte de mis padres. Mientras hablaba, Elvira permaneció callada, como si por fin honrara la gravedad del momento. Llegaron voces desde el vestíbulo. Felipe se levantó y Francisco ya estaba entre nosotros para anunciar la llegada del médico.

—Tenemos que irnos —dijo Elvira, dirigiéndose a mí.

—No, por favor quédense, no quiero estar solo.

—Tengo que ir a buscar a Josefina a la casa de una compañera de curso. Tú la conoces. Debe estar esperándome en la calle. Anda, anda, tienes que hablar con el doctor.

—¿Te vas conmigo? —me preguntó Elvira una vez que Felipe nos dejó.

—Me voy a quedar a oír lo que diga el doctor.

—Algo hay en todo esto que no me has contado.

Demasiada diligencia y buena voluntad de parte de alguien como tú. Nunca has sido dado a sacrificarte por nadie.

Me lanzó un beso con una mano y partió.

Había refrescado. En el living reinaba el silencio. Me senté en «mi» poltrona, encendí la lámpara y tomé de la mesa de centro uno de los tantos libros de arte que se apilaban sobre ella. Era un estudio sobre las pinturas de Cimabue. Sus figuras tristes e impávidas salían de la página y se iban a parar en torno a la cama de Alicia, acompañadas de los risueños habitantes precolombinos del futuro mattiano, de los pomposos cortesanos de Flandes y desde el cielo llegaba volando la diosa de la libertad con su antorcha encendida. Cada uno acompañaba a Alicia en sus últimas horas, armados de la certeza de que perdurarían más allá de su muerte.

—Le queda poco —Selden sonreía con los ojos brillosos de pena—. Tiene la presión en seis con cuatro. No va a pasar la noche.

—¿Le avisaste a tu familia?

—Sí, vienen pronto. Por favor, quédate.

Su voz reverberó en su mirada.

—Prefiero irme.

Recordé a la vecina que fue a meterse a la casa de mi madre el día que murió. Como nadie quiso acoger su cháchara inconsistente, se dedicó a servir pan con palta, vino, té y café. Iba de un lugar a otro, incluso con cierto apuro, como si tuviera una grave y urgente responsabilidad. Junto al discurso de la tía que defendió desde el púlpito la pureza sexual de mi madre, son los dos actos de profanación que jamás olvidaré.

—No hay razón para que te vayas. En la familia nadie es tan cercano a ella, nadie pierde a una persona importante en su vida. Yo me siento más tranquilo si estás conmigo.

—Alicia ha llegado a ser una persona muy especial para ti.

—Pero nunca viví con ella, no dependí de ella, es una mujer a la que quiero porque ha sido cariñosa conmigo, pero no voy a sentirme vacío o incompleto cuando no esté.

—Su recuerdo te va a acompañar.

—¿Por qué lo dices?

—No se necesita haber tenido una vida en común para echar de menos a alguien después de muerto. Has dado mucho por ella, con eso basta. Y ella al final dio mucho por ti.

—No sabía que tuvieras esta veta sentimental.

—Cuando uno pasa de los cincuenta, cualquier muerte es la propia muerte.

—Acompáñame, al menos despídete de ella.

Alojadas en pocillos de vidrio coloreado, las velas de té marcaban puntos en la penumbra. La lámpara del velador seguía encendida y arrojaba luz sobre el rostro macilento de Alicia. Su respiración se había acortado. El roce del aire en su garganta resonaba en el cuarto. Francisco estaba de pie en el lado más oscuro y tenía un brazo sobre los hombros de una mujer baja, vestida con un delantal, seguramente la cocinera. A un costado del tocador, sentada en la silla que Alicia debió de ocupar cada día y cada noche para arreglarse antes de salir a un almuerzo, a un cóctel o a una fiesta, la enfermera se mantenía con la espalda erguida, las manos descansando sobre sus muslos y la misma inescrutable expresión compasiva de un rato atrás. Selden se sentó en la cama y deslizó su palma bajo la mano entubada de Alicia. Fui hasta la ventana. Una luna creciente diluía la negrura del cristal e insinuaba las formas del jardín. Los lirios blancos erguían sus cabezas hasta el alféizar y la pálida luz los hacía ver como una procesión de vírgenes veladas, orando por el alma de una de sus compañeras. El silencio acompañó el ritmo decreciente de la respiración de Alicia. A punto de apagarse, sus pulmones regresaban por más aire, hasta que de ese pequeño cuerpo surgió un rumor de caverna. Ya no estaba ahí. Selden permaneció inmóvil un instante y luego acercó su oído a la boca de su tía abuela. Las otras cuatro personas en la habitación nos reunimos en torno a la cama. La enfermera se armó de su estetoscopio y lo colocó sobre el corazón de Alicia. Luego puso su pulgar y su índice sobre las carótidas.

—Ha muerto —dijo—, llamaré al doctor.

La fuerza que succionaba el rostro de Alicia desde dentro cesó. Había adquirido una expresión pacífica e indiferente, ya sin el desgaste del dolor. Selden continuó sentado junto a ella, con la cabeza baja, como si rezara. Francisco y la cocinera permanecieron abrazados.

El timbre destrozó nuestro recogimiento. Selden agitó la cabeza como si saliera del agua y Francisco se remetió la camisa blanca en el pantalón. Yo no quería ver a Tana, ni a su marido, ni a su hija, ni a toda la tropa de gente que de seguro se agolpaba a la puerta.

—Espérame, Francisco —lo detuve antes de que fuera a abrir—. Me voy ahora, Felipe —me empiné para darle un abrazo y él me besó en la mejilla—. Mañana nos vemos en el velatorio.

Un sentimiento de abandono se reflejó en sus ojos, haciéndome agregar:

—Cuando yo muera espero tener cerca a alguien como tú para que me haga compañía. Fuiste un privilegio para Alicia.

Las voces se vertieron dentro del silencioso caserón. Espié el vestíbulo por el filo de la puerta de la cocina. Pude ver a Tana sonriendo a propósito de algo que le decía el padre Materazzo. Los hombres continuaron con su conversación destemplada por el alcohol. Una corriente de aire entró por la puerta de calle e hizo flotar por un momento los vestidos de las mujeres y la sotana del cura. Antes de que alguno de ellos preguntara por la salud de la dueña de casa, Francisco anunció:

—La señora Alicia acaba de morir.

13

Husmeaba en todas direcciones con el desasosiego animal que ya había observado en ella. Qué diferente se comportaba Tana, sentada a la cabecera del comedor de la casa de Alicia, a como lo había hecho en la misa de difuntos. Antes de que se iniciara el rito, de pie junto al ataúd, recibió los saludos de quienes se acercaron con una sonrisa distante, sin apenas moverse para ofrecer la mejilla o extender la mano y, en ningún caso, dejarse abrazar. Bajo el traje negro de dos piezas llevaba puesta una blusa blanca y una maciza cruz de oro colgando de su cuello como único adorno. La misa la concelebraron ocho sacerdotes del Opus Dei, con el padre Materazzo de oficiante principal, un semicírculo de casullas moradas que ofendía la memoria de una mujer no creyente. La afectación piadosa de aquellos hombres no calzaba con la sencillez de la escultura de la Virgen que ungía el ábside. De cara a ella, las bancas de la parroquia Santa María de Las Condes se hallaban colmadas de personajes habituales de la vida social. Me sorprendió ver a algunos políticos notorios junto a la esperable asistencia de artistas, entre ellos mi barbado amigo pintor en cuya exposición conocí a Selden. Destacaban entre la gente un general de Ejército en su uniforme de etiqueta, armado de un gran bigote canoso, y el larguirucho director del Museo de Bellas Artes, con su caricaturesca flema perruna.

En el comedor, cada vez que su mirada recaía sobre el extremo opuesto de la mesa, donde el sol mañanero nos alumbraba a Camilo y a mí, Tana fruncía el ceño, un ojo o la boca. La paz triunfal con que al terminar la misa había acompañado el ataúd, tomada del brazo de su hija, mientras Felipe y su hermano Joaquín iban al frente de quienes lo cargaban, se había hecho añicos.

A la mano izquierda de su madre, con la silla levemente girada hacia nosotros, Selden permanecía en silencio. Tocado por la luz abundante, semejaba una aparición. Si era capaz de romper su aislamiento, podría aspirar a una vida plena. Si no, terminaría por ser como el dedo milagroso de un santo, inspirador pero inequívocamente muerto. Un objeto de devoción intocable, en peligro de desintegrarse al primer contacto con el aire.

También habían asistido a la reunión Joaquín Guzmán, al que divisé en la misa y el cementerio, y Pedro Montes, abogado de la familia. En el centro de la mesa, delante del aparador, protegida por la fragilidad de su apariencia, Mercedes Arriagada tenía la vista perdida en lo alto. Francisco se había negado a sentarse, pese a que Camilo le había pedido que lo hiciera. Se cuadró junto a la puerta que llevaba a la cocina, disimulada en la pared, y esperó ahí a que se iniciara la lectura del testamento.

—¿Por qué tiene que estar Francisco presente? —preguntó Tana.

—Es uno de los testigos —le respondió Camilo con desplante, como si no temiera su reacción.

—¿Y Felipe es uno de los herederos principales?

—Sí.

Tana hundió la cabeza en su orondo escote, para alzarla nuevamente y escrutar a su hijo con la mirada. Él levantó las cejas y apretó la boca.

—¿Podemos empezar? —inquirió Pedro Montes con voz nasal, haciendo un mohín con su rostro cuadrado, invadido de arrugas. Sin sobresalir de la línea de su perfil ni tener un dibujo particular, su boca era perturbadoramente femenina. La impresión se debía tal vez al tono encarnado de sus labios y al poco movimiento que les confería al hablar.

—¿Cómo es posible que esto esté pasando? —le sacó en cara su prima.

—Ya te lo dije, Tana. Llevo treinta años a cargo de las cosas de Alicia y jamás me habría imaginado que haría un testamento nuevo sin consultarme.

Carraspeaba al final de cada frase y no le dirigía la vista a nadie al hablar. Con la mano izquierda hacía girar un lápiz en torno a un dedo y, de vez en cuando, con la derecha se calzaba los anteojos para darle una mirada a su teléfono.

—Ni siquiera fuiste capaz de consultar el registro cuando te pregunté.

—Escuchemos primero qué dice y después pensamos qué se puede hacer.

—Nada —intervino Camilo—, el testamento está en regla.

Tana abrió la boca como si estuviera a punto de hablar y Montes bajó la vista para proferir un gruñido. Joaquín Guzmán se debatía con la silla en busca de una postura apropiada. Era un hombre enjuto, de pelo castaño y sienes encanecidas. Representaba más de sesenta años. El enrojecimiento de su piel y una nariz bulbosa arruinaban el aspecto infantil de su rostro. A tal impresión contribuía el brillo enfermizo de sus ojos azules, similares a los de Selden en su dibujo.

—¿Tú sabes lo que dice el testamento? —le preguntó su madre a Selden.

—Sé lo mismo que tú.

Tana echó la cabeza hacia atrás, respiró profundo y al volver a poner la vista en él extendió una mano hasta acariciarle los crespos sobre la oreja.

—Te has sacrificado tanto por ella. Te lo mereces.

Sin mover la cabeza, Selden viró los ojos hacia nosotros.

Camilo había sido diligente en su papel de albacea. El funeral finalizó el lunes a media tarde e hizo las llamadas el miércoles temprano. La reacción de Tana fue fingir indiferencia, como si lo que oía no tuviera la más mínima posibilidad de ser cierto. ¡Qué cosa tan absurda, Camilo Suárez de albacea! Si quería vengarse, debía buscar una forma más inteligente de hacerlo. Con un par de precisiones, Camilo dejó en claro su conocimiento de la situación patrimonial de Alicia. Solo entonces Tana abandonó su desdén. Ya lo llamaría su abogado.

Camilo atendió la llamada de Pedro Montes con cierto placer. Era uno de esos abogados que recibía encargos de grandes clientes pero que tenía mala reputación entre sus colegas más jóvenes. Les parecía desprolijo y poco criterioso. Con un tono paternal, le hizo saber a Camilo que conocía a Alicia desde la niñez e hizo ostentación de su amistad con los socios principales de Amunátegui, Lira y Cía. Estaba seguro de que a ellos no les gustaría verse involucrados en nada turbio. ¿Cuánto tiempo llevaba trabajando ahí? ¿Nueve años? ¡Era socio! No había oído hablar de él, tanta gente nueva y talentosa que brotaba como callampas en el campo. Montes pasó del paternalismo a un ronroneo de complicidad. Le preguntó por su área de trabajo y sus principales cuentas. Le resultaba difícil de creer que Alicia no hubiera confiado en él. ¿Tenía Camilo una explicación? Ahora que lo escuchaba, comprendía que hubiera preferido la ayuda de otro abogado, aunque él jamás había discutido con sus parientes los asuntos de Alicia. Lo mejor sería adelantar la lectura del testamento. No había para qué esperar hasta el lunes. ¿Qué le parecía si intentaban reunir a testigos y herederos a la mañana siguiente? Mientras antes se despejara la incertidumbre, mejor. En una segunda llamada más tarde ese día, y a petición de Tana, acordaron reunirse en la casa de Alicia. Para un asunto privado como ese, otro lugar sería inconveniente. Cuando Camilo se comunicó con Joaquín Guzmán, este se había limitado a exclamar: «Vieja vivaracha». Ya había hablado con Montes y asistiría el jueves a la lectura.

Camilo dejó a Selden para el final. Quería conocer las reacciones de los antiguos herederos antes de hablar con él. Le adelantó lo justo y lo necesario, sin darle a conocer las características del testamento. Para asegurarse de que comprendiera cabalmente la situación, lo invitó esa noche a su casa, para que nos viéramos los tres y pudiéramos contarle paso a paso el cambio de parecer de Alicia.

Cada llamada me la relató más tarde con gran detalle, como si necesitara de mi aprobación. Después discutimos el tono del encuentro con Selden. Yo le plantearía las motivaciones de Alicia. Camilo le explicaría qué significaba el testamento en términos concretos. Quería aparecer a los ojos de Selden como un mero operador legal, pero se le hacía imposible ofrecerle nada más que un vaso de vino. A mi modo de ver, si buscaba dar una imagen neutra, un recibimiento frugal sería la mejor táctica. Frío en la forma, copioso en las respuestas.

No me hizo caso finalmente. Nos ofreció champán argentino y tenía dos bandejas de sushi dispuestas sobre la mesa de centro. Los colores del salmón, el atún, el jengibre, el wasabi y la palta chillaban en medio de la tensión. Selden se había sentado en una de las dos sillas de cuero. La otra la ocupaba yo. Mirábamos hacia la doble ventana que se abría al norte, con el pulcro escritorio de Camilo apegado al antepecho. En dos ocasiones, el dueño de casa le ofreció a Felipe que fuera a sentarse junto a él en el sofá azul, pieza de utilería fundamental en su relación, pero Selden no se movió de su lugar. Apenas probó bocado y su cápsula de protección se intensificó hasta convertirse en un campo de fuerza impenetrable. Junto a él, yo parecía un hombre débil y ansioso, una alimaña hambrienta que no descansó hasta tragarse cuanto tuvo a su alcance. La conversación insustancial de los primeros minutos se extinguió. Era mi turno. La tarde en que Alicia me confesó que quería hacerlo su heredero fue la primera estación. Por supuesto que dejé fuera sus temores y los de Camilo. Mi principal objetivo era transmitirle la alegría que significó para ella encontrarle un destino a su fortuna.

—¿Me estás diciendo que me hizo heredero de todo?

—Prácticamente.

—Setenta millones de dólares, más las pinturas —dijo Camilo, sin permitirse una risita cómplice ni menos una felicitación apresurada. Cada vez que actuaba como abogado, su movilidad casi infantil se convertía en fuerza mental puesta al servicio de aquello que requería de su participación.

—Me estás hueveando.

Poco a poco, la rígida postura de Selden dio paso al desarme de sus miembros. La pequeña silla apenas podía contenerlo. Pensé en *El heredero apesadumbrado* como título de novela, pero lo deseché por el trabalenguas a que daban lugar las erres y las des. Camilo tomó el testigo y continuó con un relato más técnico. También excluyó de su informe cualquier alusión a sus aprensiones personales. Al llegar al final, Selden ya no lo oía, enfrascado al parecer en una discusión interior. Le tomó un rato recuperar el habla para hacernos las preguntas que lo asaltaron. ¿Por qué se lo habíamos ocultado? ¿Cómo nos habíamos hecho cómplices de Alicia? ¿Cuáles eran las razones para que ella desheredara a su madre a último minuto? ¿Habían tenido un desentendimiento entre las dos? ¿No sería por la irrupción en su dormitorio con el padre Materazzo? ¿Por qué se había empeñado en dejarle el dinero y ni siquiera le había dado la posibilidad de repudiar la herencia en favor de su madre? ¿Qué podía hacer para enfrentar la furia de Tana?

—No sabía que fueran tan buenos conspiradores —dijo por fin.

—Los abogados nos dedicamos a la conspiración.

—Y los escritores también.

—Estoy metido en el peor problema de mi vida y ustedes dos parecen alegrarse.

—Yo me alegro —dije de inmediato—. Y tú también deberías estar contento. Es un regalo y así debes tomarlo. Solo piensas en tu madre. Te olvidas de ti y, sobre todo, de Alicia.

—Yo no me alegro ni me entristezco —dijo Camilo—. Pero estoy de acuerdo con Tomás en que no hay razón para lamentarse, a no ser que te abrume la responsabilidad. En cuanto a tu madre, no va a morirse de hambre. Vive bastante bien. Recibirá cien millones de pesos y, si tú le das una mesada, seguro que quedará satisfecha.

—La mamá se llenó de planes con esa plata. Le tiene prometida a la Obra una nueva casa y un edificio de laboratorios para la Universidad de los Andes. Yo no tengo la menor idea de qué hacer con tanto dinero.

—Ya sabrás en qué utilizarlo —intervine yo—. No porque tu madre hiciera promesas con patrimonio ajeno vas a sentirte culpable. Una de las razones de Alicia para no hacerla su heredera fue su disgusto con la idea de que su fortuna acabara en manos del Opus Dei.

—¿Eso te dijo?

—No quería que sirviera para lavarles el cerebro a las niños y a los jóvenes. Palabras textuales.

—¿Cuánto sabe la mamá de esto?

—Nada —dijo Camilo—. Es preferible que se entere en presencia de los testigos.

—¿Y cómo le explico que voy con ella a la reunión?

—Dile que te llamé para citarte y que no sabes nada más. Veremos cómo reacciona mañana.

Cuando salimos de ahí, Selden y yo caminamos por Gertrudis Echenique en dirección al norte. Los tilos que se alinean a cada lado de la avenida estaban en flor. Al poco andar, se detuvo y levantó la nariz hacia esos árboles dolorosamente aclimatados a la aridez de Santiago. Por primera vez en la noche su expresión se alivió.

—Camilo debió contarme.

—No podía.

—¿Me jura amor y me oculta algo tan trascendental?

—Alicia nos prohibió decir una sola palabra. Actuó como abogado. Y es mejor él que cualquier otro, ¿no te parece? Además, si yo fuera Camilo pensaría que esta herencia es una amenaza para ese amor.

—¿Así piensa él?

—Te puedo asegurar que no puso en la balanza sus temores. Es más, creo que tomó la responsabilidad porque quiso protegerte de lo que podía suceder.

Nos separamos en Apoquindo. Selden tomó un taxi hacia el oriente, y como la noche estaba agradable decidí caminar hasta mi casa por las calles vacías.

El timbre del teléfono celular me sacó de mi lectura. Pasaba de la medianoche. Selden había ido a la casa de Alicia y abierto la caja fuerte. Dentro lo aguardaba una carta con una serie de instrucciones. Quería leérmelas. La primera consistía en vender las joyas y repartir el dinero resultante entre Francisco, la cocinera y el jardinero. Alicia le advertía que sus joyas, aunque llamativas, no eran particularmente valiosas. El collar de perlas, tal vez. En caso de ser posible, le rogaba que continuara dándoles trabajo a sus empleados, y que la haría muy feliz si quisiera vivir en esa casa. Luego le detallaba los sueldos de cada uno. Francisco tenía un hijo y quería que Selden se asegurara de que el niño pudiera estudiar la carrera que eligiera en la mejor universidad posible. Era inteligente, al igual que su padre. No los había considerado en el testamento para que Francisco pudiera ser su testigo y para que no hubiera más involucrados de los necesarios. Confiaba en que Selden se haría responsable de su bienestar. Después le rogaba que cuidara de su pinacoteca, ahí sí iba a encontrar pinturas valiosas. Ojalá continuara con el proyecto de la galería. Los cuadros debían ser expuestos en homenaje a sus autores. A continuación le explicaba algunas cosas prácticas de la casa y el manejo de sus inversiones. Mencionaba a Pedro Montes y los papeles a los que tenía que poner atención, de los que dejaba copia en un legajo atado con una cinta de raso dorada. Camilo estaba al tanto de todo. Para que pudiera solventar sus gastos hasta que se hiciera pleno poseedor de la herencia, le dejaba un vale vista nominativo por doscientos millones de pesos. Al final de la carta le confesaba que hacerlo su heredero le había traído paz para enfrentar la muerte, cerrando un ciclo que se había abierto en su juventud. La posibilidad de que él siguiera adelante con la fortuna de su marido le daba una sensación de continuidad, de que no todo se acabaría con la muerte de ambos. Sería la mejor forma de hacerle honor a ese hombre al que tanto había amado.

—¿Sabes a qué se refería con lo del ciclo abierto en la juventud?

El sentimiento de culpa que Selden había exteriorizado en casa de Camilo y la cercanía de la muerte de Alicia no constituían las circunstancias apropiadas para revelarle la historia de Arturo. Y si ella no se la había terminado de contar en esa carta, no podía yo atropellar su discreción.

—En la vida hay que esperar a que los ciclos se cierren para sacar cuentas. Las novelas terminan cuando esos ciclos llegan a su fin. Pero hay una cuenta que es bastante fácil de sacar, ella no tuvo hijos y tal vez vio en ti esa figura que antes no había encontrado ni en tu madre ni en tu tío.

En el comedor de Alicia la reunión, el paseo y la charla telefónica con Selden flotaban como recuerdos difusos y hasta cierto punto inútiles. Lo habíamos puesto sobre aviso, pero todo estaba aún por resolverse. Desde mi esquina podía contemplar la expresión de los demás, menos la de Camilo, escondida tras un velo de sol en el que las partículas de polvo erraban indiferentes. Por el rabillo del ojo, desde el jardín, me llegaba el blanco resplandor de los lirios. Ahora marchaban como un regimiento de guerreros árabes en camino a defender sus tesoros. Camilo leyó el testamento. Con una entonación seca pero de énfasis claros, le confirió el sentido correcto a cada frase y la solemnidad necesaria a la última declaración:

—Esta es mi voluntad. Les pido a mis herederos, en especial a Felipe Selden Guzmán, que la respeten íntegramente. Será la mejor manera de honrar mi memoria.

Tana espió cómo recibía cada uno la noticia. No hizo ningún aspaviento cuando quedó claro que Selden sería el heredero. Apenas calló Camilo, dijo para sí misma:

—Con razón te desviviste por ella este último año.

Selden contestó rápido, sin levantar la vista:

—No sabía.

—Como tampoco sabías dónde estaba la llave de la caja fuerte. La cocinera me contó que te vio anoche sacando papeles de ahí.

Selden se explicó como un niño sorprendido en falta:

—La tía Alicia me pidió que la abriera después de su muerte.

—¿Y por qué no me lo contaste?

—Me hizo prometer que no te diría nada.

—¿Me has mentido todo este tiempo?

La espinosa dulzura de su voz me destempló los oídos.

—No, mamá.

Mientras tanto, Montes revisaba la copia del testamento.

—Claro, tú y tu amigo —continuó Tana— se llenan los bolsillos con el dinero de una mujer indefensa.

—No cobré, señora. Y eso que como albacea me correspondería el diez por ciento del total de la herencia —replicó Camilo sin ofuscación.

—Qué lindo, mi propio hijo, con la ayuda de sus nuevas amistades, hizo de la muerte de una anciana el negocio de su vida.

—No diga estupideces —le espetó Selden.

—Tranquilízate, Tana —intervino Joaquín.

—Si son estupideces —puso las manos sobre la mesa, como si fuera a levantarse luego de zanjar el problema—, Joaquín y yo impugnaremos el testamento y tú no pondrás ninguna objeción. Así es como debe ser.

Montes se sacó los anteojos y con su mano alzada batió el escrito en el aire.

—Al no ser Joaquín ni tú ascendientes o descendientes directos, no son herederos legitimarios y por lo tanto no se puede recurrir a la acción de impugnación.

La monotonía de su reporte contrastó con la autoritaria interpelación de su prima.

—Algo se podrá hacer, ¿no?

—Sí, es muy sencillo —intervino Mercedes Arriagada con una sonrisa tenue, la misma que emplearía en un desayuno con sus amigas—, respetar la voluntad de Alicia, que tan claramente expresó ante el escritor, Francisco y yo.

—Cállese, señora, esta no es su casa.

—Ni tampoco la tuya —le replicó ella con gozosa ironía.

—Lo único que se puede hacer —terció Montes— es pedir la nulidad del testamento, probando que Alicia lo firmó bajo presión o en un estado de salud que le impedía saber lo que estaba haciendo.

No pude resistirme a decir:

—Ante cualquier juez declararé que Alicia firmó este testamento con plena conciencia y sin recibir presiones de ningún tipo. ¿Usted, Francisco?

—Yo también, señor.

—Lo mismo yo —se sumó Mercedes.

—Siempre dije que la vieja nos iba a dejar sin un peso —era Joaquín quien hablaba—. No nos quería, nos trataba pésimo. Decía que yo era una vergüenza para la familia y que a ti el Opus Dei te había trastornado el coco —se reacomodó en su silla y enseguida se dirigió a Montes—: ¿Hay algo menos violento que se pueda hacer?

—Tengo que revisar la inscripción en el registro. Si está todo en orden, un juicio es la única posibilidad. Porque si Felipe repudia la herencia, el dinero va a una fundación para animales.

—Quizás, mamá, lo mejor sería que aceptáramos el testamento y después viéramos cómo nos arreglamos entre nosotros —dijo Felipe.

—¿Puedo confiar en ti?

—¡Yo no tenía idea de que me iba a dejar la plata! —alzó la voz, afligido.

—¿Arreglarnos entre nosotros significa que nos vas a regalar el dinero a tu tío Joaquín y a mí?

—No sé, podemos ver la manera de traspasarles una parte.

—¿Te das cuenta de lo que estás diciendo?

—Mamá, no es mi culpa —sonó como una última apelación al sentido común.

—¿Qué harías tú con la herencia? —se despejó el pelo de la frente con las dos manos—. Te vas a perder.

La tía Alicia no solo se dio un gusto, sino que te condenó para siempre. ¡Para recibir una fortuna así hay que tener fortaleza moral!

Selden rompió el ritmo del intercambio al no responder. Nadie más intervino. Luego le sacó la mirada a su madre para recorrer el rostro de cada uno de nosotros, como si comprobara nuestras reacciones ante lo que habíamos oído. Volvió la vista hacia ella por última vez, se puso de pie sin apuro, levantó una mano dubitativa para despedirse y dijo:

—Te llamo en la tarde, Camilo.

—Por favor, Felipe —alcanzó a decir Tana. Su voz se había quebrado.

III

14

Selden, Elvira y Josefina partieron a Europa un día después de la segunda ronda de las elecciones presidenciales. Me llamaron del aeropuerto para despedirse. Elvira se declaraba feliz de abandonar por un tiempo un país tan tonto como el nuestro. Y Selden tenía razones para estar contento. Los trámites de la herencia iban por buen camino, se evitaría más de un desagrado familiar, su candidato de derecha había sido elegido presidente y partía a Europa por primera vez, guiado por una conocedora. Desde los once hasta los diecisiete años, cada verano Elvira acompañó a su padre en sus viajes por esas tierras envejecidas. Con el pretexto de visitar a proveedores de su industria de envases, Juan Tagle dejaba a su mujer y a sus dos hijos menores en la casa que había comprado a orillas del lago Panguipulli y se montaba en un avión junto a Elvira. Después de tener dos o tres reuniones de trabajo en Milán o Frankfurt, fijaba cuartel en una gran ciudad durante quince días y desde ahí organizaba excursiones a otros lugares que le llamaran la atención. En compañía del novio treinta años mayor, Elvira había visitado Europa en otras dos ocasiones, la primera de las cuales fue una luna de miel en hoteles como el Villa d'Este en el lago de Como o el Villa Gallici en Aix-en-Provence. Para el viaje con Selden había conseguido que el rector le diera un mes sabático, además de sus vacaciones legales. Era el premio por su buen trabajo a cargo de la Gerencia de Comunicaciones, en especial durante el último proceso de postulación, que había cerrado con el mayor número de matrículas en la historia de la universidad.

Selden me contó que arrendarían un auto en Madrid, recorrerían el centro y sur de España durante dos semanas, cruzarían a Italia a través de la Costa Azul, para luego bajar hasta Roma. Los últimos diez días estaban destinados a Londres. Dos meses en total, justo para que Josefina no perdiera más de dos semanas de clases.

El mismo día de la lectura del testamento, Selden se había ido a vivir a la casa de Alicia. Con la ayuda de Francisco pudo mantenerse más o menos a salvo de las visitas. Le impidió la entrada al padre Materazzo, a sus compañeros de Círculo, a sus primos y, más importante aún, a su hermana. Ella se puso del lado de la madre, sin el menor interés por conocer la versión de Selden ni de mediar entre ellos. Le había reprochado su actitud diciéndole que atentaba contra el cuarto mandamiento.

Selden tuvo dos encuentros con sus padres. Durante el primero, Tana había arremetido una vez más en contra de la mala influencia que Camilo y yo ejercíamos sobre él y había insistido en el peligro de que Selden manejara una fortuna así sin enmendarse. El padre intentó apaciguarla, hacerla entender que lo mejor sería buscar una salida intermedia, pero cada vez que había empleado esa entonación monótona con que llamaba a la calma a su mujer, ella había alzado aún más la voz y reiterado sus acusaciones. El segundo encuentro tuvo lugar en la oficina de Montes. A esta reunión, Selden asistió acompañado de Camilo. Discutieron las posibilidades de transferir parte de la fortuna a su madre y a su tío sin pagar grandes sumas en impuestos. Tana lo había besado al llegar y no había proferido protesta alguna por la presencia de Camilo. Mientras Montes expuso las distintas alternativas, ella mantuvo el semblante serio y en un par de ocasiones miró a su hijo con emoción. Selden se comprometió a estudiar las propuestas y se marcharon. A los pies del edificio de la calle Miraflores, donde se situaba la vieja oficina de Montes & Salinas, Felipe le preguntó a Camilo su parecer. Y este le dijo lo que deseaba oír. Él era el heredero y no había ningún riesgo jurídico que justificara ceder a las presiones. Después de meditarlo un instante, Selden le confesó que no quería regalarle ni un peso a nadie. Suficientemente mal se habían portado con él para además tener que entregarles parte de su herencia. Si sus padres llegaban a pasar un apuro los ayudaría, pero no seguiría pidiendo disculpas. Alicia le había dejado el dinero a él y tenía tanto derecho a recibirlo como cualquiera.

Si bien se mantuvieron cercanos debido a los trámites legales, Camilo se sintió excluido de la intimidad de Selden. Felipe no atendía a sus exigencias amorosas y le pidió que por favor no siguiera confundiendo los planos. Era su abogado. Hacía tiempo que había dejado de ser su amante.

Antes de irme de Santiago, a principios de diciembre, comí en casa de Selden. También estaban invitadas Elvira y Josefina. Pude comprobar con mis propios ojos que la niña se había abierto a Felipe como no lo había hecho antes con ninguna otra persona que no fuera su madre. Se secreteaba con él, comía con la corrección de una damita, las palabras de Selden iluminaban su rostro y ella pronunciaba su nombre, Felipe, con una dulzura que me sonó a reproche por mi escasa habilidad para conquistar el corazón de los niños.

Elvira me había hecho una visita vespertina a los pocos días de conocerse el testamento. Estaba de pie, apoyada en el borde de mi escritorio, esgrimiendo el cigarrillo como un estoque. Sentado en uno de los sofás de un cuerpo, yo la veía dar puñaladas al aire mientras hablaba.

—¿Es verdad que la vieja lo hizo rico? Ahora entiendo tu actitud con ella, eras su cómplice, pero Felipe no me dio ningún indicio de que sabía de la herencia.

—No sabía.

—¡Obvio que sí!

¿Cómo me explicaba, si no, que hubiera cuidado a esa vieja pelotuda durante cuatro meses? Y que no le fuera con el cuento de que era un buen samaritano. La vieja lo había hecho rico, ¡qué fantástico! Si no conocía el secreto, Felipe había visto la oportunidad y tomado el riesgo. Haberse hecho de una fortuna con tan poco esfuerzo era francamente genial. Escasa atención le prestó Elvira a mis descargos. Selden no lo había planeado. Había sido una decisión de Alicia, un deseo que tomó cuerpo al saber de su enfermedad. Los cuidados de Felipe llegaron después, y no por iniciativa propia, sino por petición de su tía abuela.

—¿Cómo puedes pensar tan mal de él?

—Pobre escritor, tan cándido como siempre. Yo no pienso mal de nadie, es un hecho de la vida.

Podía asegurarme que la cercanía de Selden con Alicia Mendieta desde hacía un año no era del todo casual. La gente talentosa conseguía que el mundo se inclinara en su dirección sin necesidad de ardides ni confabulaciones. Le recordé la incomodidad de Felipe la tarde de la muerte de Alicia, cuando nos comentó que a veces presentía que ella podía haberle dejado algo de valor.

—¿No lo ves? ¡Es tan evidente!

Para Elvira, las conjeturas de Felipe constituían una confesión. Había usado sus encantos para maravillar a la mujer y luego temía con ingenua sorpresa que ella lo favoreciera. Para los espíritus ungidos de gracia, la codicia desembozada y el hambre de poder eran sentimientos extraños, inútiles. Sin ellos se podía medrar de mejor manera. ¿No veía que Felipe había creado un perfecto círculo virtuoso? Cada mañana se levantaba en la confianza de que todo le vendría dado por añadidura.

—Si lo hubieras visto aproblemado como lo vi la noche en que le dimos la noticia con Camilo, no pensarías igual.

—Por eso precisamente te lo digo. Si ni siquiera Felipe tuvo que mirar dentro de su ambición, menos podríamos nosotros haberla deducido de sus reacciones.

Durante la comida en el nuevo hogar de Selden advertí que él se había vuelto más serio, como si deliberara qué hacer con tanto dinero o creyera que su sonrisa desentonaba con la debida adultez de un hombre rico. Elvira tejía el futuro con una soltura y apropiación pasmosas. Mientras Francisco iba a la cocina y regresaba con algún plato poco abundante pero delicioso, ella proponía cambios en la casa, itinerarios para el viaje a Europa, una fecha para iniciar el proyecto de la galería. En las mañanas, Selden podría dedicarse a montar la consultora que había soñado. Necesitaba una oficina. Los edificios que se habían construido en la calle Estoril eran perfectos. Estaban a no más de diez minutos caminando. De regreso en el living dio una mirada en derredor y deteniéndose en la lámpara de bronce doré exclamó:

—Me cargan las cosas de estilo imperio, esas dos cómodas, por ejemplo, pero la lámpara es una maravilla.

—Si pudiera llevarme un solo objeto de esta casa, elegiría esa lámpara. No sé por qué —dije sin advertir la impertinencia de mis palabras.

—¡Llévatela! —me ofreció Selden, estirando los brazos hacia la mujer de la libertad.

—Por ningún motivo, esa lámpara y esta casa se pertenecen. Consérvala, Felipe, es buena compañía.

—Me harías un favor si la aceptaras. No he sabido cómo agradecerte tu ayuda.

—No hay nada que agradecer.

—Esta costumbre de andar regalando antigüedades valiosas es un pésimo precedente para la conservación de tu fortuna —dijo Elvira.

—Me gustaría que tuvieras un recuerdo de la tía Alicia, Tomás.

—Invítame a venir de vez en cuando, será el mejor recuerdo que pueda tener.

La noche que siguió a la partida de Felipe llamé a Camilo. Había perdido la última esperanza, aquella que siempre lo acompañó cuando se trató de Selden. Dentro de poco, Felipe estaría en plena posesión de la herencia y había partido de viaje por dos meses, sin siquiera aceptar su invitación a comer a modo de despedida. Se iba a enfermar si continuaba así. A contar de esa noche se sometería a trabajos de olvido forzados. Me contó que Tana había hecho el intento de amedrentarlo. Los ataques más terribles los había recibido por teléfono. Lo llamaba a horas intempestivas, le preguntaba si no temía condenarse, si no le pesaba acarrear con la fama de ladrón por el resto de su vida. Si de verdad quería a Selden, debía alejarse de él y librarlo de su mala influencia. A ella no le cabía duda de que Camilo era el culpable de todo. La estaba usando para tomar venganza cuando quien lo había rechazado había sido Felipe. ¿Cómo había tenido siquiera la ilusión de que su hijo se fijaría en él? Ella se había preocupado de abrirle los ojos y mostrarle que Camilo no era más que un aprovechador. Muy abogado y socio de su oficina sería, pero la cara de arribista no se la quitaba nadie. Si dejaba de llenarle la cabeza de ideas, Felipe podría acercarse de nuevo a su familia. Tenía un sitio en el mundo que debía honrar. ¿Era tan egoísta para no comprenderlo? Claro, quizás él nunca había tenido una familia de verdad, una tradición. Igualmente se iba a quedar sin dinero, sin Felipe, y con el remordimiento de haber destrozado una familia. Cuando Tana callaba, Camilo le repetía que su hijo había tomado cada una de las decisiones. Él se había limitado a seguir las órdenes de su cliente. Una sola cosa podía asegurarle: existía la posibilidad de que ahora Selden solo estuviera ofendido, pero si llegaba a poner una demanda en su contra, lo perdería para siempre. Y él tendría el gusto de sacarles el poco dinero que les había dejado Alicia.

Montes se rindió. No había nada que hacer. Un juicio sería un desgaste innecesario, una derrota segura, un drama familiar y un escándalo social. Su recomendación fue que Tana se pusiera en buenos términos con su hijo, tal vez así podría gozar de su benevolencia en el futuro. Todo esto se lo dijo a Camilo como si fueran conclusiones a las que había llegado después de una larga deliberación y no sugerencias que su colega le había hecho ver desde el primer momento.

En la playa, los días idénticos entre sí me colmaron de una alegría contenida, pero la velocidad con que se escapaban constituía una fuente de tristeza. Después de salir a caminar por las tardes, ingresaba a mi mail, a facebook y a mi recién estrenado twitter, para ver mensajes y husmear un rato en las vidas e ideas ajenas. Entre las publicaciones de facebook me encontré con un álbum donde Selden había subido fotos de Europa. Me dediqué a verlas siguiendo el progreso del viaje. Habían sido seleccionadas con bastante buen juicio. No era necesario pasar por una docena de perspectivas del Palacio Real de Madrid o de la Giralda de Sevilla para llegar a una imagen que los mostrara a los tres en una situación más íntima, sentados a la mesa de un restorán o caminando por alguna calle de Barcelona. Los colores de Italia se hicieron presentes y me trajeron el recuerdo del único viaje que había hecho a promocionar una novela en ese país y que me permitió recorrerlo durante tres semanas. Todo iba bien hasta que llegué a una foto que retrataba a cuatro personas bajo los soportales de Siena. El cuarto miembro del grupo era Pumarino. La baja velocidad de mi conexión me impidió avanzar en el álbum al paso de mi enfurecimiento. Pronto tuve claro que Pumarino se les había unido en Florencia y visitado junto a ellos la ciu-

dad del Palio, Pisa, Montepulciano, Prato, San Gimigna-
no, Orvieto y Asís. Seguramente ya estarían en Roma.
Iba de una foto a la otra, y la alegría reflejada en los
rostros me ardía por dentro. ¿No se daba cuenta Selden
de la calaña de hombre que era Pumarino? Las condiciones no se prestaban para que pudiera realizar tal discerni-
miento. Elvira le había presentado a su amigo bajo la luz
adecuada. Italia contribuía al golpe de efecto como lo
haría un escenario de misteriosa belleza. Pumarino poseía
además lo que algunos llaman «don de mundo». Sabría
en qué hotel quedarse, a qué restorán ir por la noche, el
bar de moda recomendado por la *Vogue* italiana, las tiendas en las que Selden «debía» comprar, las calles y barrios
por donde «había» que pasear, seguramente había oído
quién más estaba en la ciudad y cuáles eran los cuadros
recientemente restaurados que valía la pena admirar. Pumarino y Elvira constituían una fácil y tentadora compañía para un viajero inexperto, de riqueza reciente, en busca de un encuentro con ese país culturalmente denso.
Ahí estaban ellos para enseñarle a Selden cómo gastar su
dinero, cómo aprender de Italia con poco esfuerzo. Brotó
en mí la esperanza de que cuando regresara a Chile pudiera apreciar el esnobismo de Pumarino con una mejor
perspectiva. Aunque ambos pertenecieran a una misma
clase social, una clase tentada por los adornos superfluos,
tarde o temprano la temeraria mundanidad de Pumarino
le resultaría tan hostigosa como a mí. Mientras tanto, me
escocía la idea de que hubieran visitado juntos la capilla
de los Médicis en Florencia. Seguramente, Pumarino hizo gala de su conocimiento de los distintos mármoles.
Quizás en la Sacristía Nueva le llenara a Selden los oídos
con sus exclamaciones: ¡Qué gloria! ¡Es que no puede ser
tan bonito! Creía oír a Elvira protestar contra los turistas,
asegurando que la fotografía era la mejor manera de per-
derse el viaje. Hasta debió de ser difícil convencerla de

posar para las fotos que pasaban ante mis ojos. Bufé al verlos en un largo paseo por los jardines del Bóboli. Nunca había envidiado a Pumarino hasta ese día. Se encontraba en el lugar donde me habría gustado estar a mí.

En las semanas venideras ingresé a la página de Selden cada día para revisar las imágenes que aún hoy me envenenan el humor. Como aquella de las catacumbas de la Via Appia o la que muestra a Pumarino y Selden en el patio empedrado del Palazzo Roccanera, con Josefina en medio. Solo pude volver a gozar de mi rutina cuando comprobé que Pumarino no había continuado viaje con ellos a Londres.

15

Desde niño he tenido fascinación por los terremotos y tsunamis. Seguramente el cataclismo de Valdivia en 1960, con sus 9,5 grados Richter, y el maremoto que arrastró vidas incluso en Hawaii, Japón y Filipinas, causaron una profunda impresión en mí. Fruto de un creciente morbo catastrófico me hice asiduo a los sitios de la USGS (United States Geological Service) y del PTWC (Pacific Tsunami Warning Center), servicios estadounidenses que proveen información precisa sobre desarreglos tectónicos a lo largo y ancho del mundo.

La noche del 27 de febrero me quedé despierto hasta tarde, leyendo el *Gran Gatsby* por segunda vez, y de tanto en tanto me asomaba al balcón para contemplar el jardín bajo la luna llena. Pasaban de las tres y media de la madrugada cuando el remezón me despertó con el libro sobre el pecho. Salí hasta el estacionamiento de tierra. Las cabelleras de los crespos molles y los desgreñados maitenes se sacudían frenéticas. El temblor duró alrededor de dos minutos, y si bien las ondas causaban un gran desplazamiento, no movían el piso a una velocidad que impidiera mantenerse en pie. Deduje que se trataba de un fuerte terremoto en un lugar lejano. Alrededor de quince minutos más tarde pude conectarme a internet. «8,8» leí en la pantalla, con epicentro en el límite de las regiones del Maule y del Biobío. Ambas debían de estar en el suelo. El epicentro se ubicaba 350 kilómetros al sur de Zapallar. En la misma página del USGS encontré una pestaña que llevaba a los avisos del PTWC. Se había decretado una alarma de tsunami extensiva a todo el océano

Pacífico. Fui al balcón para ver la ola venir, en la seguridad de la altura y la distancia a que me hallaba del mar. Desde el pueblo brotó el eco de un megáfono. Carabineros debía de estar evacuando la línea de casas junto a la costa. No vi nada que me llamara la atención en el mar iluminado por la luna. Como se había cortado la electricidad, decidí encender el computador cada media hora y durante no más de tres o cuatro minutos. Poco antes de las cinco de la mañana, un mensaje del PTWC decía literalmente: *Sea level readings indicate a tsunami was generated.* Los datos que validaban dicho diagnóstico provenían de Valparaíso y Talcahuano, de boyas o mareógrafos que arrojaban alteraciones significativas en el nivel del mar. Más abajo se extendía una lista de las principales localidades costeras del Pacífico, con los horarios aproximados de arribo de la primera ola. No fue hasta mediada la mañana que me enteré del grado de confusión que había sufrido el organismo «experto» de la Marina al cancelar la alerta de tsunami prácticamente a la misma hora en que el PTWC confirmaba su ocurrencia.

La electricidad regresó a mediodía y a las nueve de la noche logré comunicarme con el conserje de mi edificio en Santiago. Los contenidos de mi biblioteca, los clósets y los muebles de cocina se habían vertido hacia el interior de las habitaciones. Me sugirió que no regresara hasta que el edificio volviera a tener gas, agua y electricidad. Tampoco funcionaban los ascensores. Fueron cinco días de espera. Suspendí por completo mi trabajo en la novela y mis lecturas. Vi televisión durante al menos diez horas diarias y otras cuatro navegué en internet. Las imágenes del tsunami que poco a poco llegaban a las salas de redacción y que la gente subía a youtube me drogaron. Luego vinieron los saqueos. En tal estado de embotamiento me costaba trabajo responder los mails que me llegaban del extranjero, preguntando por mi salud y por la situación que se vivía en Chile. Entre los primeros mensajes que recibí había uno de Selden. Quería saber cómo estaba yo y si el tsunami había golpeado Zapallar. ¿Cómo era la situación en Santiago? Para ellos había sido difícil hacerse una idea de lo que ocurría. Respecto a los terremotos, los diarios europeos parecían aprendices de un conocimiento en el que cada chileno es un experto. Francisco les había informado que a la casa de Los Dominicos no le había pasado nada. También preguntaron por Camilo, con el que no me había podido comunicar. Como una manera de descomprimir la cantidad de información e imágenes que había absorbido, les escribí un relato de doce páginas a espacio y medio. Quería hacerme presente en sus vidas con tanta fuerza como Pumarino. Creí que les interesaría saber que el edificio del aeropuerto de Santiago había resultado más dañado de lo que habría cabido imaginar en una construcción reciente. No se conocía todavía el resultado de la inspección técnica de la pista. Al menos pasaría una semana antes de que se reiniciaran los vuelos. Les sugerí que se mantuvieran en contacto con la línea aérea e hicieran una reserva por una semana más en el hotel. Su regreso podía demorar. Yo mismo dudaba si podría viajar el 13 de marzo a España, donde presentaría mi última novela.

Finalmente pude partir a Madrid y ellos volvieron el 15. La decisión de muchos extranjeros de suspender su venida a Chile permitió que los chilenos que se encontraban fuera retornaran sin mayor tardanza.

A mi regreso, Elvira me invitó a tomar café en un local cercano a su casa y después salimos a pasear por el Parque Forestal. Los plátanos orientales habían comenzado a desprenderse de sus hojas de manera anticipada y los castaños de la India ya tenían un aspecto cobrizo. Durante el café, Elvira me contó los episodios más cómicos del recorrido por Europa. Se negó a hacerme un relato secuencial, abominaba de la gente que narraba los viajes ciudad por ciudad. En un principio no hizo mención a Pumarino, pero al captar que yo tenía claro que él los había acompañado por algo más de veinte días en Florencia y Roma, desveló su presencia e incluyó algunas de sus desopilantes actuaciones en el catálogo de buenos momentos.

Nos sentamos en un banco con laterales de fierro modelado y listones de madera. Habían recibido tantas capas de pintura verde que, si no fuera por las formas que uno y otro eran capaces de alcanzar, los materiales no se habrían diferenciado entre sí. Elvira encendió un cigarrillo y por un instante los dos nos concentramos en las volutas de humo que se prendían como garras a los rayos tardíos del sol. No postergué más la pregunta.

—¿Cómo se unió Pumarino al viaje?

—Fue idea mía, qué duda te cabe.

Le había dicho a Selden que contar con los consejos de Santiago en Italia sería un aporte. Pumarino se había alojado en un hotel del barrio de San Marcos mientras estuvieron en Florencia, pero Felipe lo invitó a quedarse con ellos en el Raphael de Roma.

—¿Y cómo se llevaron?

—A las mil maravillas.

—¿Tanto así?

—Mejor de lo que tú quisieras.

—¿Qué quieres decir?

—Que tienen más interés el uno en el otro que el de una simple amistad.

Los ruidos del parque que el suspenso había acallado abundaron en mis oídos. El ladrido infatigable de un fox terrier, el roce de los pies de un viejo sobre el maicillo, los gritos lejanos de los niños, el repiqueteo que el viento les arrancaba a las campanillas de un carro de helados. Segundos después, el tráfico nos golpeó como una gran ola reventando desde ambos costados del parque. Alertada de mi estupor, Elvira agregó con un toque de sadismo:

—Podríamos decir que están saliendo.

—No tienes ninguna conciencia de lo que hiciste.

—Yo no hice nada más que presentarlos. Lo que vino después me causó la misma sorpresa que a ti.

—Tú los incitaste.

—Qué manía la tuya de andar culpando a terceros de las decisiones de dos personas adultas.

—¿Te acuerdas de que acusaste a Felipe de premeditación por cuidar a su tía abuela? Es tu mente calculadora la que te hace pensar así. Tú sabías que Santiago podía conmoverlo en Italia, que su habilidad para hacer de Roma un parque de diversiones podía obnubilarlo.

Elvira no tomó a mal el tono airado que empleé, solo expandió la boca para decir con cierta superioridad:

—Tu mente de novelista te traiciona. Lamento decirte que la vida no es la trama de uno de tus libros. Las cosas pasan, se encadenan. Pumarino tenía pensado ir a Italia antes de que la vieja muriera. Lo único que hice fue sugerirle que nos encontráramos por unos días en Florencia. El resto es paranoia tuya. Pobre, mi Tomás —me puso una mano en la pierna—, tan celoso que te han de ver.

—No estoy celoso. Estoy preocupado por Selden.

—Estás indignado porque ni siquiera hiciste el intento de conquistarlo y ahora ves que Pumarino pudo hacerlo sin demasiado trabajo.

—¿Sabes lo que me dio celos?

—¿Qué?

—No haber pasado un tiempo contigo y con Selden en Italia, celos que tendría cualquiera. Además, Felipe siempre fue y será el hombre de Camilo.

—¿Entonces te enoja pensar que Felipe pueda preferir a Pumarino antes que a ese pelmazo?

—Me enoja pensar que Selden está en peligro.

—Sigues exagerando.

—Si no ves el riesgo, quiere decir que no lo conoces.

—Sabes que no me equivoco al juzgar el carácter de las personas.

—En el caso de Selden, sí. Lo consideras frívolo, codicioso. Nunca lo has creído capaz de hacer con sus talentos algo grande.

—¡Pero cómo no! Consiguió una fortuna gracias a su talento.

—La compañía de Pumarino no le traerá nada bueno.

—Podrían tener una gran vida. Mundana, es cierto, pero llena de efervescencia.

—Al lado de Pumarino solo se puede experimentar su acritud, su incapacidad de amar. Hasta el humor que tanto celebras es pura crueldad. Si conquista a Selden, lo único que logrará será reprimirlo.

—O al lado de Santiago puede que experimente cierta ligereza, que se libere del peso de la trascendencia, puede que desarrolle el gusto por el placer, por los días sin apuro. Para muchos, pasarlo bien es una fuente de armonía.

—De ser así, yo habría cometido un gran error.

—¿Cuál?

—Aconsejarle a Alicia que le dejara el dinero.

—A veces puedes ser insoportablemente egocéntrico.

—Es cierto, pero en este caso estoy pensando en Selden y su bienestar.

—Presumir cuál será su forma de ser feliz es de una arrogancia infinita. No te preocupes tanto, Selden juzgará por sí mismo. No es nada definitivo. Deja que aprenda de Pumarino un tiempo, después podrá decidir si quiere otro tipo de vida o no.

16

¿Cómo darle la noticia a Camilo? Antes del 27 de febrero me había sondeado en varias oportunidades acerca del viaje de Selden, aunque nunca hizo mención a las fotos de facebook. Luego sobrevino el terremoto y arrasó los dolores sutiles de las conversaciones de la gente. Una tarde tomé el teléfono para contarle lo que había oído de labios de Elvira, pero me arrepentí antes de marcar su número. Otra noche fuimos a un restorán peruano donde me relató su experiencia en Pelluhue para el terremoto, una de las caletas abatidas por el tsunami. Finalmente lo invité a mi casa en el anfiteatro de cerros que circunda el pueblo de Zapallar. Llegó el sábado a la hora del almuerzo. Comimos curry de pollo, preparado con hojas de cedrón y coquitos de palma chilena, una receta de Carlos Monge, chef conocido mío, muerto tiempo atrás, al que le gustaba experimentar con ingredientes chilenos en preparaciones exóticas. Después dormimos siesta y a última hora de la tarde salimos a dar un paseo. Desde la altura, la caleta se reducía a una muesca en la línea de la costa, el pueblo se veía inofensivo y las enormes casas construidas en el último tiempo se encogían bajo la inmensidad vertical. Nos subimos a una gran piedra que sobresalía del terreno y desde ahí, con las piernas colgando, esperamos la puesta de sol. Camilo permanecía callado, con el rostro en calma y las manos bajo los muslos. Era poco frecuente que le diera una oportunidad al silencio. De vez en cuando llegaba hasta nosotros el crujido provocado por un pájaro rezagado entre los arbustos. Nada más alteraba la quietud.

—¿Has podido sacarte a Selden de la cabeza? —fue la pregunta hipócrita a la que recurrí.

—La primera persona en quien pensé al despertar en medio del terremoto fue en Felipe. Me tomó unos segundos acordarme de que estaba en Europa.

—Todavía sigues enamorado.

—No sé. La mitad de la casona donde yo dormía se cayó y de milagro nadie de mi familia quedó enterrado bajo un muro. Todas las casas cercanas al mar desaparecieron. Murió mucha gente. Después de una experiencia así no quieres vivir de ilusiones —velados por el último color del atardecer, manteníamos nuestras miradas puestas en el horizonte—. He salido tres o cuatro veces con Ciro Fabres, ¿lo conoces?

—Claro que sí. De los tiempos de la agencia. A veces le pedíamos que hiciera trabajos de relaciones públicas para nuestros clientes. Es bastante mayor que tú.

—Diez años no es tanto. Me gusta. No es tan guapo como Selden ni tampoco es el tipo más profundo del universo, pero tiene buen carácter, es animoso, simpático, le entretiene conversar al igual que a mí. Está feliz con su empresa de comunicaciones.

A Camilo le atraía que Fabres fuera directo, sin retorcimientos. La primera noche habían tirado sin que ninguno de los dos se consternara por la precipitación. Camilo llevaba siete meses sin acostarse con nadie y Ciro seis. A la tercera vez que se vieron, Fabres le confesó que su interés era serio. No había sido una petición formal, pero quería que lo tuviera en cuenta. Al compararla con los laberintos de Selden, la llaneza de Fabres jugaba a su favor.

—Felipe también está saliendo con alguien. Con Santiago Pumarino.

Giró la cabeza hacia mí. Los imperceptibles desplazamientos de sus pupilas delataban una multiplicidad de focos aledaños, como si en su mente corriera de un sitio a otro a toda velocidad.

—¿Recuerdas esa vez que te pedí que lo invitaras a tu casa? Para la comida que le hicimos a Felipe.

—Es muy amigo de Elvira. Hicieron parte del viaje juntos. ¿Viste las fotos en facebook?

—No entré más al perfil de Felipe. ¿Ella te contó?

—Sí.

—Y no has hablado con Felipe.

—No.

—¿Qué edad tiene Pumarino?

—La misma que yo.

—Tú los conoces bien a los dos... ¿Calzan?

—Quisiera que no.

—¿Quisiera?

La discusión con Elvira en el parque rotó en torno a su eje, mostrando cada una de sus caras.

—Tú sabes que Pumarino no es santo de mi devoción.

—Existe la posibilidad entonces de que, a pesar de tus reparos, ellos tengan algo en común.

—Es difícil de aventurar. Habría que verlos juntos.

—Más allá de que te caiga mal, ¿es Pumarino una buena persona?

—No.

—¿Apareció por la plata?

—No me extrañaría.

Camilo desvió la vista. El mar se aferraba a la luz que los cerros habían perdido. Llegado un punto, la oscuridad nos obligó a emprender el regreso.

Una semana más tarde invité a Selden a almorzar al Baco, una brasserie del barrio Providencia. El clima continuaba caluroso y el único anuncio otoñal lo traían los fríos amaneceres. Crucé el salón hasta la terraza trasera. Aún era temprano y no había ningún cliente que profanara ese lugar fresco y recoleto, protegido del sol por un techo liviano. Elegí una mesa apartada, en uno de los vértices.

Despreocupados hasta un momento atrás, los mozos iban y venían de la cocina a un ritmo a cada minuto más veloz, y los recién llegados desafiaron poco a poco el silencio inicial, hasta que media hora después la superposición de voces colmaba la atmósfera del lugar. Selden se disculpó por llegar tarde. Pumarino lo había retenido en una tienda de tapices. Si quería rejuvenecer la casa de Alicia, debía partir por cambiar las felpas de los sofás. Habían ido a ver los terciopelos que importaba B&D, un local regentado por un par de ancianas. Por su apariencia, a Selden le habían parecido incapaces de renovar mueble alguno. Beau y Douce se hacían llamar. Pero Pumarino tenía razón, los terciopelos eran preciosos. Encargaron a Francia tela suficiente para el sofá grande y las poltronas Luis XVI. Recordé la lámpara y no supe si la diosa de la libertad resentiría el cambio de aspecto de la que había sido su compañera durante tantos años. Selden continuó detallándome los arreglos de la casa. Finalmente construiría la galería. La colección de Alicia no podía seguir guardada en una bodega. Tenía cuadros impresionantes.

—¿No has pensado en contratar un curador que te oriente?

—¿Conoces a alguno?

—Sí, un tipo joven que estuvo en mi taller literario. Sabe lo que nadie de pintura chilena. Y además sabe escribir, cosa rara entre la gente de arte. Voy a mandarte sus datos por mail.

—Supongo que no te ofende que no construya la biblioteca. Había pensado en usar la pieza de visitas para ese fin.

—Vas a estar ocupado con tanta remodelación.

—Lo dices en tono de reproche.

—Puede ser.

—¿Por qué? —preguntó sin cambiar el semblante.

—Cuando murió Alicia pensé que por fin te dedicarías al diseño urbano, a temas relacionados con tus estudios. Sin embargo, te veo pensando en arreglos para la casa y tengo la impresión de que es por influencia de Pumarino.

Antes de llegar había imaginado que primero hablaríamos del viaje, luego le preguntaría por sus planes, pero el diálogo se había precipitado hacia el centro de mis preocupaciones. Selden se replegó en su asiento hasta quedar con la espalda vertical. La cariñosa disposición con que me había saludado desapareció, alcanzando una distancia que no me había tocado experimentar con él. Por lo común se rodeaba de silencio y hasta podía ser hosco en ocasiones, pero era un estado que se originaba en la frontera de un conflicto interior. No era este el caso. Todo su ser había pasado a pertenecer a un mismo bando y la línea de frontera se había corrido hacia el centro de la mesa, separándonos del todo.

—¿Por qué piensas que Santiago podría tener sobre mí una influencia nociva? —su voz había adquirido un tono severo. Mi interés por su bienestar no merecía ese trato.

—Elvira me contó que estabas saliendo con él.

Podría haber disimulado mis intenciones, pero puesto a hablar del asunto creí que lo mejor sería enfrentarlo con entereza.

—¿Basta salir con él para olvidarme de quién soy?

—No se trata de eso, Felipe. Tengo dos temores y quisiera decírtelos. El primero es que la plata te convierta en un hombre ocioso, preocupado nada más que de las inversiones y las propiedades. No es que padezcas de una predisposición especial, pero les sucede a muchos herederos. El segundo es Pumarino.

—¿No crees que te estás arrogando una autoridad que no tienes?

—Decirte lo que pienso no me parece una impertinencia.

—¿Pero quién te dio el permiso para hacerlo?

—Alicia. Ella me planteó este mismo temor. No quería que la fortuna te arruinara la vida, sino que ayudara a tu realización.

—¿Y ahora piensas en convertirte en contralor de la voluntad de la tía Alicia? ¿Quién va a juzgar si voy bien o mal encaminado? ¿Tú? Hablas igual que la mamá.

—Andar de viaje, remodelar la casa y comprar tapices no es la mejor manera de emplear tu tiempo.

Al percibir la tensión, el mozo se acercó con timidez a la mesa. Ordené una quiche. Selden dijo no tener hambre y pidió una limonada.

—Perdóname, Tomás, estoy desconcertado, no puedo dejar de hacerte preguntas. ¿Qué idea tienes tú de mi relación con Santiago?

—En realidad no sé cuán involucrados están.

—Podrías haber empezado por eso... Preguntando.

—Vi las fotos en facebook, Elvira me dio a entender que estaban entusiasmados y tú llegas anunciando que Santiago te llevó a ver tapices franceses para los sofás. Es suficiente evidencia.

Yo había bajado el tono de voz, quizás porque desde mi lugar veía toda la terraza a la cual Selden le daba la espalda.

—Además de tener buen gusto para elegir tapices, Santiago es un hombre culto, tiene buen ojo para juzgar a la gente, es la persona más divertida que he conocido, es atento conmigo, celebra mis aciertos y me critica con gracia. ¿Cuál sería tu objeción a que yo saliera con él?

—Su misantropía. El humor que celebras es perverso, se alimenta de su odio a los demás. Lo disfraza con inteligencia, sabe vestirlo con tanto primor como se viste a sí mismo. Pumarino odia lo que está más allá de su supuestamente infalible sentido de lo apropiado y lo bello. Es displicente y abusador con quienes caen fuera de las fronteras de lo que él llama «la gente bien», se burla de quienes no saben vestirse, los enjuicia con un grado de frivolidad intolerable. Por cómo hablan, por cómo comen, por cómo caminan, y ¡ay! del que sea feo y no se saque algún partido.

—Jamás ha sido cruel en mi presencia, ni menos conmigo.

—Con Elvira tampoco. Sus preferidos quedan a salvo de su odiosidad.

—¿Tú no te salvaste?

—Se burlaba de mí cada vez que podía.

—Y ahora quieres venganza.

—No me creas tan simple, Felipe.

—No creí que pudieras equivocarte tanto con la gente.

—Con Pumarino no me equivoco. ¿Cómo es posible que prefieras a esa loca pretenciosa antes que a un hombre como Camilo?

—Hablo de mí.

—No estoy haciendo un juicio de ti. Me perturba que te guste Pumarino, es solo eso.

—Santiago me advirtió hace tiempo que ibas a llenarme la cabeza de cuentos en contra de él. Me lo repitió antes de separarnos en la tienda. Tápate los oídos, me dijo. Y cuando le pregunté por qué tú querrías hacer algo así, dijo que le tienes envidia desde que se conocieron, porque él es más amigo de Elvira que tú, porque le ha ido mejor en la vida que a ti. Porque sale conmigo y tú nunca lo hiciste.

—No tienes para qué ser ofensivo.

Resopló con los ojos inmóviles. Tanta molestia brotaba de él que sus cabellos bien podrían haberse puesto en movimiento. Echó la silla hacia atrás y mientras se alzaba dijo:

—Eres tú el que me ha ofendido desde la primera hasta la última palabra.

Sacó su billetera, dejó un billete de diez mil pesos sobre la mesa y partió.

Esa tarde recibí el siguiente mail:

No debería darte ninguna explicación, pero quiero que veas lo equivocado que estás. Entre la primera y la segunda vuelta de las elecciones hablé con gente cercana al gobierno y me ofrecí para trabajar en el Ministerio de Vivienda y Urbanismo. Al regreso de mi viaje tenían un cargo para mí: director del Parque Metropolitano de Santiago. En otras palabras, encargado del cerro San Cristóbal y el Zoológico. Le expliqué al subsecretario que prefería trabajar en diseño urbano, pero me dijo que no habían puestos disponibles en esa área todavía. Estoy a la espera de que me llamen.

En ningún momento me preguntaste cómo estoy ni qué siento. En ningún momento me diste espacio para hablarte de Pumarino. No lo ves hace años. No sé qué problemas habrán tenido entre ustedes, pero a diferencia de ti, él se ha interesado en lo que yo pueda hacer. Hoy no te importaba nadie más que Santiago. Tu única motivación era desprestigiarlo. Quizás te preocupara también Camilo. Pero yo te importaba un rábano.

Le respondí apenas terminé la lectura:

Perdóname. Me cegó el temor que me produce Pumarino rondándote. Me desazona saber que tienes una buena opinión de él. El único que me importaba hoy eras tú, pero la experiencia suele ser egoísta. Fui yo quien compartió los miedos de Alicia, fui yo quien en otro tiempo atestiguó la falta de corazón de Santiago. Lo paradójico es que con estos antecedentes aparezco ante ti como un intruso ahogado por la envidia. Perdóname. Hice todo mal. Tuve poco tacto y te subestimé, pero no dudes de mis buenas intenciones.

Al final copié los datos del posible curador. No tuve respuesta. Los sentimientos apasionados aguzan la mirada sobre un punto en particular, pero nublan las circunstancias que lo rodean. Vi a Pumarino amortajando a Selden con los velos fantásticos de su ambición y me fue imposible ver nada más.

17

Había actuado de manera desproporcionada. Si temía la influencia de Pumarino, mi deber era mantenerme cercano a Selden, no convertirme en un simple denunciante, un hombre inútilmente escandalizado.

El taller literario que realizo cada año, un proyecto de guion para cine, un ciclo de charlas en la Biblioteca de Santiago, sumados a la novela que escribía y a las minucias de la vida diaria, postergaron a Selden del frente de mis preocupaciones y la culpa se fijó en mi conciencia como una quemadura periférica.

Camilo continuaba saliendo con Fabres. Una noche, mientras hablábamos por teléfono, le comenté de un encuentro de escritores en el Malba de Buenos Aires, al que me habían invitado a participar. La idea lo entusiasmó. ¿Me parecía bien si Ciro y él iban conmigo? Lo previne de que yo estaría ocupado con charlas y compromisos la mayor parte del tiempo, pero Camilo no le prestó mayor atención a mis reparos. No tenía de qué preocuparme. Serían la compañía ideal. Lo que Fabres y él necesitaban era una excusa para salir de Santiago.

Me pasé los días dentro del museo mientras ellos recorrían la ciudad. La noche en que terminó el encuentro fuimos a comer a Tegui, un restorán que me recomendó mi amiga escritora Leila Guerriero, ubicado en la calle Costa Rica, más allá de la línea del tren, en el barrio de Palermo Hollywood. Al cruzar una puerta de fierro en medio de una pared cubierta de grafitis, nos encontramos con una nave alta y alongada. Dejamos los abrigos en guardarropía y la anfitriona nos acompañó hasta nuestra mesa. Me sentí pequeño al pasar debajo de los cuatro enormes apliqués de opalina con forma de campana invertida, pensados quizás para una estación de trenes de la primera mitad del siglo XX. Camilo y Fabres se sentaron enfrente de mí. Se veían bien juntos. Ciro era bastante más bajo, con un cuerpo macizo. Seguro que acudía a un gimnasio. Había cierta incongruencia entre el grosor de sus brazos y sus ojos confiados. Camilo atendía a los comentarios de Fabres con su distracción característica. A Selden no le había tocado conocer esa faceta de él. Cuando lo tenía cerca, Camilo no malgastaba ni una pizca de su energía en nada ni nadie que no fuera Felipe y sus reacciones. Levanté la vista hacia los apliqués. Pendían de los pilares de fierro que le daban estructura a un muro de vidrio que recorría uno de los costados luengos del restorán. Tras él, inundaba la vista una plantación de plátanos tropicales. El jardín lujurioso me hizo recordar la pasión de Camilo los días previos a su fallido viaje con Selden a Buenos Aires, su rostro dolorido durante el desayuno en mi departamento. Una rebeldía contra la forma que había tomado el presente me invadió. Era Felipe quien debía estar junto a Camilo esa noche. No consideraba que Ciro Fabres fuera necio ni aburrido, tampoco le guardaba antipatía, simplemente no hacía bullir en Camilo la felicidad que yo había presenciado cuando se sentía querido por Selden.

A pesar de sus esfuerzos, Ciro no consiguió mantener viva la conversación. Su pretendido escrutaba el jardín o tal vez el reflejo de las mesas en el vidrio, y yo anhelaba el silencio después de tantas horas oyendo a gente hablar.

La mención de Pumarino desgarró nuestra indiferencia. Fabres mantenía trato con Santiago desde los tiempos en que los tres nos conocimos en el mundo de la publicidad. Estaba al tanto de mi animadversión hacia él y de la lucha que Camilo daba cada día para olvidar a Selden.

—Santiago se va a vivir con Felipe.

Los hombros de Camilo no abandonaron la posición que rompía la línea que formaban las mesas a lo largo del restorán. Yo tampoco reaccioné de manera visible. Ciro añadió:

—No es tan mala persona como ustedes creen. En los tiempos de Grey, cuando lo conocimos tú y yo, era insoportable. Ha cambiado. Ahora está feliz con Selden.

—¿Cómo lo sabes? —inquirió Camilo.

—Pumarino me lo contó. Va a dejar su departamento a fines de agosto.

—¿Y por qué nosotros tenemos que enterarnos de sus planes justo ahora que estamos pasando un buen rato? —tuve que controlar el volumen de mi voz.

—¿Se acuerdan de que en la sala de espera del aeropuerto me levanté para hablar por teléfono? Era Santiago.

Camilo había dirigido su mirada hacia mí. Nuevamente sus ojos se movían como si en su mente corriera de un lado a otro.

—Perdónenme —agregó Ciro—, sabía que les iba a molestar, pero lo tenía atragantado desde el jueves. Ningún momento iba a ser bueno —le hablaba a Camilo—. ¿No es mejor que te lo haya contado ahora?

—Permiso, voy al baño —Camilo se puso de pie y dejó la servilleta sobre el plato sucio.

Mientras lo veíamos alejarse hacia la cabecera de la nave, Ciro me preguntó:

—¿Debería acompañarlo?

—Déjalo solo. ¿Tú sabes lo que significa para él?

—Tenía que decírselo.

—Yo que tú me habría quedado callado. Dar una mala noticia nunca es inocente.

Tres minutos más tarde se acercó el mozo a ofrecernos postre o café.

—Esperaremos a que nuestro amigo vuelva —dije, todavía empecinado en mortificar a Fabres.

—El señor pidió su abrigo y se fue. No quiso que llamáramos un taxi.

A la luz de las opalinas, los ojos de Ciro brillaron de aflicción.

De regreso en el hotel de la calle Guatemala esperamos en el lobby a que Camilo apareciera. No estaba en el cuarto. Ciro lo llamó once veces a su celular. A las dos de la madrugada nos fuimos a dormir sin haber sabido nada de él.

Volví a verlo a la mañana siguiente en el pequeño comedor donde tomábamos desayuno. Se limitó a saludarme con los ojos bajos. Cuando ya terminaba de comer un huevo a la copa, con más pan y más hambre de la que habría cabido esperar en un hombre angustiado, me dijo:

—Me hizo bien la caminata.

Camilo fue en busca de Selden una vez más, a los pocos días de regresar de Buenos Aires. Me lo confesó mucho tiempo después, durante un llamado cuyo fin era comentar la inesperada invitación que habíamos recibido. Selden celebraría sus treinta años con una fiesta. Al igual que a mí, el mail lo había tomado por sorpresa. Habíamos perdido contacto con Felipe hacía más de un año. Camilo me contó que esa última vez se habían separado en malos términos. Su propósito había sido confrontar a Selden con su rostro, con su cuerpo. Ya sabía que la mente de Felipe era dada a los engaños. Por eso quería que fuera el cuerpo de Selden el que lo recordara. Una de las justificaciones que había dado Felipe para no comprometerse con Camilo había sido su deseo de conocer el mundo y conocerse a sí mismo, de no sentirse atado a una persona ni menos iniciar una rutina doméstica con una pareja sin antes comprender qué clase de vida quería llevar. Tales premisas se habían vuelto ridículas ante la inminente llegada de Pumarino. En esa visita, Camilo se comportó de manera imperiosa, como un hombre que iba a exigir lo que era suyo. A él no le cabía duda de que Selden lo amaba, aunque lo negara, aunque estuviera a punto de iniciar una vida con otro hombre. Le debía una explicación. ¿Cómo era posible que un amor verdadero fuera a desperdiciarse por Pumarino o por cualquier otro? Tenía que comprenderlo. El motivo de su rechazo había sido la ordalía de enfrentar a su familia. Ese obstáculo había desaparecido, ya no era Camilo el culpable de todos sus males, como afirmaba su madre. Una cierta debilidad argumental de parte de Selden impulsó a Camilo a besarlo en los labios, reteniéndolo con fuerza contra su cuerpo. Felipe no lo rechazó, ilusionándolo con que recibía la confirmación de su amor, el mismo de los primeros tiempos. Pero al liberarse del abrazo, Selden perdió la compostura, esa atildada manera de estar en el mundo que para él constituía un principio ético. Precisamente por esa constante exigencia de explicaciones, por esa incapacidad de aceptar que él era diferente, por ser tan testarudo como para querer imponerle una forma de vivir el amor, prefería a Pumarino. Santiago no pedía nada que Selden no quisiera darle, se conformaba con los buenos momentos e ignoraba los malos. ¿De dónde había salido ese afán tan destructivo de Camilo por la coherencia? Claro que Selden quería algo de él, que lo dejara en paz, que no lo presionara más, que no anduviera por la vida reclamándole un pasado en común. Qué desfachatez la suya de venir a su propia casa a darle clases de una supuesta integridad. Tantas veces lo había acusado Camilo de ser convencional y no se daba cuenta de que la forma en que había enfrentado su relación era la más convencional de todas. El amor a toda hora, a todo volumen. Si tan solo Camilo hubiera aprendido a quererlo como era. Sus padres le habían dado amor con la condición de que respetara su disciplina. Bastó que se asumiera gay para que ya no lo quisieran. ¿Y ahora venía Camilo a imponerle cómo debía ser el amor? Al fin y al cabo, su ideal romántico no era más que otra forma de disciplina. Pumarino no le pedía nada a cambio. Se limitaba a hacerle la vida agradable. En esos seis meses no habían tenido ni una discusión. ¿Se acordaba Camilo acaso de cómo discutían día sí, día no? ¡Y ni siquiera eran pareja! Era mejor que se fuera y no lo buscara más. Y si llegaban a encontrarse en el futuro, le suplicaba que no le pidiera nada, que no le exigiera nada. Estaba cansado de demandas, solo quería recibir cariño sin condiciones de ninguna clase.

¿Sería esa invitación al cumpleaños, catorce meses más tarde, una forma de reconciliación?, se preguntaba Camilo al teléfono.

—Elvira me dijo ayer que hay más de doscientas personas en la lista. No es un mensaje cifrado. Te invita porque todavía te considera su amigo, nada más.

—Felipe no tiene doscientos amigos.

—¿No lo has visto en las fotografías de vida social? Aparece abrazado de alguien diferente cada semana.

—¿Vas a ir?

—No lo sé, lo estoy pensando. Ver a Pumarino como el regente de esa casa puede ser un espectáculo intolerable.

—Ciro me contó que ha visto unas tres veces a Felipe y a Pumarino durante el último año.

La relación entre Fabres y Camilo se había extinguido poco después de Buenos Aires y había dado paso a una amistad.

—¿Y qué te dijo?

—Tiene la impresión de que Selden está ausente —se me vino a la memoria la abulia del padre—. Dijo que no se reía ni con las rutinas cómicas de Pumarino. Si una virtud distingue a Ciro es su honradez. Podría decirme que Selden es altanero o displicente, pero me asegura que lo encuentra triste.

—En las fotos no se le despinta la sonrisa, aunque es verdad que no se ve feliz.

—Tenemos que juzgar por nuestros propios ojos.

—Si tú vas, yo te acompaño. Será más difícil para ti que para mí.

18

Selden cumpliría treinta años el jueves 20 de octubre de 2011 y decidió adelantar su celebración para el sábado anterior. Deseaba que la fiesta no se realizara en una fecha demasiado cercana al segundo aniversario de la muerte de Alicia. Camilo me rogó que fuéramos en el mismo auto. No soportaba la idea de llegar solo. Le recordé que prefería ir a cualquier reunión social por mis propios medios y así poder escabullirme en el minuto que me diera la gana. Ciro estaría feliz de ser su escudero. Pero Camilo no quería verse obligado a pasar parte del tiempo con él. Conmigo tendría mayor libertad y yo sería el cómplice perfecto para comentar lo que sucediera a lo largo de la noche. Él pasaría a buscarme. ¿Cuál creía yo que era la hora apropiada para llegar? Ni un minuto antes de las once, sentenció. No debíamos parecer ansiosos. Y con la fiesta ya en marcha nos ahorraríamos la necesidad de hablarle a Pumarino.

La primera novedad fue encontrarse con el cuadro de Matta colgado en el muro principal del vestíbulo. Apegados a cada muro lateral, como una guardia de honor, cinco grandes cirios de sección cuadrada y un metro de altura les daban vida a las figuras precolombinas con su titular, como si de verdad esos niños arcaicos se movieran en medio de un confuso sueño futurista. El extraño efecto me hizo pensar en los jóvenes que habían participado en las protestas a favor de la educación pública, movidos por tradiciones ancestrales, enfrentados a un futuro indescifrable e hipertecnologizado. A veces, cuando estoy nervioso, caigo en ese tipo de excesos metafóricos.

En mi disposición predominaba la suspicacia. ¿La mise-en-scène era una forma de complacer a la corte de esnobs de la que Selden se había rodeado? Del pasillo de los dormitorios salió Francisco, presto a recoger lo que tuviéramos para entregarle. El ajetreo había encendido sus mejillas y una dureza pragmática oscurecía su dulce mirada. Habría esperado que tuviéramos una breve charla, pero la suma de sus ademanes nos conminaba a que le entregáramos los regalos. Ya escribiría él nuestros nombres en los paquetes para que don Felipe los pudiera identificar. Me aferré a la novela de Somerset Maugham que traía en mis manos y le pregunté:

—¿Cómo has estado, Francisco? ¿Cómo ha ido todo por aquí?

—Bien, don Tomás —miró sobre mis hombros hacia la puerta de entrada y se disculpó—: Viene llegando más gente. Cuando haya recibido todos los regalos voy a hablar con usted.

A nuestra izquierda, un metro más allá del escalón que descendía hasta el living, se hallaba Selden recibiendo el saludo de un grupo numeroso. Se mantenía bien, sus crespos confiriéndole esa voluptuosidad juvenil que aprecié el día de la muerte de Alicia. Tuve que mirar alrededor para sacudirme del agudo presentimiento de que la vieja dama saldría a recibirnos. Selden no había cambiado su modo de vestir. Llevaba puestos un traje negro, una camisa blanca y un par de zapatos de cuero ligeramente brillante. Una tenida casi idéntica a la que usó para el matrimonio donde su madre me pidió que lo dejara en paz. Pero había pasado de prendas mal cortadas y deslucidas por el uso, a un traje que le entallaba el cuerpo sin que se formaran arrugas. La postura del anfitrión mezclaba dignidad y distancia, un llamado a acercarse con la condición de no tocarlo más de lo necesario. Me recordó a su madre en el funeral de Alicia. Y también a su padre, aunque en este caso se trataba de una ausencia más deliberada. Se hallaba dentro de su cúpula, pero sin la luz que nacía de él cuando lo conocí. Ese vigor que antes brillaba se había atenuado, su lugar ya no era sino un escondite conventual.

—Felicidades, Felipe —dijo Camilo, adelantándose para abrazarlo, un riesgo excesivo desde mi punto de vista.

Se quedaron mirando, los brazos de uno en los hombros del otro. En sus sonrisas asomaba el gusto de verse, también un grado de compasión mutua. Se alegraban y se apenaban de encontrarse una vez más.

Al aproximarse mi turno comprendí que todavía lidiaba con un prejuicio que me había atormentado antes de ir. Temía que la invitación de Selden constituyera un alarde de su bienestar. Un desplante de vanagloria que se fundaba en el resentimiento y no en la voluntad de volver a acercarnos. Ese miedo se disolvió cuando me enfrenté a él. No había orgullo alguno en sus ademanes ni en la indefensa expresión de su rostro; al contrario, recibió mis felicitaciones con un atisbo de esperanza, como si se asomara fuera de su retiro para recibirlas, al punto de abrir él primero los brazos para atraerme hacia sí.

—Qué bueno volver a verte, Tomás. No debimos dejar que pasara tanto tiempo.

Los recién llegados que esperaban su turno para saludar, la llamada de la música, el living teatralmente iluminado, los mozos moviéndose entre la gente, desaconsejaban responder a las palabras del anfitrión con sinceridad. Se pueden aceptar ciertas fórmulas sociales que eluden con elegancia un pasado doloroso; sin embargo, y quizás movido por las adherencias dejadas por aquel prejuicio que había retorcido mis sentimientos, la nostálgica ingenuidad de sus palabras se me hizo difícil de tragar.

—Después de un comportamiento tan grosero como el mío, es comprensible que no quisieras verme.

Felipe reaccionó como esperaba, sin eludir la intimidad. No recurrió a una risita tonta para salir del paso, ni a una segunda evasiva.

—Soy yo el que se arrepiente. Tú solo querías darme un consejo.

Su respuesta me llenó de dudas. ¿En qué posición dejaba ese juicio a Pumarino? ¿Estaba la relación deteriorada y me daba la razón? ¿O su vida en común era tan plena que mis recelos se habían vuelto irrelevantes? ¿Había objetado Selden la forma o el fondo de mis advertencias? Camilo ya no sonreía, intrigado por la conversación. Yo no le había contado de mi desencuentro con Selden para no agitar sus emociones. Cuando me preguntó por qué no nos veíamos, le respondí que mientras Felipe estuviera con Pumarino prefería mantener la distancia.

—Fue una mala manera de dar un consejo.

—¿De qué otra forma podías hacerlo si yo estaba a la defensiva?

—Y entonces, ¿por qué dejaste pasar tanto tiempo? —dije, volviendo a su frase inicial.

—Por Santiago.

—Si él no quiere verme, no sé qué hago acá.

—No, hombre, lo digo por ti. Pensé que tú no querrías verlo, estar conmigo y con él. Incluso temí que no vinieras.

—Mientras no tengamos que presenciar nada desagradable... —bromeó Camilo.

La risa en común nos dio el pase adecuado para liberar al dueño de casa y seguir rumbo al jardín.

—Después vas a tener que contarme lo que pasó —me dijo Camilo al oído.

—¿No lo encontraste apesadumbrado?

—Puede que odie los cumpleaños y que la fiesta sea un invento de Pumarino.

Deseaba que Santiago se acercara a nosotros lo antes posible para pasar de una vez el desagrado. Advertí algunos cambios. Pese a ser un retrato femenino más bien pequeño, el cuadro de Mori reinaba en la pared donde antes estuvo la tapicería flamenca, y esta había ido a ocupar el lugar del Matta. Noté también los nuevos tapices de terciopelo: a rayas en el sofá, pequeños círculos yuxtapuestos en las poltronas. Entronizadas en ellas se hallaban dos viejas mujeres a las que creí identificar como amigas de Alicia. Las envidié al verlas amparadas por el cálido fulgor de la lámpara de la libertad. Asistían al paso de los invitados como si fuera un desfile de modas, estudiando a cada uno con tierno desparpajo.

En el jardín habían instalado una carpa negra de gran altura, de cuyo cielo descendían lámparas de estilo oriental, pintadas de negro por fuera y con el interior iluminado, despidiendo su destello broncíneo. Cada una pendía sobre el centro de un ambiente de estar, compuesto de kilims, sofás, sillas y mesas bajas de madera. Algunos de los presentes habían colonizado los estares, sentándose alrededor de las mesas provistas de ceniceros, ramos de flores y velas de té. Imaginé a Pumarino dirigiendo la instalación, exigiendo a los carperos un cielo a mayor altura, a los banqueteros un bar que permitiera atender hasta cinco personas a la vez, a los floristas mayor afinidad de los arreglos con el estilo de los ambientes.

La mayoría de la concurrencia se había agolpado ante el bar, una mesa alta, instalada a mano izquierda, siguiendo el sentido longitudinal del comedor. Todo cuanto veía me parecía extraño, inesperado para esa casa, al punto que no me era posible prestar atención a las personas. Más cercanas me resultaban las presencias del cedro y el tulipero, cuyos troncos hendían el cielo de la carpa en busca de sus copas segregadas de la celebración. Ahí estaban las calas, como un grupo de esbeltas mujeres en sus vestidos de fiesta, y más allá los lirios, reunidos en una pandilla de marinos ansiosos por sacarlas a bailar. Dominado en primer plano por espaldas y figuras de perfil, en el bar se imponía la labor incesante de los jóvenes a cargo. En los extremos, dos altos maceteros tubulares sostenían arreglos de flores que enmarcaban la escena. Rosas, delfiniums, peonías, liliums y otras variedades de flores que no supe identificar pendían hasta el nivel de la vista, con una fastuosidad que ningún lugar más pequeño, peor iluminado o pobremente dispuesto habría podido acoger. En el esplendor general, los ramos eran solo un detalle más de un equilibrio laboriosamente alcanzado. Mis ojos contemplaban nada menos que una puesta en escena de Pumarino, desembarazado de las restricciones presupuestarias que la publicidad imponía y entregado a la intemperancia de su mente fantasiosa.

Reconocí a Mercedes Arriagada entre un grupo de personas que se habían sentado en los muebles de terraza. Sorprendía que una mujer endeble y distraída poseyera tanto magnetismo. Su figura había captado la atención de tres jóvenes que le hablaban sin pausa. Su táctica consistía en mostrarse desapegada, dirigir la vista hacia otro sitio sin perder el hilo de la conversación. Volvía de vez en cuando al tema con un comentario preciso, o realizaba un gesto de asentimiento cuando una opinión la complacía, o bien sonreía cada vez que su sentido del humor se veía satisfecho. Su fragilidad era fuente de estímulo para los jóvenes. Una pálida y anciana mujer estaba más viva que la mayor parte de los invitados.

—Estás preciosa, Mercedes.

—¡Qué galán! —dijo, mirándome hacia lo alto—. Me pregunto si a Alicia le habría gustado ver su jardín convertido en la carpa de un pachá —meditó un momento, tomándose las manos sobre la falda, antes de darse una respuesta—: Puede que sí. Le fascinaban las personas creativas... y las fiestas.

Si su memoria no le fallaba, la última vez que Alicia había ofrecido una gran recepción había sido para celebrar sus cincuenta años. También había encarpado... de blanco, claro, en esa época no existían las carpas negras. Había repletado el jardín de mesas vestidas hasta el suelo, con diez sillas doradas alrededor, de esas con los palitos torneados en el respaldo. Las fiestas elegantes de su época se repetían idénticas, la innovación y la creatividad en este sentido no eran bien vistas.

—Y yo me pregunto si le habría gustado a Alicia este estilo de vida para Selden.

Me senté junto a ella. Al perder la atención de Mercedes, los tres jóvenes se habían marchado. Giró sobre su cintura para mirar hacia el espacio abierto de la fiesta a cada minuto más bulliciosa y, sin volver la vista hacia mí, respondió:

—No veo por qué le habría molestado. Ella se la pasaba en celebraciones de todo tipo y si la mejor de todas hubiera tenido lugar en su casa se habría sentido orgullosa.

—La fiesta está muy bien, es verdad, pero viene acompañada de Santiago Pumarino.

Mercedes le dio la espalda a la gente, inclinó la cabeza y se arregló el ruedo de su vestido de seda gris. Cortaba justo debajo de la rodilla, punto de inicio de la diagonal de sus piernas entrelazadas.

—Es de lo más cómico. Hace veinte años que me hace reír con sus comentarios. Ve lo que nadie ve. Lástima que sea tanto mayor que Felipe.

—La edad no es el problema —dije sin privar a la frase de un tono personal.

Mercedes Arriagada me dio unos golpecitos en la pierna al tiempo que me decía:

—Tú tampoco estás en edad para andar cortejando jovencitos.

—Seguro que el pobre Felipe no puede bajarse ahora de la torta de novios de puro vértigo.

Arrancarle una risa etérea me hizo añadir:

—Puede que Pumarino no sea el único cómico de la ciudad.

—Dale tiempo a nuestro protegido, escritor. ¿Puedo llamarte así? Me encantaba cuando Alicia te llamaba de ese modo. ¡No, gracias! —le espetó a una joven moza que en su afán servicial había estado a punto de volcarle encima una bandeja de crostinis—. Dale tiempo. Carácter no le falta. Solo tiene treinta años, nadie sabría qué hacer con una fortuna así, tan pronto. Y si Pumarino quiere oficiar de productor de sus recepciones, no me parece una mala combinación.

Más tarde esa noche me enteré por boca de Ciro Fabres que Pumarino no pretendía limitarse a producir grandes celebraciones, sino que estaba empeñado en convencer a Felipe de que financiara un proyecto de cine dirigido por él. Su idea consistía en filmar *Gladys Fairfield*, una novela poco conocida de Blest Gana, con locaciones nada menos que en Biarritz y otros balnearios europeos en boga a fines del siglo XIX. Para Pumarino, el problema del cine chileno residía en su pobreza, una película decente no podía producirse con menos de quince millones de dólares.

—A veces el envoltorio puede asfixiarte.

—Puede ser, pero no creo que debas exigirle a Felipe una vida exenta de frivolidad. Si además de heredar el dinero de su tía, heredó su gusto por la vida social, será un gran invitado y un gran anfitrión, dos atributos que algunos menosprecian pero que son fundamentales. Si supieras la cantidad de viejas y viejos solitarios que hay en el mundo porque los perdieron irremediablemente.

Yo sigo aquí, contenta de la vida, sobre todo porque no he perdido mi capacidad de ser una buena invitada. Es una pena que para ser una buena anfitriona ya no me quede plata suficiente.

Al sentarme a su lado creí que lo hacía junto a una aliada, alguien que compartía conmigo las mismas expectativas. Una mala suposición si se consideraba que era la mejor amiga de Alicia Mendieta. Me había convertido en jacobino de una causa que incluso su creadora compartía solo en abstracto. Me sentí un miserable, el peor de los entrometidos. Por prometedor que hubiera considerado que Felipe se volviera rico, por grandiosa la idea que hubiera albergado de lo que haría con ese dinero, no tenía tutela sobre él. Selden podía hacer lo que quisiera y ya era hora de que me resignara. Un razonamiento impecable hasta que me tropezaba con la figura de Pumarino, un tipo lleno de grandes ideas, pero sin la disciplina para llevar adelante ninguna. Cualquier trabajo que requiriera de dedicación se veía postergado por su carácter inconstante y distraído. De ahí su gusto por la publicidad. Una idea rápida, un guion brevísimo, una producción que no tomaba más de dos semanas y a rodar. Se alimentaba de pequeñas satisfacciones. Sin ir más lejos, la vida social lo proveía de triunfos sutiles que le permitían mantener un buen concepto de sí mismo. Se trataba en el fondo de una bolsa de valores, donde su capital era sometido a continuas transacciones que le redituaran un leve ensalzamiento de su posición. Las personas eran el objeto de su comercio. Las tasaba de acuerdo a su peso social y su grado de relación con ellas dependía del precio alcanzado.

Se abrió una perspectiva entre los invitados para revelar un pequeño claro. En él se distinguían dos figuras de negro. Elvira realizaba su despliegue fumando y mordiendo el aire con su risa. Seguro que Pumarino le soltaba comentarios de la gente con el rostro inexpresivo. A la distancia no alcancé a distinguir el dibujo de sus labios, pero debían de tener la rigidez propia de las murmuraciones. Tuve el impulso de levantarme e ir hacia ellos, pero me contuvo la paciente rebeldía que había acumulado por años.

Después de hablar un rato con Ciro Fabres encontré a Elvira sola, sentada en uno de los estares de utilería, escrutando a la gente con esa curiosidad de niña diosa, cruel y juguetona. Los flecos descorridos de su vestido estilo charlestón realzaban la belleza de sus piernas. Tenía juntas las rodillas y separados los pies. Sus tobillos se veían frágiles al contraste de unos zapatones negros de plataforma y taco alto, cuyo diseño exageraba el tamaño del pie y la redondez del talón. Mientras esperaba con ojos brillantes el próximo espectáculo que la concurrencia pudiera ofrecerle, Elvira sorbía por un tubito de plástico el contenido de su vaso.

—Pareces una niña sorbiendo de esa pajita —dije al dejarme caer junto a ella.

Rió con ganas. Le gustaba pasar directo a la conversación, saltándose cualquier preámbulo convencional.

—Lo hice para mortificar a Santiago, casi se murió cuando me vio volver del bar con una pajita dentro del vaso. Seguro que está poniendo al banquetero de vuelta y media. Pobre hombre.

—Si va a amargarse la vida porque en el bar les ponen pajitas a los tragos...

—No seas malo, ya sabes como es. Lleva dos meses planeando hasta el último detalle de la fiesta y un barman no encuentra nada mejor que ponerles pajitas a las coca-colas —lanzó una risa potente y saludó con la mano a una pareja de hombres que pasaba junto a nosotros en ese momento—, de verdad es divertido, como si alguien quisiera embromarlo a propósito.

—Pero supongo que está contento con la fiesta.

—Como niño chico —estiró el cuello y tomándose el pelo pareció buscar a alguien entre la gente—. No pensé que vendrías.

—Si Felipe me invita...

Víctima de un reflejo antiguo quise tomar una hebra de su pelo con mis dedos, pero una orden mental alcanzó a detonar el tiempo que había pasado desde la última vez que lo había hecho.

—No seas hipócrita, no has hablado ni con Felipe ni conmigo en un año y medio, ¿y ahora te parece que venir es la cosa más normal del mundo? Fue idea mía que te invitaran.

—¿Tuya? ¿No de Felipe?

—Se moría de ganas de verte, pero le daba susto que lo rechazaras. Yo insistí en que te escribiera.

—Bueno, aquí estoy. Si le doy una alegría, tanto mejor.

—Ya, somos todos felices nuevamente, como una familia bien avenida —dijo para sellar la falsa tregua.

—No creo que recupere la armonía familiar con Pumarino —me reí para quitarle filo a mis palabras.

—Una de las cosas que me fascinó de ti cuando nos conocimos fue que no eras rencoroso, se te olvidaban las peleas y hasta las penas al día siguiente. Por eso sigo sin entender que tu rabia contra Santiago haya durado tanto.

—No debe haberle gustado nada que Felipe me invitara.

—¿A él? ¡Está encantado! ¿Qué mejor panorama puede tener que mostrarle al mundo lo bien que le ha ido? Especialmente a ti. Acuérdate de su teoría de la envidia.

—Es un gran salto que pueda organizar fiestas a su pleno gusto.

—Amargado.

—Y lo dices tú, la de alma pura.

—Contigo ya no se puede hablar —lo decía con alegría en la mirada y en la voz, realizando un verdadero esfuerzo de reconciliación—. Si hasta me acusaste de ser cómplice de una emboscada para que Santiago atrapara al niño de oro.

—¿Y cómo está Felipe?

Me había dicho a mí mismo que no sería mi problema, pero ahí estaba de nuevo indagando en la vida del delfín ahora que poseía una fortuna. Elvira no disparó una frase ingeniosa, como hacía por método. Habría esperado una respuesta inmediata que me representara la buena avenencia de la pareja; en cambio, solo dijo:

—¿Quién puede juzgar la felicidad de los demás?

—Tú. Nunca te has privado de realizar juicios de esa clase. Y esta es una situación de la que eres testigo privilegiado.

—¿No es Felipe el hombre que mejor guarda sus sentimientos?

Cuando Elvira encendía un cigarrillo y comenzaba a realizar preguntas retóricas, se hallaba en un aprieto.

—Pero uno sabe cuándo algo es de su gusto y cuándo no.

Separó el cuerpo del respaldo e izó su mano en el aire.

—¡Ahí está mi niña adorada!

—Qué grande está. Anda vestida igual a ti.

—Nos compramos vestidos gemelos, ¿qué te parece? Ha crecido tanto que ya puede usar las tallas pequeñas de mujer adulta.

En el vano de la puerta del living que daba a la terraza, conversaba con Felipe y una mujer.

—¿Se lleva bien con Selden?

—Lo adora. Se viene a alojar uno o dos sábados

al mes. Felipe se queda feliz con ella, la saca a pasear, ven películas juntos. Y a Santiago no le molesta, que yo sepa. Así puedo salir o invitar a alguien a la casa sin que la Jose me frunza el ceño. A veces también vengo a pasar el fin de semana. El último verano estuve diez días seguidos aquí, tendida en la terraza.

—¿No fueron de vacaciones a ningún lado?

—Felipe arrendó una casa en el lago Calafquén. Una lata soberana, pero la Jose no daba más de felicidad. Pasaba encaramada a los árboles y Felipe la acompañaba a pescar, a recorrer los riachuelos que bajan de los cerros. Un día fueron a conocer un parque nacional de por ahí cerca. Ella volvió con una especie de fiebre geológica insufrible.

—Ustedes sí que forman una familia bien avenida.

—Siempre me han gustado las familias sustitutas. Santiago, tú y yo formamos una.

Era primera vez que la oía hablar de nosotros tres como una familia. Yo sentía lo mismo.

—Bastante disfuncional.

—Y divertida. Dime que no. No seas ingrato. Nos hicimos compañía en una época en que los tres estábamos bastante solos.

—Es cierto. No terminaste de contarme sobre Felipe.

—Ay, Tomás, siempre tan apegado al argumento. No sé, me haces preguntas difíciles. Felipe «es» una persona difícil. Uno no sabe cuándo está contento y cuándo no. De la mañana a la noche cambia por completo. A veces parece hastiado de uno y del mundo y de repente abre la boca y te suelta la frase más cariñosa que puedas imaginarte. No sé. No es un hombre feliz en general y creo que no lo sería en ninguna circunstancia. Es esencialmente insatisfecho.

—¿Pero Santiago lo quiere?

—Lo cuida como hueso santo.

—Siempre tuve ese miedo.

—¿Cuál?

—Que Felipe terminara hecho una reliquia.

—¡Por Dios que eres exagerado! Ahí vienen.

Tomada de la mano de Felipe y con ese vestido de corte recto, Josefina parecía una mujercita recién estrenada en sociedad, sometida a las ansiedades de la temprana juventud. Sus rasgos se habían suavizado gracias a un toque de maquillaje y su pelo cenizo cobraba vida bajo la luz escenográfica, como si su complexión fantasmal hubiera adquirido propiedad en un ambiente de fiesta. De no haber sido por su mirada, ciega a los placeres nocturnos, nadie habría adivinado que no pasaba de los once años.

—Eres la única niña a la que invitaron, todo un privilegio —dije mientras nos poníamos de pie.

—Se va a quedar levantada un rato más y después yo mismo la voy a llevar a acostarse —intervino Felipe, contento de hacer las veces de padre.

Recién en ese momento noté que tanto la solapa de su chaqueta como una franja que bajaba por el costado de cada pierna de su pantalón tenían un viso más oscuro que el resto de la tela, al modo de un smoking.

—No creo que me vaya a dar sueño con este ruido. ¿Supiste, mamá, lo que le regaló Santiago a Felipe?

—No, ni siquiera me pidió la opinión.

—Un jeep.

—Supongo que habrá sido con tu plata —dijo Elvira. Josefina miró a Felipe un tanto desconcertada y él me miró a su vez a mí, como si me debiera una explicación.

—Bueno, Santiago lo eligió y después me pidió que lo comprara.

Josefina fue la primera en reírse, como si le entusiasmara la idea de que Felipe fuera el dueño del dinero.

—Es muy lindo. Felipe me llevó a conocerlo. ¡Tiene olor a nuevo!

—Me alegro de estar aquí —le dije a Selden, haciendo lo posible por librarme de mis inquietudes.

—Te prometo que ahora que estoy habituado a mi nueva vida —dibujó un arco con sus pupilas para relativizar el valor de «mi nueva vida»— nos veremos más seguido. Para el verano ya arrendamos una casa en Zapallar, así que no vas a poder escaparte.

—Si allá me dedicara a ver gente no sería capaz de terminar mis novelas. Con ustedes puedo hacer una excepción.

Pumarino me dio un susto al llegar hasta nosotros desde el sector más apartado del jardín.

—¿Qué tal la fiesta? —preguntó, pasando un brazo sobre los hombros de Felipe. No sonreía, en su cara más bien espejeaba una pulida indiferencia.

—Hola, Santiago, ¿cómo has estado?

—Como loco, ya sabes lo difícil que es organizar cualquier cosa en este país. Pero bien, muy bien. ¿Tú?

Hice un esfuerzo para decir:

—Contento de que me hayan invitado.

Tan dispuesto como en los viejos tiempos a hundir su ironía más profundo de lo razonable, replicó:

—A ver si te diviertes, mira que en los últimos años has estado más agrio que un limón. Hasta tus libros se han vuelto amargos. El último no pude terminarlo.

Felipe se separó de él en un gesto recriminatorio. Santiago lo desafío alzando las cejas y finalmente no se dijeron nada.

—Nunca he pretendido que mis libros sean de tu gusto. Me preocuparía si así fuera.

—La sensibilidad es una sola.

—¡Qué aburridos! —medió Elvira—. Lo único

que faltaba es que se pusieran a pelear. Mejor hablemos de las pajitas.

—¡Ni me digas! —repuso Santiago, realizando un gesto de descarte con la mano.

—¿Qué le hiciste al pobre banquetero?

—¿Qué pajitas? —quiso saber Felipe.

—Nadie puede creerse el mejor banquetero de la tierra y tener una persona en el bar que les pone pajitas a los tragos. Vieras cómo se enojó cuando le dije que tenía el gusto en el pelo que se le había caído. Son todos unos charlatanes en este pueblucho —le hablaba a Elvira—. Quiso darme clases de cuál era la comida que se estilaba servir en los grandes banquetes. Tú no sabes la de siutiquerías que tuve que sacar del menú. Poco le faltó para poner codornices embalsamadas en las bandejas. Nunca, ¡nunca!, pensé que debía preocuparme de cómo se servirían los tragos. ¡Qué bruto el tipo descriteriado!

—Tú lo contrataste —le reprochó Felipe, como si estuviera cansado de las peroratas de Pumarino.

—Sí, fui un imbécil. Sirvió una comida para veinte personas en la casa de los Aldunate y me pareció que era bastante novedoso sin excederse. Pero no es lo mismo una comida de veinte que una fiesta de doscientos. Obvio que no lo es. Por no contratar al pesado de Pedro Vignolo, me tocó pasar un mal rato.

—A mí me gustó que me sirvieran la limonada con pajita —dijo Josefina.

—Ojalá se te pasen pronto esos gustos plebeyos. Sigue el ejemplo de tu madre, el gusto no le falla.

Elvira soltó el humo con fuerza para decir:

—A mí también me gustó tomar un vodka tónica con pajita.

—No has cambiado un ápice —le dije a Pumirano.

—No hay rotería más grande que cambiar. O pedirle a la gente que cambie. La gente no cambia. Tú sigues negando que te gustan las cosas buenas y afirmando que te preocupan los problemas sociales, pero en el fondo lo único que quieres es pasarte los días en tu preciosa casa de la playa sin que nadie te moleste.

—Igualmente injusto es sostener que las personas siguen siendo las mismas cuando a todas luces han cambiado. Al único que le gusta vivir en un pueblo polvoriento que jamás cambia es a ti.

—Tomás es mi invitado, Santiago —dijo Felipe, haciendo resonar su voz en el campo de silencio que lo rodeaba.

—Uy, qué quisquilloso. Tomás y yo estamos acostumbrados a estos lances de esgrima, es solo un floreteo, una demostración de destreza mental. ¿No es así, Tomás?

Felipe me miró para comprobar si lo que decía Pumarino era cierto.

—Hace mucho tiempo que juegas solo, Santiago.

—Ah, pues bien, si quieren aburrirse hablando de lo difícil que es el problema de la educación, yo voy a buscar otros invitados que tengan ganas de reírse un rato. Adiós.

Caminó con su copa levantada a la altura del hombro, alejada del cuerpo, el codo más abierto de lo común, como si quisiera conservar el equilibrio en un piso no del todo llano. La cabeza erguida sobre el largo cuello y el ademán de su brazo hacían pensar que se aprestaba a saludar a un invitado, pero recordé que en nuestros años de amistad llevaba la copa alzada a buena distancia de su cuerpo por precaución ante su propia torpeza. Se me vinieron a la memoria sus palabras pronunciadas con rapidez: «Ya he estropeado suficientes trajes. Es mejor llevar la copa lejos, así se mancha el otro y no uno». Y a pesar de toda la antipatía que sentía hacia él, esa forma de caminar un tanto insegura, un tanto chaplinesca, me hizo reír. Un clown vivía en su cuerpo, solo que no pretendía divertir a la corte, sino divertirse él a costa de cada uno de sus miembros. Usaba el humor como arma, no como un instrumento de paz o de liberación. Él se había hecho rey gracias al humor y nunca había estado dispuesto a contentarse con el papel de bufón. Prefería el poder a la verdad.

—Te tengo una sorpresa, Tomás —dijo Felipe.

En ese minuto no se me ocurrió qué podía ser.

—Ha sido una noche cargada de novedades, mejor dejemos las sorpresas para otro día.

—Elvira y Josefina ya saben de qué se trata, pero no pueden decir nada hasta que yo la anuncie.

—Te vas a morir —dijo Elvira, sin permitirme dilucidar si usaba el «morir» como un buen o un mal augurio. Josefina sonreía con la boca tensa y los ojos agudos.

Camilo se separó del tumulto que se había formado en el bar y vino hacia nosotros. Al llegar soltó un garabato. Había pisado mal y reaccionó encogiendo la pierna como un pájaro. Elvira contrajo la boca y me lanzó una mirada de soslayo, como si dijera: otra de tu amigo.

—¿Puedes pisar? —le preguntó Felipe, luego de ofrecerle su hombro para apoyarse.

—Parece que no me torcí el tobillo.

Apoyó la punta del zapato, dio un paso tentativo y recién cuando se sintió seguro sobre sus dos pies se soltó del hombro de Felipe. Se quedaron mirando un instante más de lo que la situación merecía, luego de lo cual se desató un cruce de miradas entre los adultos. Josefina se había quedado contemplando el suelo.

—Tenemos que caminar con más cuidado, mamá. Con estos tacos, nosotras sí que vamos a torcernos el tobillo.

Una risa pasajera precedió la pregunta de Camilo a Felipe:

—¿Y te acostumbras a vivir aquí?

—Sí. Francisco y la cocinera hacen funcionar la casa sin que yo tenga que preocuparme de nada. Solo debo estar atento a que Santiago no se les cruce en el camino.

—¿Es muy pesado con ellos? —quise saber.

—No es que sea pesado, pero a él le gustan las cosas de una manera y ellos llevan veinte años haciéndolas de otra.

—No soy de los que creen en espíritus que penan, pero al entrar tuve la sensación de que Alicia nos saldría a recibir.

—Me tomó varios meses lograr que su presencia en la casa se alivianara. Lo fui haciendo de a poco. Dejé el clóset para el final. Me encontré con cientos de horquillas para el pelo, cintas de raso, unas polveras preciosas, monederos de mostacilla, sombreros con plumas. Tenía una caja repleta de tarjetas de Navidad, saludos de pésame, sobres y papeles de todos los formatos, con sus iniciales grabadas en cuño seco. Guardé unos guantes de cabritilla que me la recuerdan de cuando yo era niño. Me entristeció andar trajinando en su intimidad, pero más pena me dio comprobar que era una mujer de otra época.

—Así y todo, vivió con una libertad envidiable, sin jamás perder el control de sí misma. ¿Qué hiciste con la ropa?

—Toda la ropa tenía su olor impregnado. Me dolía el alma botarla o regalársela a un desconocido. Así que llamé a mi hermana, a pesar de que no nos habíamos hablado después de la pelea. Le mandé una camioneta llena de ropa y ella se encargó de repartirla entre la parentela. Me dijo que se había quedado con los abrigos de piel. No veo qué pueda hacer más que convertirlos en estolas, porque la tía Alicia era más baja de lo que aparentaba. Medía un metro cincuenta y dos, una vez me lo confesó.

—¿Y la vieja tenía buen gusto para vestirse? —preguntó Elvira.

—No la llames vieja.

—Siempre la llamé vieja y no veo por qué ahora que está muerta vamos a santificarla. Bueno, sí, es una santa, nos dejó esta fortuna nada menos —indicó la casa como si fuera propia—, así que mejor voy a llamarla vieja bendita.

La expresión taciturna que había adquirido el rostro de Felipe durante su relato no se alteró para celebrar la finta de Elvira. A su lado, Camilo mantenía el entrecejo en tensión, los ojos retraídos bajo el poblado marco de sus cejas, seguramente odiando la sociabilidad intrascendente que se veía obligado a sostener con Selden.

—¿Y cómo están las relaciones con tu familia? —me animé a preguntar.

—Desde entonces que mi hermana me llama de vez en cuando.

—¿Y tu madre?

Felipe le ofreció una mirada compungida a Camilo, como si le pidiera perdón por las amenazas que había tenido que sufrir, las llamadas nocturnas, los cuartelazos que ella le había dado en su oficina. O como si Camilo le recordara la muerte de los amores maternal y filial durante la guerra de la herencia. Enseguida se volvió hacia mí y soltó un bufido por respuesta.

—Estamos de lo más bien sin la madre y sin los curas —dijo Elvira.

Felipe agregó:

—Para ella, no tengo salvación posible.

—Tu mamá es mala —dijo Josefina.

Él la miró con ternura y le acarició el pelo.

—No siempre hay un bueno y un malo cuando hay problemas entre adultos.

Camilo intervino con una pasión inadecuada para el tono que se había impuesto:

—En este caso, claramente hay una persona que actuó mal.

—Creo que la mamá confundió la plata con mis temas personales —seguía teniendo la impresión de que Selden se disculpaba ante Camilo—, por eso nunca se avino a la idea de que yo heredara.

No pude callarme mi opinión.

—Eres indulgente. Confundir los planos tenía un fin.

—Quién sabe. Perdonen. Me voy a preparar la sorpresa. No se muevan de aquí.

—¿Qué sorpresa? —preguntó Camilo, sin que Felipe se detuviera a contestar.

Momentos después, Selden subió a una extensa plataforma de madera pintada de negro, que se elevaba unos veinte centímetros sobre el suelo al final del jardín. Por las dimensiones y los parlantes que la rodeaban, no podía ser otra cosa que la pista de baile. Con la ayuda de un micrófono inalámbrico y el silenciamiento de la música, Selden se dirigió a sus invitados:

—Estoy feliz de que estén aquí —lo decía sin convicción—. Quise aprovechar esta fiesta para mostrarles algo que me ha tenido ocupado en el último tiempo y que muchos de ustedes ni siquiera sospechan. La tía Alicia Mendieta era la dueña de esta casa, además de ser una gran coleccionista de pintura chilena moderna —al mencionar a su tía abuela, su voz adquirió una vibración más personal—. El último proyecto que tuvo en vida fue construir una galería donde pudiera exponer su colección. Después de un año de trabajo, la galería está prácticamente terminada —haciendo un gesto hacia el sector del jardín situado detrás del ala de los dormitorios, donde antes se hallaba la cancha de tenis, fuera de los límites de la carpa, continuó—: Y ustedes podrán visitarla ahora. Ah, y quiero agradecerle a Elvira todo el apoyo que me dio.

Los aplausos retumbaron dentro de la carpa como una bandada de pájaros asustados que alza el vuelo y no encuentran una salida. Busqué a Elvira con la vista, pero había desaparecido. Felipe tuvo que hablar más alto para imponerse al barullo desatado por la noticia.

—Con nosotros está el curador de la colección —al bajar un tanto su brazo, ahora indicaba hacia el joven que había participado en mi taller literario, de pie junto a Santiago en la boca del sendero que llevaba a la galería— y se ha ofrecido para realizar varios recorridos a la colección durante la noche. Como somos muchos y el lugar no es tan grande, vamos a organizarnos en grupos de veinte personas. Espero que la galería les guste.

Otra vez los aplausos volaron sobre nosotros y la curiosidad me hizo avanzar a grandes zancadas hasta el umbral abierto en la carpa, donde nos esperaban el curador y las cejas triunfantes de Pumarino. Quería ser de los primeros en ver la galería, comprobar si los planos originales se habían conservado, entrar en ese espacio que unía a Selden y Alicia de una manera más concreta y más íntima que el dinero.

Al edificio se ingresaba por una doble puerta de madera oscura, de grandes dimensiones, a la que a su vez se podía acceder desde la calle por un camino empedrado, en cuyos flancos corrían el muro lindante con el sitio vecino y una pared nueva, que lo separaba del resto de la casa. Los escombros de la construcción delataban que aún había trabajo por hacer.

Al entrar recordé a Alicia diciendo: «Cualquier cuadro se vería bien en esta galería espléndida». De su fachada exterior me llamó la atención el bien conseguido bisel de concreto que enmarcaba la puerta de entrada. Una vez dentro me encontré con un espacio pintado de blanco y suelo de cemento afinado. En el cielo, cada cierto trecho, se abrían ventanas apaisadas mirando al sur. Era un edificio más sofisticado que el previsto en los planos que Selden alguna vez me enseñó. No esperé a que el grupo se reuniera y fui recorriendo las distintas salas donde se exhibían los cuadros reunidos según escuelas. La primera la ocupaba, cómo no, un Matta, tan monumental como el del vestíbulo, y en un panel encontrado se podía apreciar un cuadro pequeño de la primera etapa del pintor, quizás más valioso que su compañero. Una gran pintura de fondo gris dispuesta en tres paneles, obra de Gracia Barrios, hacía las veces de entrada a la sala de quienes tenían una raíz informalista. A pesar de sus detalles grotescos, un cuadro de Dávila adquiría una rara suntuosidad al estar exhibido en solitario al final de un pasillo. Más adelante se desplegaba una pintura aeropostal de Dittborn. La última sala acogía a artistas del siglo XXI, claramente influidos por el cómic y el barroco. Extrañé a muchos otros, pero el recorrido estaba bien pensado y existía un equilibrio entre los espacios más estrechos, dedicados a los formatos pequeños, y los espacios abiertos, donde se exhibían cuadros de hasta tres metros de altura. El curador había hecho un buen trabajo al darle una lectura a una colección más bien arbitraria. Retorné al grupo para transmitirle a Selden mi alegría de que hubiera continuado adelante con el proyecto. Alicia se habría sentido orgullosa de la galería, pero aún más orgullosa de él. El dueño de casa no se encontraba entre los primeros veinte visitantes. Pumarino hacía las veces de anfitrión y, a medida que el curador explicaba los criterios que había empleado para disponer las pinturas o las razones para destacar una obra en especial, no se privó del gusto de contradecirlo, asegurando en más de una ocasión que este o tal cuadro de un pintor en particular era sin duda mejor que aquel que el joven había señalado.

Tuve que pedir permiso para abrirme paso entre la gente que se agolpaba en el umbral de la carpa. Un mozo con cara de niño hacía las veces de portero. A pesar de que había veinte personas en la galería y otras tantas esperando para entrar, la tarima había sido invadida por una legión de bailarines, y la explanada del jardín se veía más llena que antes. En los veinte minutos que me había tomado el recorrido, una generación más joven se había adueñado de la fiesta. Fui en busca de Selden. Me moví entre los cuerpos, subiendo y bajando la mirada como un perdiguero, atento a las perspectivas abiertas. En la pista me topé con jovencitos de caderas estrechas y brazos esculpidos en el gimnasio; con jovencitas altas, abusando de minifaldas y tacos para alargar aún más sus figuras. Asomé la cabeza intrusa a cada uno de los estares y me encontré con más jopos en los pelos de los hombres de los que me habría gustado ver. Un joven con rasgos de bruja clásica, pómulos prominentes y nariz ganchuda, lucía un verdadero tocado, una proa de pelo negro que amenazaba con desguazarse con cada embate de risa que la remecía. Me puse en puntillas para avistar a Selden entre la gente que se aglomeraba ante el bar, pero solo vi las espaldas de esa generación que se mostraba más sedienta que la primera ola de invitados.

—¿Has visto cosa más impresionante? —dijo Elvira, tomándome del brazo.

—¿Qué?

—¡La galería!

—Me alegra tanto por Felipe. Creí que se había vuelto un diletante sin arreglo.

—Y también puedes exonerar a Santiago de sus cargos, porque él tuvo mucho que ver.

—Felipe te agradeció a ti, no a él.

—¿Te asomaste al subterráneo? Es del mismo porte que arriba. Ahí tienen todos los cuadros guardados con la temperatura y la humedad reguladas. El pobre curador se la pasa bajo tierra.

—No he visto a Felipe.

—Tiene que estar en la galería recibiendo las felicitaciones.

—No está.

Echó un vistazo alrededor. Yo seguí su mirada. Vimos pasar en fila a una veintena de mozos y mozas con los postres alzados sobre sus cabezas. Llegaron hasta la pista y después retornaron a un mesón donde fueron depositando las vistosas preparaciones una a una.

—¡Lo único que faltaba! Desaparecerse ahora. Capaz que esté sufriendo el típico ataque católico de humildad.

—¿Y quién es toda esta gente?

—Felipe conoce un par de productores de eventos. ¿Ves ese que está ahí? No debe tener ni treinta años y ya tiene la panza de un gorila y los modos de una sirena. Bueno, ese tipo me dijo que se había corrido la voz por Santiago de que esta era «la» fiesta del año.

—Seguro que les avisó a sus contactos —me odié por usar esa palabreja— para que vinieran. Ser productor de eventos es hasta cierto punto sentirse dueño de todo sin serlo de nada.

—Mejor así. Para que una fiesta sea memorable, la gente tiene que quedarse con la impresión de que estaba todo el mundo.

—Trescientas personas en una ciudad de seis millones. Ojalá no sea memorable porque destrozaron el jardín y la galería.

Seguí buscando entre la gente, al borde de la impertinencia, y no fui capaz de dar con Selden. El living y el comedor se habían sumido en una paz imprevista, solo interrumpida por los quejidos de una pareja que se besaba en el sofá, el brillo del terciopelo a rayas volviéndolos opacos en su ajetreo. Más allá, en la entrada, Francisco hacía guardia con una prestancia de ánimo admirable para esas horas de la noche.

—¿Has visto pasar a Felipe?

—No, don Tomás. Acabo de llegar de la cocina. Estaba ayudando a sacar los postres.

Rendido ya en mi búsqueda, aproveché para hablar con él.

—¿Cómo te ha ido con el cambio de jefe?

—Bien. Don Felipe vive preocupado de que yo esté contento.

—¿Y Pumarino?

A su rostro asomó la cautela. No sabía hasta dónde podía confiar en mí.

—Don Santiago es un experto en limpieza. Me ha enseñado técnicas nuevas.

—¿En qué más es experto?

—En que cada objeto vaya en su lugar. Me corrige cuando dejo un cenicero corrido.

—Mira el profesor que te fuiste a conseguir.

—No es mala persona. Nos explica cómo quiere las cosas. Antes, la señora Alicia nos daba chipe libre —quizás el propio recuerdo de la libertad que experimentaba con ella lo hizo precisar su impresión—: Para la cocinera es más difícil. Siempre le encuentra algo malo a la comida. O los tallarines no están a punto, o la carne está muy cocida, o los panqueques quedaron demasiado gruesos, o al merengue le faltó batido. Mi trabajo es más rutinario. Bueno, don Santiago es bien fregado con su ropa y esa es responsabilidad mía. Nunca le achunto a la cantidad de apresto que tengo que echarle a sus camisas, y si algo sale mal de la tintorería me pone de vuelta y media.

—Un infierno.

—No tanto. Don Felipe nos dice por detrás que no le hagamos caso. Y nosotros con la Juanita nos reímos harto de él. Viera las salidas que tiene.

—¿Y cómo es con Felipe?

Siempre he pensado que acusar el rubor de un personaje es una engañifa de las novelas decimonónicas, pero a la luz de los grandes cirios habría asegurado que Francisco, mostrando la mansedumbre de su carácter, se ruborizó.

—La señora Alicia me enseñó a no repetir lo que se hablaba dentro de la casa.

—Solo quiero saber cómo está Felipe. Lo noto triste.

—Pregúntele a él, don Tomás. Yo no puedo opinar.

Del pasillo de los dormitorios surgió Selden. Al verme echó los hombros hacia atrás, como si mi presencia lo tomara por sorpresa. Con el semblante serio me preguntó:

—¿Te vas tan pronto?

Si mi idea había sido darle un abrazo y después felicitarlo con exaltación en la voz, su actitud me previno de hacerlo. La luz de los cirios enrarecía su expresión, a tal punto que en el óvalo de su rostro se sucedían los estados de ánimo, promediándose en una amenazante neutralidad.

—Te estaba buscando. La galería es una maravilla. Alicia no cabría en sí de orgullo.

Respiró profundo, como si abandonara su estado de indefinición emocional.

—Si no hubiera sido por ese proyecto...

En medio del silencio que se hizo luego de esa frase enigmática, vimos venir a Camilo. Felipe giró la cabeza hacia él y, al regresar la mirada hacia nosotros, en su rostro se entremezcló dignidad y tristeza, en una fórmula nueva para mí. Intuí que Felipe había encontrado un nuevo lugar para sí mismo. Podía tratarse de una noble resignación, pero existía el peligro de que se hubiera acomodado en el trono más triste que puede ofrecer la vida adulta. Coronarse como víctima. Nadie podía culparlo por sentirse vapuleado por el destino. Él no había elegido su homosexualidad ni la ofuscación de su madre, ni menos transformarse en la última esperanza de una mujer rica y sin descendencia. Al final del incendio que debió afrontar se quedó con una fortuna, pero sin familia, sin sus amigos de antes ni los del último tiempo. Un gran cambio para el que nadie está preparado. Cuando el humo se dispersó y pudo ver con claridad nuevamente, eligió a Pumarino para darle sentido a sus días. Al elegirlo dejó de ser víctima de un dios encolerizado. Tomó el mando de su existencia y le dio una orientación nueva. No tenía derecho a considerarse una víctima de la fiesta, de la galería, de esa multitud de esnobs que lo rodeaban. Si se sentía atrapado, bastaba con espantar a Santiago con un chasquido de sus dedos. Su tristeza llamaba a compasión, pero lo único que yo podía ofrecerle eran los renuevos de nuestra amistad.

Cada ojo de Camilo emitía un sentimiento distinto. Conservaba uno de ellos muy abierto, padeciendo de la fijeza que noté cuando me habló de Selden por primera vez, vuelto hacia un mundo interior convulso e incomprensible. El otro se veía tocado por la ternura, con una luz blanda, las pestañas reposando soñadoramente sobre el globo ocular, estelas de brisa recorriendo ese minúsculo planeta.

—Le estaba mostrando a Camilo la remodelación del dormitorio principal —dijo Selden.

Camilo no lanzó la alabanza que se estila en estos casos y permaneció observando a Felipe con esas dos miradas.

—¿Vas a abrir la galería al público? —pregunté para sortear la incomodidad.

—Sí, en abril. Quiero plantar un pequeño jardín y planificar bien el trabajo de difusión. Elvira va a ayudarme.

La curiosidad me pedía que siguiera inquiriendo detalles, pero la tensión que vibraba entre Selden y Camilo me obligó a callar.

—Voy a ver cómo anda lo de la galería —dijo Felipe y se marchó.

Camilo me tomó de un brazo y me llevó hasta el comedor. Estaba en penumbras. Cerradas para no delatar el desorden reinante detrás del bar, las cortinas proporcionaban algún grado de insonorización, aplacando las voces impacientes, la pedregosa excavación de las cucharas de hielo, las explosiones encadenadas de la música. Nos habíamos sentado en las mismas sillas que ocupamos el día en que se leyó el testamento.

—Cuando todos miraban hacia el fondo, Felipe pasó al lado mío y me pidió que lo acompañara, pero que no lo siguiera de cerca.

Camilo tenía los codos apoyados en las rodillas, una mano empuñada y la otra cubriéndola, la cabeza apenas erguida hacia mí. Me entristeció pensar en el papel que me tocaba interpretar. Ya no era el mismo confesor de la primera vez, cuando Camilo fue a mi casa y me relató los cambios de ánimo de Felipe. Mi interés había perdido el brillo de la curiosidad recién nacida. Ahora atendía a la historia derrotado por los hechos. Recibía su confesión en medio de la estridencia de los mercaderes del templo, los que comercian con belleza y buen gusto, dinero e hipocresía, estilo y mundanidad. Muchos de ellos hombres gay sin identidad propia, en compañía de sus comprensivas amiguitas, todos afectados por alguna de las imposturas al uso. Cuando lo conocí, la actitud de Selden se distinguía de la mímica insustancial, como si se preparara para una vida de mayor trascendencia. Pero había elegido unirse al sumo sacerdote de esa religión de la liviandad. Las palabras de Pumarino endulzaban los oídos del pueblo entregado a su codicia, la fiesta en curso como liturgia principal.

Camilo tampoco era el mismo penitente de entonces. Había sufrido con cada uno de los avatares de Selden y el último de ellos no podía sino profundizar su dolor. La desesperación de ese primer relato en mi departamento, cargado de las emociones de un antiguo melodrama, con las dudas atizadas por el deseo y el instinto de aventura, no tenía cabida ahora. Cualquier esperanza que pudiera albergar acarrearía el lastre de una historia malhadada. Y sin embargo, Camilo seguía siendo fiel a sí mismo, un hombre inteligente y bienintencionado, con su impronta de héroe ingenuo abriéndose paso ante las adversidades. Al fondo de la escalera a la cual había sido empujado por unos sentimientos indómitos, dando tumbos cada vez más estrepitosos, todavía intentaba levantarse, sin buscar amparo en el cinismo ni el desconsuelo.

—¿Qué pensaste que podía querer?

—Hace más de un año que no nos vemos. ¿Cómo podía imaginar qué quería decirme? Cuando nos encontramos en el pasillo de los dormitorios se me volvió a entrecortar la respiración. Creí que había dejado de pensar en él, pero le bastó dar media vuelta y mirarme a los ojos para que me fuera a la mierda. Luego siguió caminando delante de mí y al pasar frente a una puerta me dijo que era el dormitorio de Pumarino.

—¿No duermen juntos?

—Lo mismo pregunté yo. Su explicación fue que desde que vive en esta casa se ha puesto mañoso, prefiere su cama y su baño para él. Y con Santiago tienen distintos horarios para dormir. Ay, Tomás, por qué seré tan idiota. Sufro como perro cuando me cuenta esos detalles. La sola ilusión de pensar que no tiran es tan dolorosa.

—¿Dolorosa? Si viniste a la fiesta era porque querías verlo, a riesgo de tener que tragarte cosas peores. No es una mala noticia que duerman en piezas separadas.

—No sé qué hago aquí. No debí haber venido. Ver que tiene una vida con otro me hiere. Pero saber que es infeliz con Pumarino me hiere más. ¡No quiero volver a ilusionarme!

—No te entiendo.

—Escucha lo que pasó. Me mostró su dormitorio. Amplió el baño y lo comunicó con la pieza de vestir. Tú sabes cómo es, le gusta justificarse. Me dio argumentos de por qué había hecho tal o cual arreglo, no conoce el gusto de hacer las cosas porque sí. Pero lo noté inquieto, se tropezaba con las palabras, a veces lo sorprendía mirándome de reojo. Cuando entramos a la pieza de vestir, me tomó de la cintura y me dio un beso.

—Es un gran histérico.

—Recibí el beso como en los primeros días. Darme cuenta de que todavía me quiere me hizo reventar de felicidad. Hasta lloré un poco mientras nos reíamos de puro gusto. Después pasamos al baño y nos seguimos besando. Hizo el intento de abrirme los pantalones. Pero de repente sentí pánico. Me paralicé. Le pedí que me soltara. En serio, Tomás, tuve miedo de que comenzara todo de nuevo, las noches de amor con sus desprecios al día siguiente. Un día sí, diez días no. Mañana va a volver tan campante a su vida con Pumarino para llamarme la próxima vez cuando le plazca. No puedo, Tomás, no puedo.

—¿Y cómo reaccionó él?

—Me dijo que pensaba en mí, que su mente y su cuerpo se habían puesto de acuerdo al verme, que a veces fantaseaba con la idea de estar juntos. Por eso me había invitado a su pieza. Me dijo que Santiago era bueno con él, pero que se aburría y había dejado de admirarlo. Tampoco le gustaba quién era él al lado de Pumarino. Ya no le creo, Tomás. Si fuera así, lo habría dejado. Quería que yo bajara la guardia, seducirme, volver a tenerme a su disposición. Pero si yo le exigiera un mínimo de coherencia, si le pidiera que dejara a Pumarino mañana mismo, me volvería a sacar en cara que soy demandante, que le exijo estar conmigo por completo, que quiero todo ahora, que no tengo paciencia, que no respeto ni sus tiempos ni su espacio. ¡Tanto cuidado que hay que tener para no invadir su espacio! Los dos caminos son malos, Tomás. Dejar ir esta nueva oportunidad o volver a tener esperanza. El segundo es peor que el primero. No quiero sufrir de nuevo por él. Yo me voy —dijo con la voz dolida—, si sigo aquí me muero.

—¿Qué te pasa, Camilo? ¿Estás llorando?

Pumarino se había detenido rumbo a la puerta oculta que une el comedor con la cocina. Camilo enderezó el cuerpo como una marioneta que es violentamente tirada de sus hilos y se limpió los ojos con los puños de la camisa.

—Hola, Santiago.

—No le estarás contando una de tus historias, Tomás.

—Me lamentaba por Felipe —dijo Camilo, devolviéndole todo el peso a su voz.

—¿Todavía sufres por él?

La luz que provenía del living creaba un contraste tal que solo permitía distinguir la silueta de Pumarino, pero la empalagosa superioridad de sus palabras me representó el dibujo de sus facciones, las cejas arqueadas, la barbilla en punta.

Camilo se puso de pie bruscamente. Yo salté de la silla para detenerlo.

—Nunca lo había visto tan triste.

—¿Triste en medio de su fiesta de cumpleaños, rodeado de sus amigos y con la galería recién inaugurada? A mí me ha parecido de lo más contento.

—Porque no sabes verlo. Por eso te prefirió a ti, porque no te importa como esté. Porque no le exiges nada. Eres un mero comentador de su vida, un decorador. Decoras bien. Esta fiesta es un lujo.

—¿Un lujo? No hay nada peor que la gente que habla de lujo. Quizás Felipe prefiere el buen gusto y un poco de humor. Si al final tu problema es ese, Camilo, para qué estamos con cuentos. Eres un hombre buenmozo e inteligente, pero con un mal gusto atroz, con la capacidad de volver hasta la minucia más intrascendente en un problema terrible. ¡Por Dios!, si para hacer una escena así en una fiesta hay que tener muy mal gusto.

—Felipe sigue enamorado de mí.

—Ah, mira tú, no tiene más que decírmelo y desaparezco. Esa confianza tuya en el amor es tan... enternecedora.

—Basta, Santiago —intervine.

Camilo intentó zafarse de mí.

—¡Qué salvaje! —exclamó Pumarino—. ¿Nos vamos a agarrar a combos? Seguro que a Felipe se le va a alegrar la noche si me ve sangrando.

—Tu capacidad para insultar a la gente no tiene límite —le respondí.

—Bueno, no quería importunarlos, perdónenme. Yo voy a la cocina a ver cómo va el consomé.

Al vernos venir, alertado por nuestros semblantes de que algo grave había sucedido, Francisco abrió la puerta de calle con presteza. Estábamos a punto de abandonar el patio de adoquines cuando nos gritó:

—¡Fue bueno verlos!

Camilo manejó por la avenida Kennedy hacia el poniente a más de ciento cincuenta kilómetros por hora. No me prestaba atención mientras le pedía que se calmara. El aviso de una óptica nos recibió en la rotonda de Vitacura. Un gigantesco par de anteojos, iluminado en neón azulino, flotaba en la noche. Los neumáticos del auto chirriaron al tomar la curva y volvieron a protestar cuando salimos de la contracurva que desemboca en la

Costanera. Nada nos pasó, finalmente. Camilo detuvo el auto de un frenazo a las puertas de mi edificio y me palmeó la espalda para despedirse.

—Maneja despacio, por favor.

—No te preocupes, me voy tranquilo a la casa.

IV

19

Las olas aquí no se anuncian, se levantan del mar calmo como un profundo paladar que muerde la orilla de un solo golpe. Para cambiar de paisaje, hoy bajé a la rambla que corre a espaldas de la playa. Me permití tal osadía porque es un martes de invierno. La probabilidad de verme obligado a saludar o, peor aún, a conversar con algún conocido, es mínima. A mis cincuenta y siete años le perdí la paciencia a la vida social. La niebla oculta los cerros que se levantan alrededor de la pequeña bahía, el mar es una versión más oscura y pulimentada de la cubierta de nubes. A excepción de un par de zarapitos que recorren con sus patas zancudas la porción lisa y brillante de arena, la playa se encuentra desierta.

Me siento en uno de los siete peldaños de piedra que bajan a la arena, donde me esperó Elvira esa tarde de enero del año pasado, cuando ya no pude seguir negándome ante su insistencia. Quería que me uniera a ella y a Selden en la playa. Su piel bronceada relucía al contraste de un bikini negro, la belleza de su cuerpo seguía siendo un regalo para quien lo contemplara. Se había bañado y mientras me veía venir estilaba su pelo, tomándolo con una mano y luego la otra como si se descolgara por una cuerda. Una vez a su lado, me soltó una metralla de ya, ya, ya, y nos internamos entre la gente, yo también aferrado a su pelo al sentir que pendía sobre un cardal. Cada vez que una mirada se posaba en mí, se me hacía patente lo ridículo de mi atuendo. La camisa, el pantalón y los zapatos acordonados desentonaban en medio de tanta desnudez. Mi única seguridad provenía del sombrero panamá y los anteojos de sol. Las playas me despiertan un pudor iracundo, me agobia que la gente exponga sus cuerpos y sus rutinas recreacionales de forma tan gregaria. No comprendo que se sometan a la tiranía de las carreras alocadas de los niños, a sus aullidos y berrinches, solo para disfrutar de tres metros cuadrados de arena caliente y una boca de mar ahíta de bañistas.

—No sé por qué te quiero tanto hoy.

—Será porque bajé a la playa por primera vez en quince años.

—Debajo de los pantalones traes puesto un traje de baño, supongo —rió.

—No.

Llegamos al lugar donde se habían tendido. Pareos, dos bolsas de playa, chalas y alpargatas marcaban su territorio.

—Míralos, ahí están.

En la orilla, Selden y Josefina construían un castillo, con balde y pala en mano. Sufrí un inesperado despunte de placer playero al verlos recortarse en el mar.

—¿Y por qué no está Pumarino con ustedes?

—Las cosas entre ellos no están bien.

Camilo me había contado que Selden lo continuaba llamando y que a fines de diciembre se lo encontró a las puertas de su edificio, bajo los tilos de la calle Gertrudis Echenique. Ante sus ruegos, lo hizo pasar. Ese día hablaron con la pasión y la sinceridad de los primeros tiempos. Felipe quería que volviera a confiar en él. Y yo recibía llamada tras llamada de Camilo, protestando por el descaro de Selden de buscarlo sin antes separarse.

—¿Qué tan mal están?

—Felipe invitó a comer a un compañero de colegio con su señora, los únicos de su antiguo grupo de amigos que se han atrevido a restablecer relaciones con él. Jorge Prieto, se llama. De ella se me olvidó el nombre.

¡Unos amores! —exclamó con ironía—. Pero Santiago los encontró pueriles. Son de esa gente sin malicia, beatos, cariñosos y lateros. Ya sabes como es Santiago. Al principio soltaba bufidos. Después se pusieron a hablar de sus cuatro niños, sí, cuatro, y ella tiene menos de treinta años. Santiago no pudo resistirlo, los subió al columpio y no los bajó más. Les preguntaba por los horarios de las papas, por el colegio en el que habían puesto a los dos mayores, si los juguetes se los iban heredando unos a otros, de qué marca eran los coches, dónde los habían comprado; ah, los habían traído de Italia... Para qué te cuento más. Recibió cada una de las respuestas con esas risotadas que encierra dentro del pecho y los pobrecitos no se percataron de que se estaba burlando de ellos. Hasta que Felipe lo hizo callar de un grito. Primera vez que lo oigo gritar. Santiago estaba volado, creyó que era todo parte de la broma y le tiró una cucharada de bavarois que estaba por echarse a la boca, con tan mala suerte y buena puntería que le dio en plena cara. Felipe lo echó de la casa. Como no tiene nada de arrastrado, tomó el auto y se fue. Ayer hablaron por teléfono. Parece que el niño de oro no tiene el menor interés en que se aparezca por aquí. La verdad, se llevan mal hace rato.

Pensé en volver pronto a la casa para llamar a Camilo y contarle, aunque quizás no fuera buena idea. Por primera vez había reunido la fuerza para resistirse a la manipulación de Felipe y esa firmeza lo hacía sentir dueño de sus días. En una llamada por teléfono me recordó lo que alguna vez su amiga psicóloga le había dicho. Selden debía volverse digno de él. Contribuía a esta nueva seguridad el inicio de un romance con Martín Gutiérrez, abogado cinco años más joven, investigador del Centro de Derechos Humanos de la Universidad de Chile y activista de la diversidad sexual. Al parecer, Gutiérrez tenía un carácter fuerte y lo cortejaba con tenacidad. Las palabras de Camilo al teléfono se oían tocadas por esa aceleración que trae el enamoramiento. De verdad le gustaba y sentía una atracción física hacia él que no había experimentado desde los primeros encuentros con Selden.

Felipe levantó la vista del castillo de cinco torres. Se puso en pie y se limpió la arena de las manos en el traje de baño azulino que le llegaba prácticamente hasta las rodillas. El sol le había aclarado el pelo, los vellos del pecho, las piernas y los antebrazos. Caminaba con el foco puesto en nosotros. Noté a las mujeres voltearse al verlo pasar. Las proporciones de su cuerpo no son perfectas. Sus brazos delgados no le hacen honor al ancho de sus hombros, sus piernas membrudas exceden la medida que su torso sugiere. Me dio su mano y tirando de la mía me obligó a ponerme de pie. Mi corazón retumbaba cuando nos abrazamos. En cierto modo, llevaba más de tres años enamorado de Selden, los sentimientos travestidos en ardiente compañía para Camilo y buena amistad para él. Lo embellecía verlo fuera de la sombra de Pumarino, tan bien adaptado a su papel de padre adoptivo, sin el peso de la fortuna a la vista y libre de las asfixiantes habitaciones de su caserón.

—Esta noche vas a comer con nosotros, aunque no quieras.

—Olvídalo. De noche no salgo. Me gusta leer y dormirme temprano.

—Pero venir a aislarse aquí, donde está todo el mundo, no tiene sentido.

—Arriba en el cerro no hay nadie, sigue siendo tan solitario como en invierno.

Josefina vino corriendo hacia nosotros, después de darse un chapuzón. Traía la risa en la cara y al llegar se apegó al costado de Felipe con una ternura inusitada para una niña indócil. Su madre le echó un pareo sobre los hombros.

—Hola, Tomás, ven a ver el castillo que hicimos.

Me explicó la función de cada uno de los elementos. El foso, el puente levadizo, los cañones hechos con palitos de helado, las pesebreras, la fragua y los torreones. Le preocupaba especialmente en qué torreón dormiría la dama de la casa. Eligió el más alejado del mar, por seguridad. Habían inventado con Felipe la historia de un caballero español a quien el rey había pedido resguardar la bahía de ataques corsarios. Metí las manos en la arena húmeda que todavía quedaba en el balde y en la cumbrera del muro perimetral construí dos almenas. Cuando le conté a Josefina que servían para proteger a los soldados de los ataques desde el exterior, llegó a dar un saltito de felicidad sobre sus rodillas. No cejaría en perfeccionar su obra hasta construir todas las almenas que fueran necesarias.

Selden y yo nos levantamos y le dimos la espalda al castillo para contemplar el mar. Con cada tumbo, las olas arrancaban grititos de los bañistas y nos lanzaban un viento fresco a la cara. Yo no sabía qué decir. No soy bueno para jugar al ignorante cuando estoy enterado más o menos de todo. Permanecí en silencio mientras la brisa se demoraba en los crespos de Felipe. A veces conseguía sacar alguno de su sitio y lo agitaba libre del tejido que constreñía a los demás.

—Estamos muy mal con Santiago.

—Te lo advertí —repliqué como un idiota.

—Salí del Baco pensando que tenías un problema personal con él. Te creí egoísta, malintencionado —su voz neutra anunciaba un recuento de los hechos, no un acto de arrepentimiento; era claro que para él las circunstancias de entonces validaban su juicio—. Incluso creí que estabas celoso. Así que tu consejo no me sirvió de nada.

De nuevo se hacía presente esa espontánea intimidad.

—Ten en cuenta que de no haber sido tan personal, no me habría animado a decírtelo.

—Santiago no es tan malo ni tan frívolo como lo pintas. Lo ves así porque envidias su libertad para decir lo que se le ocurra, para hacer una cosa y luego otra. Él tiene una clase de libertad diferente a la tuya y eso te molesta.

Me subió la sangre a la cara. El sol se tornó desagradable. Tuve que reprimir una andanada de argumentos antes de preguntar lo más amistosamente que pude:

—¿Y qué vas a hacer?

—No sé todavía. Me siento mal porque Santiago sigue siendo el mismo de siempre. Me hace reír y aguanta mis cambios de ánimo. Soy yo el que ha comenzado a verlo de otra manera. Estuve con Camilo antes de venirme y no puedo evitar compararlos.

—Eso significa que también a Camilo lo ves de otra forma.

—¿No te ha pasado antes con alguna persona que de pronto cuaja dentro de ti? Lo que me parecía inflexible se volvió íntegro, lo demandante leal, lo melodramático verdadero. Y empecé a echar de menos la insistencia que al principio me parecía agobiante. Cuando nos conocimos tuve la impresión de que pretendía atraparme, como si estuviera desesperado por estar con un hombre y yo fuera su última opción. ¡Y yo venía saliendo del clóset! —exclamó ahogando la voz, apuntándose al pecho con ambas manos, raramente vulnerable—. Solo cuando estaba con trago me daba permiso para pensar en él como una posibilidad. Pero al día siguiente todo se volvía insoportable. Con verle la cara a la mamá durante el desayuno me moría de angustia. Y fue tan posesivo. No dejó de presionarme. Entre la angustia que sufría de día y la presión que sentía de noche, reventé. No quise saber más. Tuve que vivir esta especie de liberación que me trajeron Elvira y Santiago para que pudiera verlo con otros ojos. Estar con ellos era tan fácil. Fumábamos pitos, nos reíamos de la humanidad completa, nos sentíamos superiores y afortunados. Así no tenía que pensar en nada. Formábamos una familia nueva, dispuestos a gozar de la vida a como diera lugar.

Selden se había hecho de nuevos padres, no de una pareja y una amiga. Lo orientaban de un modo más sutil, es cierto, envueltos en diversión. No era tan diferente al desvío que muchos hombres gay toman luego de su desarraigo familiar, haciéndose parte de una fiesta interminable. Sin embargo, Selden no se percataba de que la disciplina de Pumarino y Elvira podía llegar a ser tan estricta como la de sus padres originales.

—Con Camilo también pudiste constituir una familia —dije para estimularlo a pensar en las razones de su elección.

—No teníamos los mismos códigos. La prescindencia que me enseñaron desde niño, una sana distancia con la realidad, el valor de las tradiciones, el actuar sobre seguro, para Camilo son costumbres extrañas. ¡Yo estaba tan asustado! Camilo implicaba un peso y una responsabilidad. Cuando estaba con él mi miedo crecía, justo al contrario de lo que me hizo sentir Santiago después, que parecía tener la fórmula para tranquilizarme. Y Elvira ayudaba.

—¿Ayuda todavía?

—Claro que sí. No quiero perderla, ni a la Jose. Pero hay algo que no entiendo. ¿Por qué considera que Camilo es un posme? Lo acusa de andar con el corazón en la mano para causar pena.

—Él ha sufrido mucho por ti, pero jamás ha perdido la dignidad.

—Santiago se burla de él. Lo llamaba el cordero degollado, después el corderito capón, ahora último le dice el corderito llorón. Me contó lo de la fiesta.

—Fue tan cruel.

—Ese es quizás el principal motivo para haber dejado de quererlo. No entiende el dolor, no soporta la enfermedad, detesta el sacrificio, la debilidad está muy bien si te la tragas, el miedo lo aguanta si lo alivias riéndote. Una vez me sacó en cara que no entendía que me lamentara de haber perdido a una familia de puros locos. Otra vez le dijo a Elvira que el sacrificio que había hecho para tener y criar a la Jose era incomprensible.

—La adora, pero se muere antes de reconocerlo —irrumpió Elvira.

Había llegado hasta nosotros y ahora tenía enfrente de ella a dos hombres que se giraron de golpe al verse sorprendidos. El ruido ambiente nos había encapsulado, haciéndonos sentir más seguros en nuestras confidencias que si hubiéramos estado a solas en una habitación.

—Perdona... —le dijo Selden.

—Ya, ya, ya, córtenla; ustedes dos siempre tan densos. ¿Por qué mejor no miran el mar? No lo había visto tan tranquilo y tan brillante en todo el verano.

Se coló entre nosotros, nos tomó a cada uno de un brazo, adelantó la cabeza y alzó el mentón para guiar nuestra mirada más allá de la orilla. Mis oídos le cerraron el paso al resuello de la playa y se abrieron al lejano zumbido del motor de un bote pesquero que cruzaba la bahía. Conservo esa imagen como una ensoñación, pero igualmente recuerdo cada detalle con claridad. A un costado está Josefina, acuclillada dentro de su castillo; ola tras ola se agita la marea de bañistas con sus álgidos suspiros; mis zapatos han comenzado a humedecerse; Selden llena de aire sus pulmones y quizás sueña con una vida junto a Camilo; Elvira tiene una pierna flectada y ahora adelanta el cuerpo, afirmándose de nosotros, como un frágil mascarón de proa que desafía los elementos.

20

Selden me grita al teléfono que ha llevado a Elvira
a la posta. En cinco minutos estoy ahí. La sala de espera
sin ventanas y pintada de un azul mar se hunde en el centro del pueblo. La escasa luz proviene de la puerta vidriada que da a la calle y de un par de tubos fluorescentes que
desfallecen en el centro de la habitación. Josefina se halla
de pie a un costado, mientras Selden se pasea. Dos mujeres retintas por el sol, sentadas una junto a la otra y tomadas fuertemente del brazo, lo siguen con la vista en su ir y
venir. Veo a Felipe dirigirse al extremo opuesto de esta
sala oblonga. A lado y lado se suceden las sillas plásticas,
tres puertas y una ventanilla. Si no fuera porque las alpargatas de Selden arrancan un chillido del linóleo que cubre
el piso, reinaría una paz inquietante. Hasta que se escucha
un ronquido de dolor. Es Elvira. Se me saltan las lágrimas, abrazo a Josefina y Selden se precipita hacia mí.

Mientras tomaban desayuno, me relata atolon-
drado, Elvira se mareó. Fue al baño y al rato la oyeron
gritar. Un grito largo que no cesaba, profundo como el
que acabábamos de oír. Corrieron a verla. Se había des-
vanecido sobre la tapa del escusado y se llevaba la mano
a la parte de atrás de la cabeza. Intentaba conservar el
control, pero no conseguía abrir los dedos de las manos
y los pies. Me duele la cabeza, repetía. Cuando llegaron
a la posta la ingresaron de inmediato a uno de los cubí-
culos. La misma enfermera que los recibió chequeó los
signos vitales. Tenía la presión altísima. Cuando la examinó el doctor, Elvira ya no era capaz de hablar, tenía la
mirada perdida y temblaba.

—Nos pidieron que saliéramos, Tomás. No sé qué hacer. Llevan quince minutos con ella y no nos han dicho nada.

El doctor Cisternas nos llama desde la puerta con un gesto imperativo de su mano. Es un hombre flaco y moreno. Lo conocí en una visita que hice al consultorio para mendigar una receta de Ravotril.

—Le hemos administrado suero fisiológico y un remedio para bajar la presión. ¿Ella fuma?

—Sí, mucho —responde Selden.

—Sufre de hipertensión, tiene cefalea en trueno y relajó los esfínteres. Con toda probabilidad sufrió un accidente cerebrovascular. Deben llevarla con urgencia a un hospital.

Ante el desconcierto que se refleja en nuestras caras, agrega dudoso:

—Nuestra ambulancia podría trasladarla hasta el de Quintero...

—¿Es un buen hospital? —pregunta Selden.

—No —responde sin eufemismos—. Existe un servicio de rescate de la Clínica Alemana de Santiago. Es carísimo, pero seguro que ustedes pueden pagarlo. Los helicópteros aterrizan en la cancha de fútbol, a media cuadra de aquí.

Selden se sumerge en su iPhone hasta que da con un empleado de la clínica que toma los antecedentes del caso. El helicóptero llegará dentro de cuarenta y cinco minutos.

—¿La mamá se va a morir? —la sola pregunta desborda de lágrimas a Josefina.

El doctor Cisternas no ha reparado en ella hasta ahora.

—Está muy grave. Hay que esperar el resultado de los exámenes.

Los lamentos de Elvira han bajado de intensidad, pero todavía los oigo detrás de una puerta, cruzando el pasillo.

—¿Puedo pasar a verla?

El doctor duda al mirarme.

—Toque la puerta antes de entrar, para saber si la enfermera terminó de limpiarla.

—Voy a buscar las cosas de Elvira a la casa —resuelve Selden—. Acompáñame, Jose, tú sabrás mejor que yo qué traer de ropa. Lo más importante es encontrar su cartera y su carné de identidad.

De espaldas sobre la camilla, Elvira tiene la cabeza caída hacia un lado, las rodillas a medio recoger, las manos sobre el vientre. Hasta la parte interior del codo llega una línea de suero. Mi primer impulso es reunir su pelo y dejárselo caer sobre el hombro. Su piel se ve marchita, de su boca brota un lamento continuo. Tiene los ojos entrecerrados y, sin embargo, creo verlos reaccionar cuando me acerco a ella.

—Te quiero mucho —le digo, y me quedo junto a la cama.

La enfermera entra cada cinco minutos para tomarle la presión.

—Estaba en veintitrés cuando llegó. Ahora le bajó a dieciséis —dice con ternura esta mujer de andar liviano.

Los veinte minutos que Selden y Josefina toman en regresar se eternizan mientras veo a Elvira sufrir. Josefina se acerca y refugia su cabeza en el cuenco del hombro de su madre. Felipe no deja escapar ni un aspaviento de dolor, ni un arranque de sentimentalismo. Ha tomado la emergencia en sus manos, sin dar cabida a ninguna debilidad que pueda nublar su razonamiento o minar su determinación.

Tres horas más tarde me estacionaba en los subterráneos de la Clínica Alemana. Al pequeño edificio original se habían agregado dos torres y varios pisos bajo tierra. Conocía bien sus vericuetos gracias a mis visitas al broncopulmonar, al dermatólogo, a mis amigas parturientas y mis amigos recién operados. Sin embargo, me costó trabajo dar con la Unidad de Cuidados Intensivos. Quedaba en el ala antigua y para acceder a ella había que tomar un ascensor que se ocultaba al primer golpe de vista. Cuando se abrieron las puertas en el quinto piso me encontré con algo similar a una playa, solo que la gente estaba tendida en sillones de espuma con tapices de color verde y café, bajo el sol inerte de la fluorescencia. Unos hablaban, otros dormían, dos jovencitas agitaban la cabeza al ritmo de sus audífonos mientras comían golosinas de sendas bolsas de papel plateado. Nadie habría dicho que se hallaban a la espera de noticias sobre sus parientes en peligro de muerte. Solo un par de grandes puertas de vidrio translúcido y marco rojo, con amenazantes carteles de «NO PASAR», actuaban como recordatorios del sufrimiento que se vivía en el interior. Di un nuevo sobrevuelo con la mirada, moviéndome entre las dos estancias que componían la sala de espera. Me impacienté. Selden me había dado instrucciones precisas de que nos encontraríamos ahí. Lo llamé al celular. Un doctor amigo de Pumarino les había permitido la entrada. Felipe salió a buscarme y rumbo a la habitación me contó que a Elvira le habían hecho una angiografía. El doctor Cisternas había acertado. Sufrió un derrame a causa de la rotura de un aneurisma. Selden hablaba rápido, con seguridad, abstraído de cuanto fuera superfluo. La sangre liberada hacia la corteza cerebral era la que le producía el dolor. Le habían detectado otros tres aneurismas. Mañana le harían una embolización endovenosa para cerrar desde dentro la arteria que se había roto y aprovecharían de atacar un segundo aneurisma situado en esa zona. Le implantarían espirales de platino, llamados *coils*. Los aneurismas más

pequeños los dejarían para más adelante. La embolización no era un procedimiento peligroso, pero Elvira continuaría en riesgo vital durante tres semanas. Había una
altísima probabilidad de que tuviera secuelas.

—¿No será mejor que se muera? Elvira no sabría
cómo vivir con una incapacidad.

—Santiago le preguntó lo mismo a los doctores
—replicó Selden sin abandonar el tono apasionadamente
informativo—. Ellos dicen que un porcentaje de los pacientes se recupera por completo.

—¿Y cómo está ahora?

—Consciente y con un poco de dolor. Nos mira
y sonríe. Solo le habló a la Jose para decirle que estuviera
tranquila.

—¿Elvira sabe lo que tiene?

—Sí. El neurólogo se cercioró de que comprendía
el diagnóstico. A cada rato le preguntan dónde está, cómo se llama, qué edad tiene, qué día es hoy, y no se ha
perdido ni una sola vez.

Llegamos al corazón de la unidad. Un centro de
trabajo para el personal dominaba todas las habitaciones
que se distribuían alrededor. Cada cuarto contaba con
una gran ventana que les permitía a enfermeras y especia-
listas controlar visualmente a los pacientes, además de
tener ante sus ojos las pantallas que les entregaban lecturas continuas de sus signos vitales.

Me encontré a un Pumarino que no había visto
antes. Se había detenido. Apoyado en la pared, con sus
manos tras la espalda, parecía despojado de su inquietud
fugitiva, de su rebeldía ante cualquier clase de confina-
miento, como quien se desprende de los ropajes que os-
tentan un poder que ya no tiene ningún provecho. Por
primera vez se veía enfrentado a la enfermedad y a la
cercanía de la muerte sin tener escapatoria. No podía es-
quivar en este caso el patetismo de la situación, ni burlar-

se como antes lo había hecho de la falta de buen tono inherente a las expresiones de dolor. A tal punto alcanzaba su indefensión, que al verme llegar me dirigió una mirada suplicante, tras más de veinte años de haberla ejercitado en el desdén.

—Tomás —Elvira me llamó con voz apenas audible.

Me acerqué.

—Lleva a la Jose a comer algo.

—Yo la llevo —intervino Selden, con tono de mando—. Tomás acaba de llegar.

Elvira levantó la cabeza, como si quisiera incorporarse, pero terminó dejándola caer en la almohada. Por los costados de la bata verde asomaba la desmayada redondez de sus pechos, una bolsa para la orina colgaba de la cama, su boca tensa había olvidado la pícara curva de los labios. Sufrí un estremecimiento al comprender que realmente podía morir.

—Quiero que la lleve Tomás —insistió ella, enronqueciendo la voz.

—No te preocupes. Vamos ahora mismo —obedecí.

Con una dulzura que antes no me había dedicado, Josefina se tomó de mi mano para ir a la cafetería del primer piso.

Nos sentamos en la terraza, junto a los setos altos que la separaban de la calle, protegida del sol por grandes paraguas de lona. A cada tanto corría una brisa que se llevaba el calor acumulado. Josefina quiso tomar un jugo de melón y para comer pidió un sándwich de queso. Yo, un café y torta de chocolate. Se notaba más tranquila. Ver a su madre con menos dolor y bien atendida había ayudado a aplacar el miedo que sintió durante la mañana. Conservaba la espalda recta y la cabeza en alto. No es que estuviera a la defensiva. Al contrario, nos sentíamos cómodos en mutua compañía. La rigidez de su postura acusaba más bien un deseo de no quebrarse, de no permitir que la debilidad de sus articulaciones se sumara hasta dejarla desarmada en el piso. Ambos teníamos un relato en la mente, una lectura incesante de lo que ocurría, y ninguno se atrevió a interrumpir los pensamientos del otro. Cuando terminamos de comer, contradiciendo el diagnóstico de los doctores, le dije:

—Tu mamá se va a mejorar. Cada minuto que pasa es una buena noticia. Que esté consciente es el mejor augurio.

—Pero mañana la operan.

—Claro, así pueden remediar el origen del problema.

—¿Y si se muere?

No di con la respuesta apropiada para calmar su miedo al abandono.

—Va a estar bien, ya vas a ver.

Selden llegó hasta nuestra mesa. El lugar se había vaciado luego de la hora del almuerzo. Elvira seguía igual. Solo podríamos entrar a verla a las ocho de la tarde, durante cinco minutos. Pumarino se había ido a dormir una siesta. En la expresión de Selden quedaban rastros de su sentido de la responsabilidad, pero se había sumado un matiz diferente, una confusión en sus rasgos que no había advertido en la mañana y que desvanecía la línea de avance trazada ante sí. Me miraba como si estuviera a punto de hablarme y enseguida dirigía la vista hacia Josefina, estudiándola. A su rostro habían asomado la incertidumbre y la impotencia, ya no tenía en su mano ni el más delgado hilo del destino de su amiga. No quedaba ninguna acción ni decisión que dependiera de él. Se había hecho lo necesario y ahora no cabía otra posibilidad que esperar.

Había algo más, sin embargo. No supe qué podía ser. Miraba a Josefina con una mezcla de ternura y urgencia, quizás a la espera de una respuesta que surgiera de ella. Le acariciaba el pelo cenizo con tanta fuerza que la cabeza de la niña se balanceaba con cada recorrido de su mano.

Sin dirigirse a ninguno de los dos en particular, preguntó:

—¿Deberíamos avisar a los padres de Elvira?

—¿A mis abuelos? —Josefina se había sobresaltado.

—¿Dijo Elvira algo al respecto?

—Nos pidió a Santiago y a mí que no les contáramos.

—Si ella no quiere que sus padres se enteren, tal como no han sabido nada de su vida en los últimos once años, no veo por qué avisarles ahora.

—Yo no quiero conocer a mis abuelos. Son malos, como tu mamá —le dijo Josefina a Selden.

—Pero son sus padres, por mucho que no te guste la idea.

Josefina se puso a llorar. Su espalda se curvaba con cada nuevo acceso de llanto. Selden se acercó y la recogió en sus brazos. No le habló ni la meció, solo la mantuvo apegada a sí hasta que la niña se hubo calmado.

Advertidos por Pumarino, al encuentro de las ocho de la noche asistieron los Aldunate y los Valdés, amistades que Elvira y él habían cultivado por muchos años. También esperábamos la llegada de Camilo, a quien yo le había avisado por teléfono esa tarde. Al verlo salir de las puertas del ascensor y dirigirse hacia el grupo que se hallaba de pie en el centro de la primera sala de espera, Selden se apartó de los demás y fue hasta él, entregándose a un abrazo de consuelo que obligó a Pumarino y al resto de nosotros a bajar la vista. Una intimidad públicamente revelada. Yo mismo me asombré de la actitud de Selden. Camilo lo sostuvo con firmeza en sus brazos, con valentía, sin mirarnos, sin disculparse por consolar al hombre que tanto había amado. ¿Qué hacía posible esa reacción de Selden? El motivo que lo llevó a refugiarse en los brazos de Camilo, traicionando su devoción por las formas, iba más allá del amor que decía profesarle.

Un doctor se asomó a las puertas prohibidas. Elvira quería ver a Josefina, Selden y Pumarino. Estaba consciente, sin cambios en su estado, pero el día la tenía agotada. Solo cinco minutos, les advirtió a los elegidos, y nos vería mañana después de la operación.

Al salir, Josefina traía las lágrimas marcadas en el rostro. A su lado, con la vista esquiva, Pumarino se mostró reticente a responder las preguntas de sus amigos. Como demandábamos alguna noticia, Felipe dijo:

—Está tranquila. Nos reconoció a los tres.

Luego nos invitó a comer a Camilo y a mí. Les dije que no se preocuparan, era mejor que fueran solos. Selden insistió. Volví a negarme. Una mirada imperativa me dejó en claro que no tenía otra opción sino ir.

Cuando nos sentamos, Selden pidió un vodkatini, tentándonos a Camilo y a mí a pedir lo mismo. En el segundo piso de un restorán japonés cercano a la clínica, no hablamos de nada importante hasta que llegaron los tragos. Flotábamos en una pecera de vidrio diseñada para clientes fumadores. Las actitudes de Selden durante el día me tenían en ascuas. Solo esperaba el momento en que se decidiera a contarnos qué sucedía. Lo dijo sin énfasis, las palabras encogidas bajo el peso de la realidad.

—La Jose es hija de Santiago.

Selden tomó un trago largo antes de continuar:

—Cuando llevaste a la Jose a la cafetería, Elvira se lo dijo a Santiago delante de mí, sin darle siquiera una explicación. Él no protestó. Lanzó uno de sus típicos comentarios. El cuello lo había heredado de él, seguro. Si se muere o queda perdida, Elvira quiere que juntos nos hagamos cargo de la Jose. Le pidió a Santiago que se lo prometiera por todo el cariño que se habían tenido. Y como no era capaz de hacerlo solo, me pidió a mí que lo acompañara en la tarea. Yo ya era un padre para la Jose, se sentiría más sola aún si aparte de a su madre me perdía también a mí. Lo último que tuvo fuerzas para decir fue que se moriría dos veces si sus padres se llevaban a su hija. La envenenarían.

21

El olor que brotó de su cuerpo me hizo sospechar que no se había duchado. Eran las nueve de la mañana y Selden hacía guardia en la sala de espera de la UCI. La operación había partido a las ocho y media y si no se presentaban complicaciones terminaría alrededor de las doce. Pumarino y Josefina vendrían más tarde. Al verme llegar se levantó del asiento, me tomó del brazo y me pidió que lo acompañara a tomar un café. Camino al ascensor me señaló con un gesto del mentón a un viejo regordete, de anteojos, pálido y semicalvo, vestido de traje. Y a una mujer también mayor, buenamoza, con la barbilla prominente y los ojos verdes, sentada junto a él, con la cartera sobre las piernas. Protegidos tras las puertas metálicas que se cerraron ante nosotros, Selden me dijo con voz derrotada:

—Son los papás de Elvira. Santiago los llamó anoche por teléfono.

—No hay caso con él.

—Esta mañana me gritó que cómo se me había ocurrido siquiera pensar que no lo haría.

—¿Los conoces? ¿Los saludaste?

—No, los reconocí por una foto que Elvira me mostró hace tiempo.

—Ahora se van a meter en todo.

—Si Elvira no se recuperara, tendrían que meterse en todo igualmente. Lo que me preocupa es que Santiago no quiera hacerse cargo de la Jose. Cuando le pregunté si ese había sido el motivo para llamarlos, me dijo que no tenía por qué ponerse en situaciones hipotéticas.

Mientras Elvira estuviera viva, no era necesario hablar de eso.

En la terraza de la cafetería me atreví a preguntar:

—¿Y has pensado en qué harías tú?

—Estoy confundido, Tomás. Hoy habría echado a Santiago de la casa, me enamoré de Camilo y adoro a la Jose como si fuera mi hija. No podría dejarla en manos de los papás de Elvira. No sé, quiero que Elvira se mejore, nada más.

—¿Le han adelantado algo a Josefina?

—No le diremos nada si no es necesario.

Camilo había reaccionado de la peor forma a la noticia. No pasaría por una nueva desilusión ni menos se involucraría en los problemas que Selden se había echado sobre los hombros por propia voluntad. Después de pasar a dejar a Felipe de regreso del restorán japonés, quiso tomarse una última copa conmigo para hacer el esfuerzo de aclarar sus sentimientos. Selden le había dado un beso al despedirse y le había musitado al oído que lo ayudara y lo perdonara. Nos quedamos en la cocina de mi casa, de pie, mirando el perfil iluminado de la ciudad. Camilo sobrevolaba en círculos cada una de las oportunidades que le había dado a Selden, cada una de las muestras que le había ofrecido de la constancia de su amor, cada una de las humillaciones y postergaciones que había tenido que soportar. En vez de facilitarle argumentos para hundir a Selden en el desprecio, la clarividencia con que relataba sus infortunios no hacía más que glorificar su amor por él. Esta especie de eucaristía se prolongó durante más de una hora, una extenuante misa de muertos en la que cada una de las frases sagradas tenía la forma de un reproche.

De regreso en la sala de espera, la tensión de Selden crecía a medida que se acercaba el minuto en que Pumarino y Josefina se hicieran presentes. No sabía cómo reaccionarían cada uno de los involucrados. Pumarino fue el primero en salir del ascensor. No se había afeitado, dejando asomar una barba gris que volvía su rostro de piedra, con la hendidura del mentón canteada por un furioso golpe de cincel. Enseguida salió Josefina. Nos buscó con la vista y corrió a nuestro encuentro. Llevaba puestos un bonito vestido de lino celeste y zapatos planos, estilo ballerina, una tenida más estudiada de lo que habría cabido esperar en tales circunstancias. Los padres de Elvira se mantuvieron en sus asientos cercanos al ascensor. Su única reacción fue un intercambio de miradas.

—Qué linda estás —celebró Felipe al recibirla con un abrazo.

—Santiago me pidió que estuviera bonita para cuando la mamá despertara. ¿La están operando?

Con una mirada de soslayo, Selden me reveló la suspicacia con que recibía esa explicación.

—Sí, partieron a las ocho y media.

Pumarino se sentó delante de nosotros, saludándonos con un alzamiento de cejas.

—¿No ha venido nadie a preguntar por Elvira?

—Aquí no —respondió Selden, señalándole con los ojos al matrimonio Tagle.

Pumarino respiró profundo, puso los puños a lado y lado para despegarse de la espuma que engullía al que buscaba descanso, pero luego de dudar un instante se reclinó y se dispuso a espiar a los abuelos de Josefina, desviando la vista hacia ellos sin mayor disimulo.

La sala se llenó de gente. Las mismas jovencitas que el día anterior comían golosinas, ahora mordían chicle con sus mandíbulas mecanizadas. La mayoría de las personas se saludaron con cierta familiaridad, aunque pertenecieran a grupos diferentes, al parecer muchas de ellas llevaban varios días a la espera de la recuperación o de la muerte de algún ser querido. Lo que había juzgado como aburrimiento e indolencia, ahora se teñía de los pequeños detalles del nerviosismo. Al igual que nosotros, esas gentes intentaban caminar lo más naturalmente posible al borde del precipicio interior.

Ubicados hacia la derecha y hacia atrás de los padres de Elvira, Selden y yo los manteníamos dentro de nuestro campo visual. Pumarino estaba ligeramente de espaldas a ellos y a cada tanto volvía la cabeza para observarlos. En Josefina pronto afloró la desazón. Sus breves diálogos con Selden, el batir de sus piernas, su gusto de ir a las máquinas expendedoras de bebidas y comestibles, resultaban de una inocencia perturbadora para quienes estábamos en el secreto.

A eso de las once de la mañana, la madre de Elvira se levantó de su asiento, imponiéndose a la primera sala. Era una mujer alta y corpulenta, sin llegar a ser gorda. Tenía la impronta de una vieja atleta alemana, la cara cuadrada y mofletuda. Con las carnes ya sueltas por la edad, sus brazos asomaban de una blusa blanca de lino, mientras el tieso pantalón de gabardina beige tomaba una curva sobre el vientre y daba fe de las largas piernas heredadas por Elvira. Se calzó la cartera en el antebrazo y vino hasta nosotros.

—Soy la mamá de Elvira —dijo, mirando a Josefina con una sonrisa que no parecía insincera.

La niña se alzó de golpe y se quedó rígida ante su abuela. Pumarino se había levantado entretanto y la saludó con una inclinación de cabeza. Selden no se movió de su lugar en un acto claramente hostil y del todo ajeno a su apego al buen trato. No supe qué hacer. Una espontánea solidaridad frenó mi primer impulso de ponerme de pie y saludarla. Pero después me dejé llevar por él. Para aquella señora, la situación resultaba tan incómoda y forzada como para Selden.

—Yo soy Santiago Pumarino. Hablamos anoche.

—Sí, claro, sé perfectamente quién es usted. Sé quiénes son cada uno de ustedes, en especial esta señorita tan linda.

Josefina corrió hacia una puerta de fierro, la empujó con todo el peso de su cuerpo y desapareció escaleras abajo. Selden fue tras ella. Pumarino se alarmó. Yo debo de haber esbozado un gesto de disculpa.

—¿No le advirtió a la niña que vendríamos? —la mujer no conseguía disimular su estupefacción.

—Ella no quiere saber nada de ustedes. Si le hubiera contado que venían, habría sido capaz de quedarse en la casa y no esperar aquí el final de la operación.

—Quizás qué imagen de nosotros le habrá transmitido Elvira. No somos ningunos monstruos.

Con una leve agudización del tono de su voz, estudiándola de hito en hito, Pumarino dijo:

—No, no tienen la apariencia de ser unos monstruos —estuvo a punto de hacerme reír—. Elvira no habla de ustedes, señora. Pero comprenderá que una niña a su edad ya ha sacado alguna cuenta de por qué jamás conoció a sus abuelos.

La mujer se recompuso y apeló una vez más al talante dulce y firme con que se había dirigido a nosotros la primera vez.

—¿Se ha sabido algo más de Elvira?

—A las doce sabremos si no hubo problemas durante la operación, pero no tendremos una idea más clara hasta que despierte.

—Muy bien, ustedes ya saben donde estamos.

—Si nos dan alguna información les avisaremos —dije yo.

—Muchas gracias. Usted que ha escrito sobre su madre sabrá cómo me siento yo ahora. Esta mañana fuimos a misa de ocho para pedir por Elvira.

No supe qué replicar. La mujer nos ofreció una última sonrisa de cortesía y regresó junto a su marido.

—¿Ella sabe que tú eres el padre de Josefina?

Pumarino dio un respingo y me miró con ojos de espanto.

—Nadie aparte de Felipe debería saberlo. Además, es una suposición de Elvira. En ese tiempo se acostaba con Pedro, Juan y Diego.

—Es igual a ti, Santiago.

—Estás sugestionado. Felipe también. Yo sé que llevas mucho tiempo furioso conmigo, pero te pido por favor que no repitas una palabra de este entuerto. No hay ninguna necesidad de andar divulgándolo por ahí. Imagínate, yo, Santiago Pumarino, la loca más esnob de Chile, tiene una hija. Hasta podría salir en los diarios.

Poco antes de las doce regresaron Selden y Josefina. Cuando pasaron frente a los padres de Elvira, el señor Tagle se puso de pie con gran esfuerzo. Pero la niña apuró el paso y cruzó rumbo a la segunda sala. Selden saludó con una inclinación de cabeza a ese hombre pequeño, para luego venir a sentarse junto a mí. Pumarino quedó del otro lado de lo que a esas horas se había convertido en un corredor. El ir y venir de gente creó la ilusión de que estábamos en espacios separados, de modo que no nos vimos en la obligación de incluirlo en nuestro diálogo.

—La Jose me preguntó quién se quedaría con ella si a su mamá le pasaba algo. Se pegó el susto de la vida al ver a sus abuelos. Deberíamos habérselo advertido. Me hizo prometerle que nunca iba a dejarla sola.

—¿No sospecha que Pumarino es su padre?

—No. Tuve un momento de debilidad, pensé que la noticia podría tranquilizarla, pero es demasiada información en un solo día para una niña de once años.

Del pabellón trajeron a Elvira de regreso a la UCI. Los doctores se declararon satisfechos y esperarían a que despertara para dar una opinión más precisa. A esas alturas del día, a los Tagle se habían sumado sus dos hijos, nueras y una pareja amiga, ocupando un estar completo de la primera sala de espera.

Ya eran pasadas las tres y media de la tarde cuando la impaciencia venció a Selden y lo llevó a preguntar a través de un intercomunicador cómo había despertado Elvira. Desde la unidad central le informaron que pronto el doctor jefe de la UCI saldría a darnos un informe.

Un hombre bajo, de rostro tenso y manos huesudas, se asomó a la primera de las puertas prohibidas. Las ventanas translúcidas actuaban como lámparas, proyectando un halo en torno a su figura. El marco de aluminio rojo terminaba de conferirle autoridad. A escuchar el informe también se acercó el clan de los Tagle.

Luego de la operación se había producido un nuevo sangramiento. Elvira se hallaba en estado crítico, tanto el neurólogo como el cirujano vigilaban su evolución.

Los ojos de Josefina buscaron los de Selden para comprender el alcance de las noticias. Él la tomó de la mano y se la llevó hasta las ventanas de la segunda sala que se abrían a la cordillera. Lo vimos acuclillarse junto a ella para hablarle al oído. Los Tagle regresaron a su sitio. El ruedo se llenó de gesticulaciones que me recordaron a Elvira.

Pumarino y yo retornamos a nuestros asientos. Dos veces levanté la vista y observé en él la misma inacción del día anterior, desarmado en el sofá como jamás se lo había permitido en público, la boca ligeramente abierta, la mirada reblandecida.

—Elvira sabe el doble de lo que yo sé de mí mismo —dijo como si implorara un abrazo de mi parte.

Y recordé la época en que todavía éramos íntimos amigos, cuando el carácter alegre y decidido de Elvira, sus juicios certeros y su refinada intuición, orientaban nuestras decisiones con la fuerza de un polo magnético. La idea de perderla resultaba tan extraña que mi única reacción consistió en poner la mente en blanco y soportar el vacío sin desesperarme.

Una nueva oleada de gente llegó después de las seis. La incertidumbre nos hundía a cada minuto más profundo en esa playa de espuma. Las voces se oían amplificadas, cualquier movimiento en torno a las puertas implicaba un sobresalto. Josefina no resistió la tensión y cayó dormida en los muslos de Selden. El único recurso que Felipe y yo teníamos para conservar la calma era mirarnos a los ojos sin decirnos nada, atender a las puertas prohibidas, echarle un vistazo al movimiento que ocurría entre los Tagle, regresar la vista a Josefina y mirarnos una vez más.

Elvira murió a las 19:36 horas.

22

Josefina abrió la boca hasta el límite antes de soltar el llanto. El rubicundo neurólogo nos daba la noticia. Pidió que solo cuatro de nosotros lo siguiéramos a una pequeña oficina en la entrada de la UCI. Fuimos Selden y yo, junto a los padres de Elvira. Pumarino se ofreció a quedarse con la niña. Para ninguno de los dos sería conveniente, dijo arqueando las cejas, oír detalles escabrosos. Solo la señora Tagle tomó asiento en una de las sillas que miraban a un escritorio vacío. El doctor se ubicó al fondo, junto a una pizarra blanca, abriendo y cerrando la tapa de un plumón mientras nos acomodábamos. No tuvo necesidad de dibujar ni de escribir. Una de las arterias intervenidas, responsable de la irrigación de una zona importante del cerebro, había vuelto a sangrar. El vasoespamo intracraneal producido por el derrame implicó que esa zona se infartara, generando una falla sistémica. Habían hecho todo lo posible para conservarla con vida. Hizo una pausa y luego nos informó que llevarían a Elvira a una capilla situada en el tercer subterráneo. Ahí podríamos despedirnos y acompañarla mientras esperábamos la llegada de los servicios funerarios. Hasta ese minuto, Selden había tomado las decisiones; sin embargo, cuando el doctor le entregó el certificado de defunción al señor Tagle, asistimos a un radical cambio de mando.

Al salir, Felipe ofreció su casa para realizar el velatorio, siguiendo el deseo que Elvira le había mencionado alguna vez al pasar. El matrimonio Tagle deliberó con los suyos durante diez minutos. Uno de sus hijos, parecido a Elvira pero con los mofletes de la madre estropeando su belleza, hacía una llamada por teléfono tras otra, siguiendo las instrucciones que emanaban del concilióbulo. A su regreso, el señor Tagle nos informó:

—Muchas gracias por su ofrecimiento. Cuando la gente de la funeraria haya terminado será demasiado tarde para llevarla a una parroquia. Así es que hemos decidido que se quede aquí esta noche. Mañana en la mañana la trasladarán a la iglesia de Vitacura. Ya hablamos con el párroco. Es aquí cerca, en Alonso de Córdova.

—Elvira no quería que la velaran en una iglesia —replicó Selden.

Desde lejos, como un niño más del que había que hacerse cargo, Pumarino contemplaba la escena que tenía lugar en el pequeño hall de los ascensores, sentado junto a Josefina.

—Le agradezco su preocupación —replicó el padre de Elvira con voz aguda desde su metro sesenta y cinco de estatura—, pero nosotros preferimos que sea así.

Selden alzó la cabeza y echó atrás el cuerpo, como si le hubieran arrojado algo a la cara. Creí que iba a soltar un improperio. El señor Tagle levantó hacia él sus ojos redondos, alojados en lo profundo de sus órbitas, amenazadoramente engrandecidos por sus lentes de marco ancho.

—¿Dónde va a dormir la niña esta noche? —preguntó para sumar otra variable a nuestro desconcierto.

—¡Con nosotros! —el tono de Selden pretendía no dejar alternativa al respecto.

—¿Será lo más conveniente?

—Mire, señor —dijo Selden con agresividad—, la Jose estaba veraneando con su madre en la casa que arrendamos Santiago y yo en Zapallar. Ha pasado la mayoría de los fines de semana de los últimos dos años con nosotros. Con Elvira formábamos una familia. Ustedes a la Jose no la conocen. Lo mejor para ella en un momento como este es que permanezca en el ambiente en que se encontraba hasta ayer, con gente que la quiere.

—Mi mujer... —dijo el hombre, alzando la voz para llamarla con un ademán de su brazo—, mi mujer —repitió cuando ella llegó a su lado— podría acompañarla a la casa para sacar algunas cosas y así poder irse a alojar con nosotros.

—Señor, antes de que eso ocurra tendría que quitarme a la Jose por la fuerza. No creo que quiera causarle una impresión así.

Todos miramos en dirección hacia la niña. Asía una mano abandonada de Pumarino, con el mentón apegado al pecho.

Una nueva ascensión del señor Tagle hacia las alturas de Selden arrancó un destello a sus lentes. Él y su mujer fueron hasta el seno de su clan en busca de consejo. Las cabezas colgaron alrededor del padre.

—Está bien. La niña puede quedarse con ustedes —dijo él cuando regresaron—. Le rogaría que mañana en la tarde nos juntáramos en la iglesia para discutir este asunto con más calma y analizar cómo debemos proceder.

—Me parece bien —aceptó Selden de inmediato, consciente de haber obtenido una pequeña victoria.

La señora Tagle intervino:

—De todas maneras, tendremos que ir a buscar ropa para vestir a Elvira. ¿Todavía existe ese departamento en el centro?

—Si no tiene problemas de ir conmigo, yo puedo llevarla —dijo Selden, seguramente animado por su necesidad de conservar el dominio de la situación hasta donde fuera posible—. La Jose puede acompañarnos.

La mujer buscó en su marido algún signo de aprobación. Este finalmente asintió. La madre de Elvira le rogó a una de sus nueras que fuera con ella. Pumarino quiso participar de la decisión de cómo vestirla. Minutos más tarde, de una de las tantas bocas de los estacionamientos, saldría un Range Rover manejado por Selden, con cuatro personas como pasajeros, camino del departamento de la calle Santa Lucía.

Esa noche velamos a Elvira hasta tarde. Del quinto piso habíamos descendido al inframundo de la clínica. Los Tagle partieron apenas los hombres del Hogar de Cristo terminaron su trabajo, a eso de las diez. Habían conseguido disimular bien la zona rasurada de la cabeza. Nos quedamos Selden, Pumarino, Josefina y yo. El ataúd ocupaba una de las dos capillas previstas para estos casos, cuyas puertas se abrían a un corredor de piso gris y paredes blancas. No había otros cadáveres a la espera de ser trasladados a una casa o a una iglesia. A ratos nos reuníamos en el corredor, a ratos entrábamos a la capilla. Cada uno tuvo su momento a solas con Elvira.

Cuando me atreví a quedarme con ella, lo único que pude pensar fue cuán inmensamente viva permanecería en mi memoria. La expresión ausente que ahora me tocaba enfrentar, por pacífica que pareciera, no tenía nada en común con su rostro apasionado ni con las fuertes impresiones que suscitaba con solo mover los ojos, agitar el pelo o desencadenar su risa. Ahí estaba la razón quizás del ascendiente que llegó a tener sobre hombres con tendencia a la autodestrucción, como Selden, o a la misantropía, como Pumarino y yo.

Selden alentó a Josefina para que fuera a hablarle a Elvira por última vez.

—Dile todas las cosas que pensaste decirle cuando se mejorara, para que se las lleve con ella.

La niña entró a la capilla y se quedó estática, bajo la fría luz, contemplando el rostro de su madre muerta.

Selden aprovechó la ocasión para presionar a Pumarino.

—Tienes que contarle que eres su papá. Y mañana

vas a ir conmigo a hablar con los Tagle para que se lo digas a ellos también. Si no hablas, te van a quitar la tuición.

—¿Tuición? —dijo Santiago con un brote de horror en la mirada.

—Si no se lo dices tú, lo haré yo.

—No tengo ganas de ser papá.

—¡Eres el papá, no seas idiota!

—Voy a pensarlo.

Selden me miró lanzando un bufido y fue a pararse junto a Josefina.

A última hora apareció Camilo, retenido en su trabajo por el cierre de una gran adquisición empresarial. Nos encontró en el viejo lobby de la clínica, cuando ya íbamos de salida. Se abrazó con cada uno de nosotros, menos con Pumarino. Felipe lo sacó hacia el atrio y se sentaron en el reborde de una jardinera. En ese momento me despedí de Santiago. Luego me acerqué a Josefina. La noté desorientada, como si tuviera fiebre alta y escasa conciencia de lo que sucedía alrededor. Siempre me había parecido reacia al tacto, pero ahora su piel me llamaba a tocarla. Acuné sus mejillas con mis manos y le di un beso en la frente. Ya era hora de que nos fuéramos a dormir. Vendrían días largos.

La marea Tagle subía cada vez con más fuerza. Un espacio de dos metros y medio de ancho y seis de largo acogía el ataúd, con una quincena de sillas apegadas a las paredes, la mayoría ocupadas por mujeres ancianas que no había visto antes. Los recién llegados se acercaban uno tras otro a la señora Tagle. Junto a ella mantenía a Josefina como rehén durante el rezo de un rosario de misterios gloriosos. A eso de la una de la tarde, el cajón de superficie lustrosa, manillares de bronce y extremos redondeados, yacía en medio de una treintena de ramos de flores, aun cuando el anuncio de la defunción no se publicaría en el diario hasta el día siguiente. En la antesala, mujeres más jóvenes conversaban de pie. Afuera, en el patio empedrado, aparte de una que otra mujer, hombres de todas las edades, vestidos de traje, charlaban y fumaban despreocupadamente, mientras el padre de Elvira recibía abrazos más efusivos de lo que habría cabido esperar para un hombre que no había visto a su hija en más de una década. Al otro costado de la explanada que se despliega ante el frontis de la iglesia, a la sombra de un cedro que domina una plazoleta, se hallaba Selden, con Pumarino junto a él. Alrededor suyo se había reunido una decena de amigas y amigos de Elvira que se habían enterado de la noticia durante la mañana. Había algunos frívolos de nota, poco dados al ejercicio del dolor; sin embargo, en sus bien cuidados rostros cundía la desazón de un modo más visible que entre quienes parloteaban a las puertas del velatorio.

Tuve la oportunidad de salir a dar una vuelta con Selden cuando regresé esa tarde. La noticia de la muerte de Elvira se había esparcido por Santiago y los que se sentían miembros de ese club de privilegiados, del que Selden y Pumarino eran socios principales, se habían hecho presentes a lo largo del día para saludarlos. Privados de arraigo en alguna de las patrias que habitaba Elvira, dos ex amantes sostenían una plática en un escaño de la plazoleta. A pesar del cansancio, Selden mostraba una sorprendente reciedumbre de carácter. Recibía el pésame de quienes se le acercaban con entereza, proyectando su dolor sin necesidad de dramatizarlo. De vez en cuando ingresaba al velatorio para marcar presencia, aunque los Tagle le pusieran mala cara. Sobre todo, se mantenía atento a los deseos de Josefina. Cada uno de sus actos daba muestras de que se había convertido en un hombre a cargo de sí mismo y su circunstancia. El aplomo que había observado en él cuando lo conocí había adquirido todo su peso.

Caminamos por la calle El Litre, a la sombra de los edificios de departamentos que se levantan en la acera poniente. Se lamentó de que Camilo no pudiera estar con él. Vendría esa tarde a la misa de responso, pero la mayor parte del día tendría que pasarla sentado a la mesa de su oficina, con ejecutivos y abogados. Era posible que el encierro durara hasta después del funeral. Yo había tenido una breve charla al teléfono con Camilo esa mañana. La inaudita «situación familiar» lo había invadido de sentimientos contradictorios. Felipe no podía dejarse atrapar por responsabilidades ajenas. Y, sin embargo, la reacción instintiva de proteger a Josefina había llenado a Camilo de admiración. Selden le había asegurado que podría arreglarlo sin seguir comprometido con Pumarino. Camilo no veía cómo. Precisamente en estas circunstancias, cuando la unión con ese payaso adquiría el sentido que nunca antes tuvo, Selden venía a rogarle que lo esperara, que confiara en él. ¡Si tan solo pudiera abstraerse del sufrimiento de Felipe! Al ser testigo de su dolor y de la fuerza de sus sentimientos por Elvira y Josefina, se había borrado parte de la distancia entre ellos y amenazaba su cercanía con Martín Gutiérrez.

Después, Selden me relató la reunión con los Tagle. Pumarino les había confesado que existía la posibilidad de que fuera el padre de Josefina. La noticia desarticuló el juicio del matrimonio en cuanto a su derecho y su deber de hacerse cargo de ella. La mamá de Elvira les pidió que fueran comprensivos. Para la niña sería mejor terminar su educación al cuidado de una mujer. Su adolescencia podía ser emocionalmente complicada y solo alguien de su mismo sexo podría entenderla y guiarla con sabiduría. Selden había hecho su parte del trabajo esa mañana. Habló con la secretaria del estudio de Camilo y le consultó si en la oficina había un experto en derecho de familia. Ante una respuesta afirmativa, le pidió que le transfiriera con él. Al parecer, el abogado conocía su historia con Camilo, porque había recibido la llamada sin hacer averiguaciones. Santiago y Josefina tendrían que hacerse la prueba de ADN, claro estaba. Con el resultado en la mano debían tantear si los Tagle se allanaban a no disputar la tuición. De no ser así, tendrían que recurrir a una mediación familiar. Él podía recomendarles un buen centro. Los mediadores consideraban el sentir de los niños para determinar en qué hogar estarían mejor. Si llegaban a un acuerdo, se evitarían el juicio. Sin conocer más detalles de los que le había anticipado Selden, él imaginaba que Pumarino tenía buenas posibilidades.

Nada de esto llegó a oídos de los Tagle ni tampoco a los de Pumarino. Selden propuso que dejaran pasar una semana para hacer el luto, darle un respiro a Josefina y considerar cada uno sus posiciones al respecto. Mientras tanto, él vería la forma de que Santiago y la Jose se hicieran la prueba de ADN. Selden creyó percibir en los padres de Elvira una disposición al diálogo, quizás agobiados por la idea de tener que hacerse cargo de una niña a su edad. Pero no le cabía duda de que estarían bajo la presión de su entorno para que Josefina se criara en un ambiente «sano» y no bajo la tutela de un par de maricones.

—¿Y qué has pensado tú?

—Lo primero que tengo que lograr es que Pumarino pida la tuición. Después hay que ayudarlo a obtenerla. De ahí en adelante es campo abierto. Yo quisiera hacerme cargo de ella, pero hay una sola cosa que no puedo hacer: seguir viviendo con Santiago.

—¿Será buena idea empujarlo a tomar la tuición? Tú estás más interesado que él en Josefina. No porque te sientas responsable vas a exponer a la niña y a Santiago a un posible desastre. No me imagino a Pumarino imponiéndole disciplina a nadie, ni menos preocupándose del bienestar de alguien que no sea él mismo. Tú lo conoces. De aquí a dos meses va a partir de viaje y se va a lavar las manos.

—Yo conozco a esta gente, son de un mundo muy similar al de mi familia. Si yo lo pasé mal al reconocerme gay, debe ser mil veces peor pasar de la libertad con que se crió la Jose a la reclusión que enfrentaría con los Tagle. Piénsalo un minuto, los dos tienen más de setenta años. Sería como meterla en un convento. Santiago podrá darse todos los aires de independencia que quiera, pero no puede entregar a su propia hija a un futuro así.

En la misa de difuntos, programada para las diez y media de la mañana, la marea Tagle llegó a subir a tal extremo que se apropió de las primeras quince filas de la nave central. La mayoría era gente de edad, precavida del peligro de quedarse sin asiento en un funeral multitudinario. La familia de Elvira ocupaba las primeras bancas a lado y lado del ataúd. La madre y el padre a mano izquierda, Josefina entre ellos. Cuando llegué pude encajar en un espacio que me abrieron Selden y Pumarino, lo más adelante que habían conseguido ubicarse. Nadie se había mostrado dispuesto a cederles el asiento y no tuvieron otra alternativa que dejar a Josefina adelante. Selden vertía su frustración en mi oído. Habría querido abrazar a la niña cada vez que se hubiera sentido débil, consolarla con una caricia cuando el sacerdote nombrara a Elvira. Incrustada en la primera banca como un amuleto de legitimidad para los Tagle, sí que iba a sentirse huérfana. Al momento de entrar el sacerdote, la iglesia estaba abarrotada de gente. La gigantesca mano de la costumbre familiar había tomado del cuello a quienes fuimos cercanos a Elvira en el último tiempo y nos había arrojado hacia atrás, lejos del cuerpo de la mujer a la que veníamos a despedir. El sacerdote no tenía noción alguna de quién era Elvira, más allá de las obviedades que podían deducirse de un resumen biográfico. Su homilía se llenó de lugares comunes y tuvo la desfachatez de hablar de la importancia de permanecer cercanos al seno familiar. Las palabras sin emoción, sumadas a la extraña concurrencia que nos rodeaba, me hicieron sentir ajeno, como si estuviéramos despidiendo a otra persona.

El sacerdote rodeó el ataúd mientras lo rociaba con agua bendita. Luego hizo un gesto a los hombres de la funeraria para indicarles que ya podían preparar la salida. Sacaron los cuatro cirios coronados de ampolletas y después apartaron los arreglos de flores. De las filas delanteras brotaron el papá de Elvira, sus dos hermanos, un par de hombres más.

—Vamos Santiago, nosotros también tenemos que sacar el cajón —dijo Selden, dándole un codazo.

—Yo no me muevo de aquí. Ese afán tuyo de manillar —replicó Pumarino.

—¿Vamos, Tomás?

Felipe no esperó a que saliera de mi perplejidad. Pidió permiso a quienes se encontraban a nuestra derecha y enfiló hacia el altar por el pasillo central. Fue recibido con miradas recelosas, pero nadie pudo oponerse a su determinación. Él y el señor Tagle marcharon al frente. Cuando me asomé al pasillo, la madre de Elvira iba pasando con Josefina tomada de la mano. La niña se arrojó a mis brazos, la alcé y así salimos de la iglesia.

El gentío se arremolinó en torno a los Tagle y a Selden. Un grupo obstaculizaba la circulación del otro. Josefina hundía el rostro en mi hombro, negándose a recibir cualquier saludo. La saqué de la explanada. Al llegar al altozano que forma la plazoleta, la puse sobre sus pies y nos dedicamos a contemplar la escena. Pumarino ya se había puesto sus lentes oscuros y recibía las condolencias en la escalinata. A su lado se hallaba una mujer extremadamente delgada, tal vez fuera su hermana estrafalaria de la que nos había hablado a Elvira y a mí años atrás. Tenía el perfil de Santiago y llevaba puesta una falda gitana, las pulseras doradas brillando al sol. Era evidente la contrariedad que le causaba a Pumarino que la mujer se entrometiera en sus conversaciones.

Selden levantó la vista, se excusó con quien le hablaba en ese momento y vino hacia nosotros. A pasos de llegar dijo:

—Mamá, ¿qué hace aquí?

Quizás cuánto tiempo llevaba la madre de Selden a nuestras espaldas, sin que nos hubiéramos percatado.

—Conozco a los Tagle desde siempre.

—Elvira era íntima amiga mía.

—Lo sé.

El descubrimiento nos había hecho dar un medio giro a Josefina y a mí. Tana seguía siendo la misma. La mata de pelo apenas domeñada, la línea blanda de la mandíbula, la mirada inquieta trasuntando autoridad aunque no hubiera nadie alrededor a quien mandar.

—Qué bueno verla.

—Si alguna vez te pasara algo, Felipe, ni Dios lo quiera —dijo ella, raspando la voz con emoción—, voy a ser yo la que va a estar a tu lado, como la Carmen Tagle con su hija. Uno puede resistirse a la familia una vida entera, pero al final es lo único que importa.

—Yo no la he apartado de mi vida, mamá. Es usted la que no ha querido aceptarla tal como es.

—La vida es como uno quiere que sea.

—Deme un abrazo.

La mujer adelantó el cuerpo pero luego se contuvo. Josefina se separó de mí y fue ella quien abrazó a Felipe por la cintura.

—Es la hija de Elvira —explicó Selden.

—¿Quién se va a hacer cargo de esta niñita?

—Yo. Bueno, Santiago y yo.

Josefina realizó un rápido quiebre de cuello para encontrar la mirada de Felipe.

—¿Cómo? No puede educarse en un ambiente como el tuyo.

—Ha vivido en un ambiente como el mío hasta hoy —dijo Selden, orgulloso, acariciándole el pelo a la niña—, no veo por qué las cosas tengan que cambiar.

—¿Y los Tagle lo consienten? ¿Con qué derecho pueden quedarse ustedes con ella?

Por un momento pensé que la necesidad de justificarse ante Tana lo impulsaría a confesarle que Santiago era el padre. Pero no olvidó que tenía a Josefina pegada a él.

—Usted no ha aprendido nada, mamá.

—El que tiene que aprender eres tú. La soberbia se paga tarde o temprano. Y te va a costar más que toda tu fortuna. Voy a saludar a los Tagle. Enterrar a una hija ingrata debe ser doblemente doloroso.

Pasó entre nosotros y se alejó.

23

La noche que siguió al funeral, después de oír de labios de Selden los pasos para obtener la custodia, Pumarino estableció sus condiciones. De comprobarse que era el padre de Josefina, pediría la tuición solo si continuaban juntos. Quien más ansiaba tenerla bajo su cuidado era Selden y, para darle sustento a ese deseo, forzosamente los tres debían vivir bajo un mismo techo. De un modo u otro, ya fuera ante el tribunal o ante la sociedad, seguiría siendo el responsable del bienestar de Josefina. No podía vivir separado de ella, aunque Selden fuera quien la cuidara. Felipe se resistió a creer que pretendiera forzar una relación de intimidad que se había extinguido. ¿Qué podía ofrecerle para aliviar el peso de esa extraña forma de sentirse responsable? El tono seco de la pregunta dejó claro que se refería a un pago en dinero. Nada, había sentenciado Pumarino, o vivían juntos o nada. No podía venderle a Josefina como si fuera una mercancía y luego desentenderse. Ni menos podía hacerse cargo de una adolescente. De solo imaginar que tendría que llevarla al doctor o lidiar con los problemas que traerían sus compañeras de curso o sus futuros enamorados, se arrepentía de siquiera considerar la tuición como una posibilidad. Si Selden deseaba hacerse cargo, él no se opondría, pero tenía que aceptarlos a los dos. Si no, bien podían los Tagle llevarse a Josefina. ¿Desoír la petición de Elvira no le producía ningún remordimiento? ¿No se sentía comprometido con ella? Pumarino se había reído de los escrúpulos de Selden. ¿Comprometido? ¿Con qué derecho Elvira podía exigirle que tomara la custodia de su hija, si no lo había hecho parte de su crianza? Un hombre también se hacía padre a lo largo de la vida. Pedirle que cargara con el peso de una hija a los cincuenta y cinco años era sencillamente una crueldad. Comprendía que al sentirse vulnerable, Elvira albergara la fantasía de que ellos pudieran cuidar de la Jose, pero Selden debía admitir que si no convivían como pareja, no era más que una pretensión absurda. ¿Estaba de acuerdo con sus condiciones? De ser así, él se tomaría la muestra en el laboratorio y contratarían a una enfermera para que le tomara la suya a Josefina, dándole algún pretexto. En caso de que el resultado fuera positivo, Pumarino haría explícito ese compromiso ante los Tagle.

Felipe insistió en que detrás del sentido común que esgrimía Santiago se escondía una feroz manipulación. Quería retenerlo a su lado a toda costa y no le importaba valerse de Josefina para conseguirlo. Yo pensaba distinto. Pumarino no podía reclamar la tutela de una niña sin antes asegurarse de que se dieran las condiciones para responder a una responsabilidad de esa envergadura. Selden dijo conocerlo bien, ya llevaban casi dos años de relación. ¿Es que yo no me daba cuenta? ¿Había algo más imprudente que forzar la convivencia entre ellos?

—¿Por qué tienes tantas ganas de ser el padre de Josefina? Entiendo que la quieras, que te abrume la idea de verla encerrada en el convento de los Tagle, pero sigo creyendo que hay algo más.

—Claro que hay algo más. La promesa que le hice a Elvira. Toda mi vida hasta ahora. Mi propia orfandad.

Su historia se había entretejido con las circunstancias a tal punto, que la idea de que Josefina hubiera perdido a su madre le hacía imposible sustraerse a ellas. Pero la participación de Pumarino ensuciaba cualquier cálculo de futuro. ¿Cómo era posible que un hombre que había rechazado a Josefina desde antes de su nacimiento y que ahora se ofrecía a aceptarla a regañadientes, llegara a tenerla bajo su responsabilidad, aunque fuera a título nominal?

Al cortar con Selden recordé el día en que Pumarino le llevó de regalo el abrigo de lana de dos colores y cintas de raso, tres meses después de nacida. Se había mantenido atento a las alabanzas que pudiéramos hacer de la riqueza del tejido o de la utilidad de la prenda, sin siquiera mirar a los ojos a la niña que dormitaba en brazos de su madre. De pronto el recuerdo mutó, las mezquindades de Pumarino se esfumaron y mi mente se vio colmada de la imagen de Elvira acunando a su hija. El suave resplandor de su rostro redondeado por la maternidad, la boca entreabierta de asombro, el gorjeo apenas audible con que la arrullaba. Meses en que Elvira se olvidó del mundo y solo tuvo ojos para esa niña que crecía en sus brazos.

Cuando estuvieron seguros de que Pumarino era el padre, se lo contaron a Josefina. Los imaginé sentados en el sofá de terciopelo a rayas y a la niña en una de las poltronas de círculos yuxtapuestos, junto a la lámpara de bronce doré. ¿Por qué Santiago no había sabido antes si era tan amigo de su mamá? Pumarino debió de sentirse incómodo al contestar. Jamás Elvira le había siquiera insinuado quién podía ser el padre y solo se lo había hecho saber en la clínica. ¿No había sospechado que era su hija? Selden intervino para explicarle que tenían la posibilidad de pedir que ella quedara bajo el cuidado de los dos. La actitud de Josefina se suavizó. ¿Podía vivir en esa casa? Y al ver que Selden asentía, saltó del sillón y fue hasta él para abrazarlo. No quería vivir con nadie más que no fuera Felipe; bueno, y también Santiago.

Esta conversación había tenido lugar después de que Selden renovara su promesa de vivir junto a Pumarino.

Los Tagle decidieron disputar la custodia. La lucha sobre quién sería el mediador no fue fácil. Ellos abogaron por un centro con una visión cercana a la Iglesia católica, y Selden siguió el consejo del compañero de oficina de Camilo, quien le había recomendado otro más liberal. Al no ponerse de acuerdo, el juzgado de familia les asignó un mediador por sorteo: Yasna Mitrovic Consultores. La primera medida de la abogada con un magíster en psicología familiar fue permitir que Josefina permaneciera temporalmente a cargo de su padre. Le pidió también a Pumarino que la reconociera como hija en el Registro Civil. Luego vinieron las visitas a la casa y las entrevistas. Josefina fue citada dos veces, al igual que Pumarino. Selden, una. En su entrevista llevó fotos, mails, hasta copias de las tarjetas de embarque de su viaje a Europa. La mediadora había advertido que el más interesado en la tutela era él y hacia el fin del encuentro le había confesado que dudaba del compromiso de Pumarino. ¿Cómo era posible que jamás se hubiera preguntado si la niña era su hija? La homosexualidad de ellos no revestía un problema en sí, pero dado que la relación era reciente y que contenía elementos desequilibrantes, como el dinero y la diferencia de edad, no estaba segura de si podían ofrecerle un hogar estable a Josefina. ¿Qué opinaba de ese diagnóstico? Selden le habló del amor que se tenían Santiago y él, de su buena avenencia, de su pasado en común con Elvira. Además, pensaba que los Tagle no podían ofrecerle mayor estabilidad, considerando que sus mentes y sus cuerpos podían fallar antes que un amor verdadero. Sobre todo, Pumarino y él querían a Josefina como a su propia hija desde antes de que supieran que Santiago era el padre. No tendrían que aprender a quererla y la niña continuaría creciendo en el mismo ambiente familiar que ya conocía.

24

A fines de enero, Felipe se presentó en la oficina de Amunátegui, Lira y Cía. para pedirle a Camilo que confiara en lo que estaba haciendo. Se libraría de Pumarino apenas se resolviera la tuición de Josefina.

Camilo no estaba de acuerdo con su plan. Se lo decía como abogado, sin anteponer sus razones personales. Selden quería nada menos que hacerse responsable de la crianza de una niña sin tener potestad sobre ella. La tuición recaería en manos de Pumarino, y nadie más que él tendría la última palabra sobre los asuntos de Josefina. Desde el colegio donde estudiar hasta la necesidad de hacerle una cirugía serían decisiones que tendrían que contar obligatoriamente con la venia del padre. Por altruistas que fueran sus fines, antes Felipe tenía que sopesar las consecuencias. La situación ideal —Josefina a su cargo y Pumarino viviendo lejos, merced a un pago en dinero— lo exponía a todos los riesgos imaginables. No brindaba ni los más básicos resguardos que cualquiera de sus colegas le exigiría a un acuerdo privado. ¿Confiaba a ese extremo en Pumarino? ¿No se daba cuenta de que Santiago adquiriría sobre él un poder difícil de contrarrestar? Podría manipularlo e incluso extorsionarlo. Era más, podía renunciar a la custodia el día que se le antojara.

En opinión de Felipe, Santiago se dejaría tentar por una cifra importante de dinero. Era gastador por naturaleza y las cosas en la publicidad no le estaban yendo bien. Ninguno de sus actos respondía a las manifestaciones de un hombre enamorado. En el fondo de su apelación al amor tintineaba un afán mercenario. Y estaba seguro de que no intervendría en la vida de Josefina, por la simple razón de que no querría tener ninguna responsabilidad. Firmaría lo que Selden le pusiera por delante y mientras menos tuviera que oír de la Jose, lo consideraría mejor. Para evitar futuras manipulaciones o renuncias, Selden había pensado que el dinero se le entregara mensualmente. Si rompía su palabra, se cerraba la llave. De ese modo podrían equilibrarse los poderes de uno sobre otro.

Selden le pidió Camilo que dejara de pensar en la situación de Josefina por un momento y que se abriera a la posibilidad de que ellos dos estuvieran juntos. Camilo tuvo que resistir la mirada de Felipe para decirle que cada día le parecía más remota. Le estaba pidiendo que confiara y lo esperara cuando al mismo tiempo se comprometía a cuidar de Josefina, dándole su palabra a Pumarino de que seguiría siendo su pareja. Ahora estaban más lejos que nunca. Ya no solo los separaba un pasado de desencuentros, sino también lo incierto que se había vuelto el futuro. Si Felipe quería estar con él, debía librarse de la situación falsa en que se había puesto y persuadirlo de que no lo sometería una vez más a los vaivenes que tanto lo habían hecho sufrir.

No se lo dijo a Felipe, pero Camilo ya no guardaba ninguna esperanza. Habían sido tantas las oportunidades en que Selden pudo haber optado por él y no lo hizo.

—No puedo dejar de pensarlo así, Tomás —me dijo al teléfono—. Cuando nos conocimos prefirió a su familia antes que a mí, después eligió a Santiago y ahora privilegia a Josefina.

—La última vez que hablamos sobre este tema, dos días antes de que Elvira muriera, me confesó que estaba enamorado de ti, y no es de las personas que dice cualquier cosa por obligación o cortesía. Soy testigo de su cambio. Basta ver la forma en que ha hecho frente a la muerte de Elvira. Hoy tengo más fe en Selden que antes.

Se ha transformado en el hombre que tú y yo pensamos que podía llegar a ser la primera vez que lo vimos.

—Si así fuera, le habría dicho a Pumarino que me ama y que está dispuesto a cuidar de Josefina conmigo a su lado. Esperar a que se resuelva la tuición solo logrará comprometerlo más. Si de verdad quisiera comprarlo, ya lo habría hecho.

—Trató de hacerlo pero Santiago se negó. Y tú sabes cómo es Felipe, le gusta ir poco a poco, consolidando cada uno de los pasos que da.

—No puedo esperarlo más. Martín no me va a esperar mucho tiempo más a mí tampoco.

—¿Eso va en serio?

—Me gusta mucho. Y la sola idea de poner en suspenso mi vida durante seis u ocho meses para ver si el bendito plan resulta me repugna.

Aceptaría la invitación de Martín Gutiérrez para ir de camping al sur durante tres semanas. Si todo marchaba bien, llegarían hasta Villa O'Higgins, el pueblo donde se extingue la Carretera Austral, a los pies de los hielos continentales.

El día en que regresó del sur, Selden fue a verlo a su departamento. Recibí una llamada de Camilo para contarme lo que pasó, ansioso de poner en palabras las emociones que había experimentado. Esa misma noche, Selden vino a mi casa y también me relató su versión del encuentro.

Camilo había manejado más de diez horas ese día. Salieron a las siete de la mañana del Parque Nacional Conguillío, donde habían acampado las dos últimas noches con Gutiérrez. Cuando Selden tocó el timbre, se encontró a un Camilo polvoriento, en shorts y polera, con todo el equipaje a los pies de la puerta de entrada.

Selden le dio un beso en la boca. Quizás le pasó los dedos por las cejas y las mejillas para aliviarlas del polvo. Camilo se sintió tocado por su ternura. Hablaron de los lugares que había visitado mientras abrían un par de cervezas. El mismo sofá de lona azul donde se besaron por primera vez los recibió con estados de ánimo del todo diferentes. Camilo habría preferido no enfrentarse a esa situación, al menos no sin estar preparado. Felipe tenía tantas cosas que decirle. Cuando se conocieron, él estaba pasando por el peor momento de su vida. Le tenía miedo a su familia, a sí mismo, sobre todo le tenía miedo al futuro. Después había elegido aquello que no le significara mayor esfuerzo. Estaba consciente de que lo había hecho sufrir, que lo había hecho esperar, se daba cuenta de lo injusto de haber dado por descontada su disposición a recibirlo de vuelta. A pesar de haber tenido cerca a Josefina, a Pumarino y a mí, había enfrentado la muerte de Elvira en soledad, sin nadie que poseyera el don de darle verdadero consuelo. A tal punto estaba convencido de su amor, que cuando miraba a Josefina creía estar mirándolo a él. Quería protegerla, también quería proteger a Camilo. Había sido un error esperar que las circunstancias fueran propicias. No debió postergar el fin con Pumarino.

Camilo escuchaba las palabras de Selden con emoción, pero al mismo tiempo con desapego. Venía de pasar tres semanas con otro hombre, y si bien sus ojos continuaban viendo a Selden rodeado de un aura de belleza, ya no lo sentía parte de su vida. Se había separado de él. No lo doblegaba su voz pausada y rasposa. No se deslumbraba con solo mirarlo.

Selden le ofreció iniciar una relación a partir de ese día. No era necesario terminar formalmente con Pumarino. Entre Santiago y él ya no pasaba nada, incluso la convivencia amistosa había dado paso a vidas aparte. Estaba obligado a conservar el arreglo hogareño mientras la mediación siguiera adelante y el tribunal no confirmara a quién le entregaría el cuidado de Josefina. Mientras tanto, ellos podían pololear, esa palabra usó, irse conociendo en sus rutinas, visitarse y gozar de las horas que pudieran pasar juntos. Vendría al departamento después de que Camilo saliera de la oficina, los fines de semana los pasarían en alguna playa. Se comprometía a arrendar una casa donde él quisiera y así llevarían a Josefina con ellos, para que también se fueran conociendo el uno al otro. Tal vez Selden le apartó el mechón de pelo que caía sobre su frente y escrutó en la oscuridad de sus ojos los efectos del ofrecimiento.

Ahora le tocaba a Camilo su turno de hablar. ¿Cuántas veces había añorado que se acercara así, que le hablara con el ímpetu de los primeros días, que le permitiera ver de nuevo sus ojos fulgurar? Prefería decírselo sin preámbulos, no encontraba otra manera. En el viaje se había emparejado con Martín Gutiérrez. Selden dejó escapar las lágrimas con una espontaneidad que Camilo no reconoció en él. Quizás Felipe fuera hasta el escritorio y abriera la ventana para tomar aire, apoyando los puños sobre la cubierta, el sol ya hundido en el poniente. Seguramente Camilo tuvo que refrenar el impulso de ir hasta él y abrazarlo por detrás. Cuando volvieron a mirarse, ambos estaban arrasados por la pena. Selden fue hasta el sofá, tomó las manos de Camilo entre las suyas y le rogó que le diera una última oportunidad. No abusaría del destino esta vez. Le demostraría con la delicadeza de cada uno de sus actos cuánto lo amaba, cuánto le agradecía que hubiera tirado de las cuerdas con todas sus fuerzas para sacarlo del hueco frío donde lo había encontrado. Camilo debió de negar con la cabeza. ¿Era que Felipe no comprendía? Ya se habían dado suficientes oportunidades. Se había entregado a él durante tres años. Cada día, cada noche. Que no lo malinterpretara, seguía considerándolo un hombre lleno de esplendores, más ahora que tenía la determinación de ganar su libertad. Estaba seguro de que en un santiamén volvería a vivir la misma pasión. Pero ahora era el tiempo de Martín. Cuando estaba con Gutiérrez no sufría el mismo arrebato que Selden había despertado en él, pero se sentía bien a su lado, en paz; Martín le había hecho recordar que el amor también podía ser dulce y placentero. Mientras hablaba, dentro de Camilo se alzó un puño de protesta. Quería desdecirse de cada una de sus palabras y recibir de una vez y para siempre a Felipe en sus brazos. Por fin sería suyo. Pero de inmediato se cruzaban en el campo de su pensamiento los vaivenes emocionales de Selden, su rigor de las mañanas, sus reglas y disposiciones, la avaricia con que manejaba el tiempo y su privacidad. No podía soportar la idea de estar de nuevo en ascuas esperando una llamada telefónica, o sin saber si esa noche dormiría con él. Gutiérrez lo había hecho experimentar una entrega caudalosa, sin que existieran dudas sobre la próxima hora ni el próximo día que pasarían juntos.

Selden finalmente se rindió. Era la hora de Gutiérrez, la que él había desperdiciado. ¿De verdad ese hombre lo hacía feliz? Si así era, se alegraba. Ya tenía que irse. Antes quiso agradecerle a Camilo todo lo que había hecho por él. Pudo hablarle sin dobleces ni retorcimientos, sin ironías ni parquedades, en gran parte gracias a que le había enseñado a enfrentar la vida con claridad de mente y sinceridad de corazón, sin dobles intenciones. Camilo supo que Selden no lo estaba elogiando para hacerlo flaquear. Pero no pudo dejar de conmoverse ante esa nueva humildad. Poseedor de todos los dones, encantos y privilegios, tres años atrás a Selden no le alcanzaba el tiempo para apreciar las virtudes de los demás, ocupado en recibir alabanzas y regalos. Tampoco tuvo tiempo para acoger los problemas ajenos, ocupado en el terrible pero difícilmente singular problema que enfrentó con su familia. En ese último momento fue cuando más vulnerable se sintió Camilo, al salir Selden de su campana de cristal y ser capaz de «verlo».

Esa noche en mi departamento, llegado un punto del relato, Felipe se interrumpió para levantar los ojos hacia mí y sin que mediara un gesto de mi parte se dio cuenta de la inutilidad de sus palabras. Las sumas y las restas que pudiera realizar habían dejado de tener sentido. Quién sabe si en el futuro Camilo y Felipe se reencontrarían, pero sería otra historia, no esta que había terminado. Selden permaneció en silencio un largo rato. Se había hecho tarde. La luz de las lámparas en los costados de mi escritorio no lograba apropiarse del espacio, dejándonos en una penumbra que se abría a las luces de la ciudad.

25

La proposición de la mediadora se conoció a fines de abril. Josefina Pumarino quedaría al cuidado de su padre, si es que los involucrados aceptaban el acuerdo. No existía un riesgo acreditable que justificara separar a la niña de su progenitor. En respuesta a los alegatos de la otra parte, la mediadora dejaba constancia de que la homosexualidad de Santiago Pumarino no constituía impedimento legal. Felipe Selden actuaría como garante de la custodia y los abuelos tendrían derecho a visitas quincenales. Para que esta recomendación quedara a firme, los Tagle debían aceptarla formalmente. De no ser así, se abriría un caso en el tribunal de familia al que habían acudido en primer término.

El señor y la señora Tagle demoraron una semana en dar una respuesta. Finalmente no impugnarían el informe de la mediadora. Su abogado les advirtió que si hasta entonces eran escasas las posibilidades de ganar el juicio, luego de la recomendación se habían vuelto ínfimas. Ninguna de las causales de inhabilidad consideradas en la ley podía aplicarse al caso de Pumarino. Yasna Mitrovic pidió que a la firma del acuerdo asistiera Josefina, así tendría conciencia de que la decisión respondía a la voluntad de ambas partes.

Mientras me contaba esto en la terraza vidriada de un pequeño café situado a pocos metros de mi edificio y en cuya entrada se podía leer el poco feliz nombre de Cafetto, Selden dejaba aflorar esa quietud que le confería aún más realce a la emoción que empapaba sus palabras.

—Después de firmar, la mamá de Elvira se me acercó y me dijo que yo había sido la razón para que decidieran no llevar el caso al juzgado. Fue dulce. Dijo que en las pocas ocasiones en que nos habíamos visto, ella había percibido mi amor por la Jose, mis buenas intenciones, y eso le daba tranquilidad. Era cierto que ella y su marido estaban viejos para criar a una nieta y la mediadora había desechado la idea de que uno de sus hijos con su nuera hicieran las veces de tutores. ¿Tendría yo la amabilidad de permitirle visitar a la Jose las veces que quisiera? Había sufrido las penas del infierno con la muerte de Elvira. Se sentía tan culpable por haberse alejado de ella. No quería sentirse culpable por abandonar también a su nieta. El papá me dio la mano y me advirtió que estaría vigilante. No quería saber que a la Jose le metían ideas raras en la cabeza. Él se lo había dicho a la señora Mitrovic, le preocupaba que nosotros fuéramos un mal ejemplo. Peor que la madre.

—¿Cuándo hablarás con Pumarino para pedirle que se vaya?

Gracias a que los plátanos orientales de la calle no habían perdido todas sus hojas, nuestro pequeño escenario de vidrio conservaba una temperatura agradable.

—Estoy tan contento que hasta Santiago me cae bien hoy. Ahora tenemos que esperar a que el tribunal vise el acuerdo. El juez pedirá el informe de un asistente social para asegurarse de que las condiciones en que fue pactada la tuición se cumplan y recién ahí se volverá definitiva. No podré sacar a Santiago de la casa antes de dos o tres meses.

—¿No estás impaciente por que se vaya?

—Ya no tengo motivo para estarlo.

Sin perder su cristalina apacibilidad, los ojos de Selden se tiñeron de tristeza.

—Pero me dijiste que la convivencia era un desastre.

—La Jose ha surtido un efecto apaciguador en mí. Ya no tengo rabia. Me dedico a ella y de vez en cuando salgo con algún amigo a tomarme un trago en la noche. El resto del tiempo trabajo en la galería. Postergué la inauguración para julio, todavía hay muchos detalles que resolver. Santiago sabe que no puede esperar nada de mi parte. No sé cómo se comportará en el futuro. Con el luto y el proceso de la tuición, ha mantenido la vida social fuera de la casa. Si pretende como antes organizar comidas con mucha gente y pasarse las noches fumando pitos con amigos, vamos a tener problemas. Yo espero que las restricciones que impone la rutina de la Jose lo convenzan de que para él será mejor vivir en otro lugar. La casa dejó de ser un local de diversión.

—Te equivocas, Felipe. Él habría aceptado tu oferta si hubiera querido vivir con mayor libertad y dinero en el bolsillo. Eligió quedarse. No será un hombre apasionado, pero te quiere, tanto que está dispuesto a someterse a un nuevo orden. Quizás lleven rutinas aparte, nunca han sido demasiado cercanos, pero él apostó a recuperar su vida contigo. Antes de conocerte, Pumarino causaba la impresión de ser un hombre pretencioso, afectado. Cuando se fue a vivir a Los Dominicos eso cambió. Se había hecho poseedor de un diamante escondido hasta entonces a la vista de los demás, y ese diamante traía consigo una fortuna. Su vida ya no estaría hecha de pretensiones, sus catedrales dejarían de ser ficticias. Tú le diste legitimidad. Quien era considerado poco más que un charlatán pasó a tener en su mano nada menos que las joyas de la corona. A Pumarino lo seduce el refinamiento, no el dinero. Tu valor es en cuerpo presente, no a través de una cuenta bancaria. Y debe de gustarle la idea de sumar a Josefina a la composición del cuadro. Seguro que se ufanará de ser un hombre que se hace cargo de sus responsabilidades, satisfecho con la imagen que proyecta. La mayor preocupación de un esnob es cómo se ve su vida desde afuera. Yo diría que la suya se ha colmado de una belleza inesperada. Tú y Josefina son adornos preciosos que dignificarán su vejez.

—No lo había visto así —dijo Selden, quedándose unos instantes pensativo—. Su forma de negociar fue tan dura, sin pensar en ningún minuto en los demás. Lo que tú planteas requiere de un grado de humanidad, todo lo frívola que quieras, pero nunca me dijo que quería seguir conmigo, o porque me amaba, o porque yo lo hacía sentir mejor persona, no sé, algún argumento que refutara que su intención fuera usar a la Jose para mantenerse cerca de la fuente del dinero. Es por eso que cuando llegué al extremo de ofrecerle plata por mi libertad, su negativa me desconcertó. Puede que tengas razón y se haya callado esas motivaciones por orgullo, para no mostrarse débil. La explicación que yo me di fue que, para él, con el paso del tiempo, el monto de su inversión crecería a tasas de interés mucho más altas que las de mercado. Sí, sí, estoy hablando en serio —dijo, asintiendo al ver que yo me reía—. Cada día voy a estar más apegado a la Jose. Mientras más tiempo pase, más difícil será para mí separarme de ella y por lo tanto más caro voy a estar dispuesto a pagar.

—Si es así, haz lo posible para que se vaya pronto. Aunque existe la posibilidad de que él también se involucre emocionalmente con ella. ¿Cómo se llevan ahora que se saben padre e hija?

—Es como si nada hubiera cambiado, como si Elvira estuviese de viaje y nos hubiera dejado a la Jose para que la cuidáramos. Santiago le presta atención a su vestimenta, sus modales, sus gustos y su forma de expresarse. Quiere aleccionarla para que sea la mujer perfecta. Él es pródigo en opiniones y avaro en dedicación. No se le ocurriría acompañarla a hacer las tareas o llevarla a pasear un domingo. Menos, levantarse temprano cada sábado para llevarla a los campeonatos interescolares de atletismo. En el último mes, Santiago ha comido solo cuatro veces con nosotros. Y en las mañanas lee el diario en cama, mientras Josefina y yo tomamos desayuno en la cocina.

—Tu teoría de que el tiempo es una inversión para Pumarino adolece de una debilidad. Cuando Josefina cumpla dieciocho años, la inversión de Pumarino se hará humo.

—Puede ser. Quizás piense cobrar antes, cuando ella tenga trece y me queden cinco años de responsabilidad. Seguro que va a pasar mucho tiempo hasta que la Jose sea independiente, aunque si sale a la madre no le voy a ver el pelo después de los dieciocho. Pero no creo, ya no salió a Elvira en ese sentido. Quizás Santiago piense que si permanecemos juntos hasta que cumpla la mayoría de edad, ya estaremos acostumbrados a nuestro arreglo y se habrá ganado una fortuna y mi compañía. No sé, hoy solo me importa la Jose y las tantas cosas que podré hacer por ella. Ya le tomé clases particulares de inglés, en la Alianza Francesa el nivel no es bueno. La pobre ha bajado las notas este semestre, debe estar devastada por dentro. En eso se parece a Santiago. No es fácil descifrar lo que siente. He aprendido a distinguir cuándo algo la entusiasma. Hace preguntas y habla más de lo habitual. Cuando le conté que el próximo verano iríamos a Estados Unidos de vacaciones, se pasó dos días interrogándome sobre lugares que buscó en internet.

Me dio gusto ver a Selden apasionado con su nuevo papel de padre, pero esa imagen tan despejada del futuro no era más que una fantasía peligrosa. Pronto se sentiría solo, necesitado de un hombre, y los caprichos de Pumarino se tornarían insoportables. Si con solo tenerlo de amigo, Santiago había llegado a violentarme, sin el amor de pareja como atenuante de sus rasgos de carácter más ofensivos, Selden terminaría odiándolo.

—No dejes que Pumarino te manipule ni te ahogue con sus reglas estúpidas. No dejes que malee a Josefina con su superficialidad. Yo no sería escritor si le hubiera hecho caso. Elvira se salvó porque tenía un ascendiente sobre él. No te arriesgues. Josefina y tú van a estar mucho mejor sin que Pumarino les esté llenando los oídos de estupideces. Su idea de la belleza es tan perversa que puede estropear para siempre el buen juicio de Josefina. Y quién sabe si Camilo, al saberte libre, vuelva en tu busca. Estuvo tan perdidamente enamorado de ti que no sería raro.

—¿Tú crees que Camilo quiera volver? —dijo, incorporándose en la silla—. ¿Te ha dicho algo?

—No, nada.

Volvió a reclinarse y miró hacia la calle.

—Si necesitas ayuda con Josefina cuenta conmigo. Lo importante es que tenga buen juicio, no buen gusto. No me llevo bien con los niños, pero con Josefina es diferente.

—Es fácil llevarse bien con ella. Es testaruda a veces, pero no es de esas niñitas tontas a las que todo les aburre. Conversamos mucho. Es reflexiva, interesada. Por ahora sigue en su etapa naturalista.

—Solo te pido un favor... No te encierres en ella. Los últimos tres años y medio han sido demasiado pesados para ti, lo habrían sido para cualquiera. Debe de ser tentador recluirse en la galería y la paternidad, pero tú eres un hombre joven, no permitas que se te escape la vida. Deshazte de Pumarino, encuentra a un hombre, enamórate, abre de una vez por todas esa oficina de consultoría en urbanismo, realízate como persona. Perdona que te diga estas cosas. Parezco un abuelo hablándole a su nieto. Tengo miedo a que te escondas de ti mismo. Te has llevado demasiadas desilusiones y has pasado por muchos dolores en poco tiempo. Cualquiera tendría la tentación de apartarse del mundo. Te lo digo con todo cariño.

—Está bien, no te preocupes. Cuando me den ganas de encerrarme voy a recordar tu consejo. Por ahora solo quiero hacer una pausa, pero no voy a dejarme paralizar por el miedo. Soy un hombre gay a pesar de que a mi familia le parezca horroroso, tuve un novio veinticinco años mayor a pesar de que incluso a ti te parecía terrible y ahora me estoy haciendo cargo de una niña que no es mía, aun cuando la mayoría de mis cercanos crean que es una locura. Si ya me atreví con todo eso, me atreveré con cualquier cosa. Voy a vivir, Tomás, tenlo por seguro.

26

Me pidió que lo acompañara al tribunal de familia. Después almorzaríamos en el Blue Jar, un restorán del centro que a él le gustaba especialmente. Me pasó a buscar en su jeep y lo dejamos en los estacionamientos subterráneos de un pequeño mall cercano a la Plaza de Armas. Los dos íbamos desabrigados gracias a un veranito de san Juan que le había devuelto el colorido a la ciudad, aunque también el esmog. Caminamos por Monjitas hacia el oriente, una calle ruidosa, decrépita, de pequeño comercio y cines porno, indiferente a los esplendores institucionales de la municipalidad y la catedral que dejábamos atrás. Selden llevaba una carpeta en la mano con una carta de puño y letra de Pumarino. En el auto me había dicho que faltaba un último trámite para obtener la tuición definitiva y eso le daría más libertad para llegar a un trato con él. El abogado se había ofrecido a entregar la carta en el tribunal, pero Selden aprovecharía la oportunidad para hablar con la secretaria y, si tenía suerte, con la jueza. No había olvidado los pequeños privilegios que le brindaban sus buenos modales y su apostura. Tal vez lograra que la resolución saliera antes. Su largo tranco me obligaba a redoblar el paso y a preocuparme de no caerme ni tropezar con nadie. El espacio que quedaba a sus espaldas me permitía avanzar sin toparme con quienes venían en sentido contrario. Al llegar a la calle San Antonio doblamos a la derecha. Los tribunales quedaban a mitad de cuadra. Selden se detuvo de pronto. Me puse a su lado y ante él se erguía una mujer alta, con la piel bronceada como si fuera pleno verano, envuelta en un vestido sin hombros, en tonos rojo, naranja y café, prenda que tenía una pretensión etérea pero que caía mustia en torno a su cuerpo esmirriado. Sus rasgos me recordaron a alguien, pero en un primer momento no la reconocí. Ella miraba a Selden con una sonrisa y unos ojos enormes que contradecían el rostro estrecho y alargado, las mejillas hundidas y el mentón egipcio.

—Tú eres Felipe Selden —dijo, soltando una risa discordante. El silencio de Felipe dejó en claro que el conocimiento no era mutuo—. Y tú el escritor.

La mujer puso las manos en jarra, haciendo tintinear sus pulseras. Supe quién era al mismo tiempo que se presentó.

—Soy la hermana estrafalaria de Santiago. Así me llama él. Me encanta escandalizarlo. Me llamo Rosamunda, sí, mi madre tuvo la maldad de ponerme un insulto por nombre. Me dicen Rosa. Santiago te habrá hablado de mí, supongo. Te vi en el funeral de Elvira, sacando el cajón. ¡Guapísimo! Después te busqué para saludarte pero habías desaparecido.

—Hola —dijo Selden.

Abarcó a la mujer con la mirada. No supe si la brillante dureza de sus ojos se debía a lo sorpresivo del encuentro o a la opinión instantánea que se había formado de ella. Selden no era amigo de las excentricidades y quizás qué historias pudo haber oído de labios de Santiago. Se encerró en esa única palabra, sin dejar escapar ni un compás de su afinado sentido del ritmo en un encuentro social.

—¿Y en qué andan por aquí? —dijo Rosamunda, acercando su rostro peligrosamente al de Selden, como si quisiera olerlo.

Felipe se replegó. A cada segundo alguien nos eludía con acierto o nos pasaba a llevar.

—Venimos a los tribunales de familia.

—¡Ay, sí! —dijo, queriendo comunicar mayor entusiasmo, de ser eso posible—. Por fin Santiago reconoció a esa niñita.

Cuando son violentas e inesperadas, las noticias explotan como bombas de silencio. Ninguna de las distracciones de la calle habría robado nuestra atención de ese rostro payasesco. No tuve que sacar cuentas ni ensamblar una retícula de conjeturas para que la revelación se transformara en una verdad rotunda. No hay peor reproche para la inteligencia que haber tenido las claves delante de las narices y no haber realizado la más simple de las deducciones.

—¿Por fin? —dijo Selden después de un instante.

—Ay, por favor. Es cosa de mirarla. En mi familia siempre hemos sabido que es hija suya. Se parece tanto a mi hermano Calixto que a veces él molesta a Santiago preguntándole: ¿Cómo está mi hija?

—¿Santiago siempre supo que era su hija? —la rígida expresión de Selden contrastaba con la coquetería de la mujer. Para ella lo importante parecía ser que el encuentro fuera simpático.

—Vivo en Isla Negra hace veinticinco años y me entero de una noticia al semestre. Pero de esta noticia sí que me acuerdo. Una vez la mamá se encontró con Elvira en la calle, con esta niñita en brazos. Casi se murió al verla. Tanto que le dijo a Elvira al oído que tenía que ser hija de Santiago.

Selden parpadeaba y continuaba mirándola con la misma dureza.

—¿Tu mamá te contó la reacción de Elvira?

—Sonrió, le dio un beso en la mejilla y se fue. Una huida muy elegante según la mamá. Seguramente ella habrá querido aparentar que no se daba por aludida. Pero miren sus caras. ¿Tú no lo sabías? ¡Pobre niño! —dijo, estirando el tono juguetón hasta la burla—, no se puede ser tan ingenuo. Es una pena que Elvira haya tenido que morirse para que Santiago reconociera a su hija. Qué bueno que lo hizo. Y si está contigo, mucho mejor. No me lo imagino de papá, mientras que tú puedes convertirte en el padre ideal, un joven puro y bienintencionado.

—No me conoces —dijo Selden.

Solo entonces la mujer recogió la boca desde sus extremos y nos estudió a ambos con mayor atención, realizando rápidos movimientos de cabeza. ¿Qué habrá visto? ¿A un hombre furibundo y otro atónito? ¿A dos pobres diablos engañados? ¿La expresión borrosa de quienes se abisman en sus pensamientos? Selden y yo éramos sacudidos por las explosiones en cadena que siguieron a la primera bomba, como si un atentado hubiera tenido lugar en plena calle. Entre los gritos y aullidos de dolor habría reconocido el cadáver destrozado de Elvira, tan distinto a aquel dormido en la fría serenidad del ataúd. Habría corrido a socorrer a Josefina, la pobre dando chillidos de pánico bajo una lluvia de vidrios rotos. De Santiago no habría quedado ni un resto reconocible y Selden lloraría sin consuelo, encogido a los pies de un pórtico. Pasada la confusión y las carreras, me habría visto a mí mismo empapado en sangre, sin más que rasguños, aun cuando la bomba debió haberme matado.

Rosamunda inclinó la cabeza a un lado y al otro.

—Tan mal padre no vas a ser si estás dispuesto a cuidar a una hija que no es tuya. A todo esto, deberías decirle a Santiago que me llame más seguido. Ahora que vive en una mansión puede invitarme a alojar un fin de semana. No lo va a hacer. Me tiene terror. Dice que hablo demasiado. Una vez me gritó que lo tenía harto con mi domesticidad infernal. ¿Qué les parece? Sería un buen título para una de las novelas que me gusta leer. A las tuyas, Vergara, les falta sangre.

—Tenemos que irnos —dijo Selden.

—¿Tan pronto? ¿Por qué no vamos a almorzar?

Selden le dio la espalda, desatando una morisqueta grosera en el rostro de Rosamunda.

—Ayayay, mi hermano te pegó sus aires de superioridad. Váyanse a la mierda si quieren —dijo por lo bajo, en tono de resignación.

Selden se alejó de allí a toda velocidad y yo tuve que trotar para no perderlo de vista.

Entramos en la fría atmósfera del subterráneo y en uno de los peldaños de la escalera que debía llevarnos al piso –3, Selden se dejó caer y se tomó la cabeza con las dos manos. Me senté a su lado y le pasé un brazo por encima de los hombros. Alzó el rostro de golpe, inhalando con la boca abierta y haciendo sonar el aire contra el paladar, como si aullara hacia dentro.

—¿Se te había pasado por la cabeza? —me preguntó cuando ya subíamos hacia el oriente de la ciudad.

—Nunca lo sospeché. La insistencia de Santiago para que Elvira abortara y su desaparición después del nacimiento debieron darme la clave. Pero mi interpretación fue justamente la contraria.

—Me siento mal. ¿Puedo quedarme en tu casa un rato?

Preparé un té de manzanilla. Me tomé un Ravotril y le ofrecí uno a él. Negó con la cabeza. Pasó veinte minutos sin hablar, desplomado en el mismo sofá de un cuerpo que ocupó Camilo para contarme de sus amoríos. Selden tenía el aspecto de un hombre enfermo, de un escarabajo vuelto de espaldas, acaso el de un anciano incapaz de valerse por sus propias fuerzas. La naturaleza lo había dotado de una cristalina caparazón para protegerse de la vulgaridad y la pequeñez, le había añadido alas de fino dibujo y gran resistencia para llegar cuan lejos quisiera, pero había bastado un leve soplo del destino, quizás brotado desde los labios de Elvira, para que cayera de

espaldas, indefenso. Me recordó a Alicia consumiéndose
en su cama, pero no había nada bello ni enternecedor en
la juventud robada por la palidez y la mirada estupefacta.

—Santiago nunca quiso a Josefina, aun sabiendo
que era su hija —dijo por fin, lanzando la vista hacia el
lugar donde se hallaba una cordillera invisible. Durante
los veranos de su vida, Elvira estudiaba hasta las rugosidades más íntimas de ese macizo titánico, modelándolo,
descifrándolo; en cambio, nosotros vivimos todo ese
tiempo cegados por la neblina invernal.

—Y hasta el día en que murió, Elvira fue la mejor
amiga de quien jamás quiso a la hija de ambos.

—Pobre hombre —dijo Selden y se le humede-
cieron los ojos.

—No puedo creer que te compadezcas de él.

—Pasarse años negando a una hija mientras la
tenía cerca. Y ahora verse obligado a reconocerla y hacerse cargo de ella.

—Quien se hizo cargo de ella eres tú.

—¿Le remorderá la conciencia?

—Si tuviera remordimientos habría aceptado
cuidar a Josefina sin condiciones. Lo conozco hace tanto. Él no se siente en deuda y Elvira lo exoneró de toda
responsabilidad. Apuesto a que estaba convencido de
que el lugar de cada uno respecto de los demás era el
apropiado. Para él, la responsable de esa hija era Elvira,
nadie más.

—¿Fue todo planeado por ella? ¿La llegada de Pumarino a Europa, la manera en que nos acercó a la Jose
y a mí, la crítica constante a Camilo? ¿La intimidad de
los cuatro, aprovechar cualquier oportunidad para decir
que formábamos la mejor de las familias?

Me acordé del desacuerdo que tuvimos en mi departamento, cuando Elvira daba estocadas al aire con su
cigarro, asegurando que las personas afortunadas, como

Selden, inclinaban el destino a su favor. En el fondo se refería a sí misma. No se trataba de acciones premeditadas, sino de gestos que iban sumando a un desenlace secretamente esperado. Si el padre no quería a su hija, ¿por qué no encontrar entonces a un sustituto que pudiera darle a esa niña la protección necesaria en caso de llegar a necesitarla? ¿Un hombre que igualmente incorporara al padre ingrato en la ecuación para alcanzar el perfecto equilibrio? Si no había podido darle a su familia todas las seguridades, ¿por qué no fundarla sobre una sólida fortuna, sumando a un cuarto elemento que los auxiliara en caso de estrechez, enfermedad u otro imprevisto? Bajo la protección de Selden no solo tomaba un seguro de vida a favor de Josefina, sino que aseguraba para sus seres queridos las oportunidades y subvenciones necesarias para realizarse y vivir con tranquilidad.

—A estas alturas da para pensar que incluso Elvira consideró que Santiago sería el padre ideal del hijo o la hija que quería tener. Así podría criarla con libertad, sin someterse a las opiniones ni menos a las órdenes de nadie. Con el único hombre que convivió fue con el que se escapó de su casa. Después solo recibía al tipo de turno con la expresa condición de que no se le ocurriera interferir en sus decisiones. En ese sentido, Santiago era el marido ideal. La reverenciaba, se entrometía en su vida cotidiana solo para decir si un florero debía cambiar de lugar, era una constante fuente de diversión, de movimiento, la acompañaba a todas partes sin pedir a cambio nada más que cariño y paciencia para escucharlo. A tal nivel alcanzaba la armonía entre ellos, que lo convirtió en el padre de su hija, aun a sabiendas de que él no querría tener nada que ver con ella.

—¿Tan manipuladora era?

—No sé, en este minuto estoy por creer cualquier cosa.

—Era fácil usarme —en medio de su desvalimiento, todavía no resplandecía el ascua del rencor. Con el paso de los días se sentiría defraudado, herido, su indignación se multiplicaría al ver que su vida respondía a un diseño previamente ideado por Elvira, y por Santiago en menor medida.

—Quizás no lo pensó como una utilización. Ella te admiró desde el primer día. Quiso ser tu amiga antes de que fueras rico. Una vez que te hiciste de tu fortuna pasaste a ser el hombre ideal para Pumarino. Y con una fácil carambola formó su nueva familia.

Se incorporó en el sofá, sus piernas formaron un ángulo recto. Un rebrote de energía interior manó de sus ojos. Miraba hacia el frente mientras yo lo observaba desde mi escritorio.

—Hasta hoy creí que cada uno de mis pasos nacía de mis propias decisiones. Mi voluntad de proteger a la Jose me hizo sentir como un hombre valiente. Era lo que debía hacer, me hacía feliz hacerlo. En los momentos de flaqueza, que fueron muchos y que enfrenté solo, recordaba el rostro asustado y suplicante de Elvira, diciéndome que hacía tiempo era el padre de la Jose. Esa imagen me devolvía las fuerzas para discutir todo lo que fuera necesario con Santiago, para enfrentarme a los padres de Elvira, para soportar el rechazo de Camilo. Ahora me he quedado sin nada que me sostenga.

—¿Y qué piensas hacer?

Al notar que repetía la pregunta que le había realizado en tres o cuatro ocasiones anteriores, tomé conciencia de las sucesivas encrucijadas por las que Selden había pasado en poco tiempo.

—¿Qué harías tú en mi lugar?

—Es un dilema demasiado personal para darte un consejo.

—Quiero oírlo.

—No deberías. El único consejo lúcido que te he dado fue advertirte que Santiago no era una buena elección.

—¿Cómo pudo ocultarme la verdad?

—Nunca quiso hacerse cargo de su hija; menos, echarse ese peso encima al borde de la vejez y sin ti —no lo defendía, pero dado su comportamiento anterior, sus actos del último tiempo no eran más que una mera consecuencia.

—¿No te das cuenta del grado del engaño? Pudo haber negado a esa hija una vida entera, pero una vez muerta Elvira, en vez de extorsionarme debió contarme la verdad.

—Tuvo miedo de perderte y en esas condiciones menos podría hacerse cargo de Josefina.

—Me cuesta reconocerlo, porque me duele mucho, pero es posible que los dos hayan planeado la conquista. Al principio encontraba tan natural esa distancia que existía entre Pumarino y yo, la consideraba una sana manera de aproximarse, poco a poco, sin pasarme a llevar. Pero el apego nunca llegó. Tuve que resignarme a la lejanía y cuando me resultó intolerable ocurrió lo de Elvira —me miró un instante y luego añadió—: Es posible que Santiago nunca me haya amado. Da por hecho que nunca me deseó.

—¿Nunca te deseó?

—Pasaban meses sin que me tocara, mientras yo lo esperaba ansioso.

Las implicancias de la revelación de Rosamunda se multiplicaban y dependiendo del punto de vista con que uno mirara hacia el pasado podía sacar nuevas conclusiones, todas descorazonadoras y humillantes.

—Dime, ¿qué harías en mi lugar? —insistió Selden—. Soy incapaz de pensar. No puedo ver una salida sin sentir que incluso mi próximo paso es parte del plan.

—Solo se me ocurre decirte que te centres en ti. Hasta ahora, cada vez que Elvira o Pumarino pensaron en tu bienestar, primero tuvieron el suyo en consideración. Hasta ahora, has pensado en Josefina antes de imaginar cómo quieres que sea tu vida. Es cosa de ver nada más que perdiste a Camilo intentando encontrar una solución para ella.

—Me duele tanto haber perdido a Camilo —las lágrimas lo asaltaron. Se llevó las manos entrecruzadas a la boca y se mordió la articulación de uno de sus pulgares. Después las abrió para pasárselas por la cara hacia arriba, hasta alzar sus crespos como picas de protesta—. Y ahora me siento atrapado. ¡No quiero verle la cara a Santiago nunca más! —gritó, para añadir pesaroso—: Pero eso significaría perder a la Jose.

Su llanto se hizo persistente. Yo también lloré, por primera vez en muchos años. Me sentí culpable y lo compadecí de todo corazón. Cuando Alicia, Camilo y yo hablamos de la posibilidad de que ella le dejara su dinero, este tipo de peligros no entró en el radar de ninguno de los tres. Creíamos que nos enfrentábamos a la posible ruina moral de una vida disoluta, o quizás a una cristalización de la vanidad. Pero no consideramos que pudiera ser presa de oportunistas, quizás porque en ese tiempo Selden se mostraba desconfiado hasta de los espíritus de intención recta.

Ha pasado un año desde ese día y mientras transcribo estos juicios me doy cuenta de cuán duros llegaron a ser, no solo conmigo, Camilo y Alicia, sino también con Pumarino y Elvira. Ambos quisieron a Selden a su manera y lo incluyeron en su mundo con entusiasmo. Fueron los dibujos imperceptibles que Elvira trazó en las zonas oscuras de la vida en común, por lo demás luminosa, los que se tiñeron con la sangre que brotó de su cerebro. No se trató de los bosquejos de un aprovechador ocasional, ni siquiera de los sofisticados planos de un ladrón de museo, cada línea formó parte del esmerado dibujo de su propia vida.

27

Había llovido durante la noche y al amanecer los
cerros alrededor de Los Dominicos se hallaban nevados.
Era uno de esos días en que la atmósfera de la ciudad se
ve iluminada por un sol frío y cuya limpidez durará solo
unas horas. Antes de que la nube de polvo y humo volviera a prosperar desde las zonas bajas de Santiago hacia el
norte y el oriente, lo que alcanzaba la vista adquiría volumen, cercanía y también una aparente blandura, como si
fuera a hundirse al tacto. El cerro Manquehue a mi izquierda, cubierto con una capucha blanca, los edificios
resplandecientes de Nueva Las Condes a mi derecha, al
fondo la cordillera más enorme todavía al estar nevada
hasta las dendritas del valle. A las puertas de la casa de
muros color rosa, mi viejo Honda Civic, sucio y con el
parabrisas trizado, desentonaba con las orgullosas cuatro
por cuatro que surgían de los portones de las casas vecinas. Por pudor toqué el timbre y le pedí a Francisco que
me permitiera estacionar el auto en el patio de adoquines.

Me hizo pasar al living y tuve un brote de alegría
infantil cuando noté que en las zonas umbrosas del jardín
subsistía una delgada lámina de nieve. El salón estaba
frío, los cojines tiesos de tan hinchados, como si nadie se
hubiera sentado en ellos durante semanas. Me apropié de
mi poltrona favorita y me di el gusto de deslizar los dedos
por la silueta dorada de la lámpara de la libertad. ¿Qué
opinión tendría de cuanto había visto y oído? Se la veía
impertérrita en su belleza, como si nos reprochara nuestra pequeñez. Tanto el cautiverio de Selden como su liberación se aparecían terribles a mis ojos esa mañana.

En un gesto claro de que me estaba esperando, Francisco trajo sin demora una bandeja con jugo de naranja, café con leche, tostadas con mantequilla, además de palta molida y mermelada de damasco en un par de pocillos.

—Don Felipe está con la señorita Josefina.

—¿Le dices señorita Josefina?

—Cuando estamos solos la llamo Jose.

—¿Y cómo está?

—Muy triste —dijo con gravedad, de la que pronto se sacudió para recuperar el tono servicial o para librarse de mi plática que lo demoraba en sus tareas—: ¿Va a necesitar otra cosa, don Tomás?

—Necesitaba mucho menos de lo que me has traído, gracias.

Selden había encarado a Pumarino luego del encuentro con Rosamunda. Es posible que estuvieran en el comedor, después de cenar, con Josefina ya durmiendo, Francisco y la cocinera retirados a sus habitaciones. La misma araña de bronce y cristal que regía esa mesa cuando Alicia estaba viva les sacaría uno que otro brillo al par de copas y a la botella de vino que se erguían empequeñecidas sobre la superficie de caoba. Al fondo, los grandes ojos negros del jardín contemplaban la escena. Santiago, seguramente, recorría el comedor a todo lo largo, de ida y de vuelta, mientras acusaba a Selden de haber sufrido un ataque de histeria. ¿Qué importaba si se había enterado hacía cinco meses u once años de que Josefina era su hija? Elvira había decidido tenerla en contra de su voluntad. Le había prometido que nunca revelaría quién era el padre ni jamás le exigiría algún tipo de compromiso. Lo había traicionado en la UCI. Jamás se lo perdonaría. ¿Y ahora venía Selden a reprocharle su insensibilidad? ¡Qué se le había metido en la cabeza! Había nada menos que reconocido a su hija y tomado su tuición. ¿Le parecía poco? Esa niña no debería ser parte de su vida. Ya bastante se había sacrificado para que viniera Selden y le hiciera un escándalo. Mejor sería que se dedicara a vivir con más tranquilidad y menos resentimiento. ¡Nadie lo había obligado a hacerse cargo de Josefina! Que no protestara ahora. ¿Por qué no mejor invertía su tiempo y sus energías en alguna ocupación que valiera la pena? La niña estaba bien cuidada, se veía contenta, no había nada más que decir ni tiempo que malgastar. Tan delicado que lo habían de ver, con una cabeza tan llena de cavernas. Elvira estaba muerta, él era el padre de la Jose, la niña vivía con ellos. ¿Qué más quería? Y esas teorías conspirativas, la idea de que Elvira y él lo habían manipulado, toda esa pesadilla de marioneta no podía caber sino en la mente de quien va por la vida culpabilizando a los demás de sus propias acciones. Nadie lo presionó, los compromisos los había tomado libremente, harto bien que lo había pasado para que ahora el pobrecito se sintiera ofendido. Ya era tiempo de que se hiciera adulto de una vez, había terminado donde estaba por iniciativa propia, sin que nadie hubiera querido sacar ventaja de él. ¿No se acordaba de cómo buscó la amistad de Elvira? ¿Con cuántas ganas le pidió a él que se viniera a vivir a esa casa? ¿De dónde había sacado la idea peregrina de que ellos lo habían planeado todo para asegurarse un buen pasar? Estaban de lo más bien antes de que él apareciera y podrían haber seguido igualmente bien. ¿Y si lo pensaba al revés? ¿No era Selden quien se había alimentado de ellos, saliendo de esa sala cuna en que vivía a un mundo lleno de belleza y diversión? Sería mejor que pensara antes de andar acusando a la gente de maquinaciones absurdas. No le cabía duda de que yo, el escritor, le metía esas ideas en la cabeza. Siempre había querido arrebatarles a Elvira y a él la vida que yo no había podido darme a mí mismo. Seguro que odiaba que Selden fuera su pareja, que tuvieran un futuro de buena compañía asegurado, ¡cómo no!, si yo seguía solo, escribiendo noveluchas que a nadie le importaban.

A Selden no pudo menos que anonadarlo la réplica de Pumarino. Esperaba un gesto de debilidad, de contrición, que le confesara las dudas con las que había batallado desde la primera noticia que tuvo del embarazo de Elvira. Cuando me contó los descargos de Pumarino, Selden me aseguró que no alteraron el juicio que se había formado. El ocultamiento de Santiago probaba su turbiedad y la teoría de que no había ninguna intención previa a los acontecimientos le pareció indigna de su cinismo. Sí, lo había tomado desprevenido y estuvo unos minutos absorto, asomado a la vida que habían construido en común. Quizás se levantó de la mesa y se apoyó en el travesaño de una silla a la vez que Santiago tomaba asiento. Lo primero que Selden le dijo fue que había una prueba irrefutable de su mala intención: en vez de revelarle que había sabido que era el padre de la niña desde un principio, lo había extorsionado. En vez de reconocer su responsabilidad y pedir ayuda para esa difícil tarea, se desligó de sus obligaciones, llamando cruel a Elvira e imponiéndole exigencias a él. En vez de rogar, puso condiciones; en vez de mostrarse humilde, se hizo pasar por una víctima indignada. Ya estaba acostumbrado a su forma de ser, a verlo sacar las manos para no ensuciarse con la vida, a desprenderse de cualquier lastre que le significara renunciar a su supuesta libertad. Pero había un punto que para Selden resultaba incomprensible. ¿No había llegado a querer a su propia hija, a pesar de haberla tenido tan próxima durante todo ese tiempo? ¿Nunca se había interesado por ella más allá de si se expresaba correctamente o se vestía bien? ¿En qué mundo vivía Santiago para no tener ni el más esencial instinto de querer a los suyos?

Pumarino, seguramente, se había reclinado en su silla para revestirse de prescindencia ante las acusaciones de Selden. Más de alguna vez debió de arriscar su boca serpentina para darle a entender que sus frases melodramáticas no lo conmovían. Al contrario, estaban a punto de hacerlo reír. ¿Si quería a Josefina? No era simpática, para qué le venía Selden con cuentos, tan preocupada de tonterías, tan tensa, tan falta de humor. ¡Y ese afán de hacer piruetas! Entre la estrictez darwinista y su pasión por colgarse de los árboles, ya no sabía qué pensar de ella. Era linda, pero nada por lo que valiera la pena desvivirse. ¡Haber salido tan tiesa de mente y falta de gracia con unos padres como Elvira y él! Tenía mucho de su hermano beato, como le había dicho Rosamunda a Selden, de eso no cabía duda, porque de él esa niñita había heredado nada más que el cuello y los ojos en diagonal.

Si se hubiera tratado de la hija de otra persona, tal vez esa rutina habría hecho reír a Selden, pero cada nuevo abalorio que agregaba Pumarino a la descripción profundizaba su dolor. Santiago hablaba de su hija como si fuera un objeto para decorar, un ser para entretener, el resultado de una naturaleza que nada tenía que ver con la suya. Josefina reprobaba en todas las categorías que su padre empleó para calificarla. Era poco más que un objeto inservible. En ese minuto, Selden se preguntó si Pumarino, para referirse a él, ofrecería a sus amistades una descripción tan cruel y denigrante como la que acababa de oír. Porque tampoco lo había querido, ¿no era cierto? Tampoco contaba con los dones suficientes para satisfacer un gusto tan exquisito. Pumarino debió de alzar los brazos para denunciar lo patético que se había vuelto Selden con los años. ¡Qué diferente al hombre liviano y de buen gusto que había conocido en Europa! Sería mejor que abandonara esa inclinación al dramatismo. Selden no se arredró y volvió a preguntar si Pumarino lo había amado alguna vez. Santiago dudó al darse cuenta de la tristeza con que Felipe le hacía la pregunta. Se oponía a la forma en que planteaba las cosas, esa polaridad molesta de amar o no amar. Por supuesto que habían tenido grandes momentos, habían vivido hasta ese día en buena avenencia, con sus altos y sus bajos, se habían constituido como una unidad, sus amigos hablaban de ellos en plural. Pero después de la fiesta, Selden se había vuelto un hombre insoportable, como si su mal genio de las mañanas hubiera contaminado el resto del día. Y luego pasó lo que pasó. Comprendía que la muerte de Elvira y el tedioso asunto de la custodia le hubieran terminado de arrebatar su gracia, pero él confiaba en que pronto la recuperaría y volverían a ser la pareja de siempre. ¿Pretendía que le dijera que lo quería? Bueno, ya, sí, lo quería. ¿Estaba contento?

Felipe debió de sentarse de nuevo en su silla de la cabecera, doblegado por la tiranía de esas palabras ausentes de humanidad. Quiso saber una cosa más. ¿Había decidido extorsionarlo para quedarse con él en la confianza de que recuperaría esos dones perdidos o por el dinero?

Pumarino saltó de su silla, gracias a que la pesadumbre de Selden le abría el campo a su histrionismo. ¡Ah!, Felipe se había vuelto el peor de los beatos, ofreciendo plata, preguntando por plata. ¡La plata no tenía nada que ver!, gritó, para después agregar, con un énfasis más oscuro: ¡y tiene todo que ver! Lo había conocido con plata, había sido siempre parte del asunto. ¿A qué venía esta demanda de pureza? ¿Selden no se había enterado de que el mundo no era puro? Todo se mezclaba y no le parecía justo ni sensato pedirle que no pensara en la plata, o que no tomara en consideración sus ojos azules o su manera de caminar.

Pumarino estaba a la defensiva. Sus extensas respuestas indicaban que percibía el peligro. No era dado a blandir su ironía para tratar temas desagradables. Hacía espejear su filo para hacer reír, lanzaba una estocada para propinar una herida certera o descabezaba cualquier tema incómodo de un solo golpe. Selden veía ante sí a un hombre viejo que repite el paso de baile que alguna vez hizo las delicias de los suyos, perdida la flexibilidad y la anticipación necesarias para seguir el ritmo. Un boxeador que hace la mímica tradicional para que el joven campeón le rinda honores. Solo que a Selden no lo movía ni a la veneración ni a la indulgencia. Ya no se conmovería ante esos últimos vestigios de juventud, consciente de la materia viscosa que les había dado origen.

No podía seguir hablando con él. Quería que al día siguiente se fuera de la casa. Santiago había lanzado una risita de complicidad con el fin de agrietar la expresión petrificada de Felipe. ¿Sabía a lo que se exponía? Si se iba él, Josefina se iría con sus abuelos. Selden replicó que ya era hora de que Pumarino se hiciera responsable del futuro de su hija. Tendría que decidir qué consideraba mejor para ella. Él se ofrecía a cuidar de Josefina si Pumarino lo juzgaba a bien. Si no, existía la posibilidad de que él mismo se hiciera cargo. Era su padre. Pumarino soltó otra de sus risitas, creyendo que todavía se hallaba en una posición de poder, pero la firmeza de Felipe lo puso ante un escenario imprevisto. ¿Estaba seguro de lo que decía? Apenas pusiera un pie fuera de la casa iría al tribunal a renunciar a la custodia de Josefina. Asqueado con la sola posibilidad de una negociación, Felipe se levantó y le dijo en tono conclusivo que dejaba cualquier decisión sobre Josefina en sus manos. Pumarino intentó una última maroma, poniéndose de pie. Tan íntegro que se había vuelto Felipe, habrá dicho con una reverencia, tan maduro en sus decisiones, pero no se detenía ni un segundo a pensar en el bienestar de Josefina ni menos en el suyo. Le pedía que saliera de la casa como si fuera un perro vago. ¿Podía un hombre de principios tan honorables ser tan mala gente? Lo culpaba de no haber sido un buen padre para Josefina, ¿pero qué clase de bestia era él para echar a la calle a las dos personas que más quería sin darles siquiera tiempo, sin darles nada para asegurarles una buena vida? Selden se remeció por dentro y al terminar de contarme lo que había ocurrido, citó las últimas palabras que le dirigió a Pumarino esa noche:

—No esperes nada de mí. Te vas mañana. Cualquier día puedes mandar un camión para que se lleve los pocos muebles que trajiste. Si quieres darle a tu hija una buena vida, déjala conmigo. Ya es suficiente, Santiago. No quiero volver a verte.

El desayuno me había sentado bien, después de todo, un paliativo para la ansiedad. Bajo los libros nuevos que se habían acumulado en la mesa de centro pude encontrar aquel de Cimabue que alguna vez tanto me conmovió. Sus figuras volvían a mirar la vida con impávida tristeza. Selden entró al living. Más que palabras soltó interjecciones a los comentarios con que yo intenté distraerlo de su dolor. Ni la inusitada nevazón sirvió para calmar su desasosiego. Llevaba puesto un suéter gris con cuello de tortuga y blue jeans claros. Se había sentado en la otra poltrona y a cada instante miraba hacia la entrada, a la espera de que apareciera Josefina.

Al partir, Pumarino no se había despedido de su hija. Para Selden resultó ser una más de sus actitudes incomprensibles; en cambio, a mí me pareció que había respondido a la seguridad de que estaría de regreso en la casa antes del final del día. Cuando Josefina se enteró de la partida de su padre, se mostró más atenta a Selden de lo habitual, sin preguntarse si estaba en peligro su permanencia en la casa. Ella continuaba su vida con la única persona que había aprendido a conocerla, aparte de su madre. Una noche, antes de irse a dormir, Josefina entró al cuarto de Felipe y le preguntó si ella tenía la culpa de que Santiago y él se hubieran peleado. Selden apagó la televisión para acoger las aprensiones de la niña. ¿Cómo se le podía ocurrir una cosa así? Ella era una fuente de alegría y tranquilidad. La culpa la tenían los grandes. Josefina pareció no tomar en cuenta esta explicación. Estaba consciente de que no había sido simpática ni abierta con Santiago. La idea de que fuera su padre la confundía. ¿Vivirían mucho tiempo separados? Ella se comprometía a ser más amorosa con Pumarino la próxima vez.

El fallo del tribunal demoró un mes en llegar, tiempo que Selden y la niña aprovecharon para ver las tantas películas que habían pasado por alto después de la muerte de Elvira. Ahora que estaban los dos solos, la casa tenía más vida, iban y venían entre los cuartos sin las restricciones impuestas por Pumarino. Podían andar sin zapatos, entrar a la cocina a buscar algo de comer a deshora, incluso Josefina tenía permiso para correr por los pasillos.

Una tarde un receptor judicial llegó hasta la casa de Los Dominicos. Dadas las nuevas circunstancias, los abuelos maternos se harían cargo de la menor Josefina Pumarino Tagle. Se condenaba al padre de la niña a pagar sus alimentos y su educación. También debía cumplir con un régimen de visitas. El retiro de la menor se llevaría a cabo el día 27 de agosto a las nueve de la mañana, en el domicilio de Felipe Selden Guzmán.

Selden demoró en reunir las fuerzas para decírselo a Josefina. Esperó hasta el paseo que solían dar los domingos por el Parque Bicentenario. Pasó la noche con el corazón inquieto y se vistió más temprano que de costumbre. Los veo abrigados, llegando antes de las diez al parque, esa gran extensión verde aún entumecida tras la noche invernal, con la escarcha cubriendo el prado alrededor de la laguna donde las aves ya se afanarían en su diaria actividad.

Josefina quiso quedarse contemplando la laguna, interesada por las interacciones entre la familia de patos y la pareja de taguas. Había leído en alguna parte que las taguas tenían instinto solidario y que ayudaban a otras especies a alimentarse. Felipe no pudo esperar a que pasara ese momento de éxtasis naturalista, agobiado por la carga de la noticia que debía comunicarle. Mientras me contaba al teléfono la escena, insistió varias veces en que no se sentía culpable, sino que le dolía ser el emisario de una historia desdichada que tendría a Josefina como última víctima. Sin embargo, había comenzado disculpándose. Ella sabía que la quería, ¿no era cierto?, siempre podría contar con él. La niña quiso saber por qué le hablaba de ese modo. Selden dejó caer entonces una piedra en el centro de la pequeña laguna, espantando a patos y taguas de la mente de Josefina, destruyendo cualquier instinto de solidaridad. Su padre no quería que ella siguiera a su cargo. Había hecho todo lo que había estado en sus manos, pero lo único que no podía hacer era seguir viviendo con Santiago. Ya no se querían. Josefina meditó las palabras de Felipe y luego quiso saber si tendría que irse a vivir con su papá. Según Selden, la idea no pareció horrorizarla. Su lividez se había acentuado, pero Santiago no era un extraño en su vida. Había sido el mejor amigo de su madre, lo conocía desde siempre y además había sido la pareja de Felipe. Debió de sacar cuentas rápidas y comprender que no se trataba de una deportación, sino de un traslado desventajoso. Selden flaqueó y quiso explicarse todavía más. Él le había pedido a Santiago que la dejara a su cuidado, cualquiera veía la ventaja de que fuera así. Pero no lo había conseguido, las relaciones entre ellos habían quedado demasiado dañadas. Estuvo a un tris de revelarle que Pumarino había sabido desde su concepción que era su padre y que el supuesto descubrimiento en las últimas horas de vida de Elvira había sido un engaño. Así se desligaría de toda responsabilidad ante ella. Pero en el último instante se contuvo. No veía qué beneficio podía traerle a Josefina conocer esa parte de la verdad. Selden le dijo finalmente que tendría que vivir con sus abuelos. La niña no reaccionó de inmediato. Felipe le hizo ver que su abuela era una buena persona. Había estado tres veces de visita en la casa y en otra oportunidad habían salido juntas a almorzar. Como mujer podría entender mejor sus problemas y darle más tiempo y atención. La niña se asió de la parka de Selden y se puso a temblar. Alcanzó a hacer una pregunta más antes de que la tristeza la enmudeciera del todo. ¿Su padre no quería vivir con ella ni tampoco que ella viviera con Selden? Apoyó su cabeza en el pecho de Felipe y él la abrazó. La dureza de las mañanas no lo protegió del dolor.

Sufrí un sobresalto al ver una fotografía de Elvira sobre una de las pequeñas cómodas imperio que flanqueaban el sofá. Dentro de un marco guarnecido de pequeños mosaicos de carey blancos y negros, pude verla en toda su gloria. El pelo brillante cayendo a pique, su sonrisa abarcando a quien tomó la foto, un gesto con tanto movimiento que en cualquier minuto esa imagen podría echarse a andar para volver a influir en las vidas de todos nosotros. ¿Qué pensaría Elvira de lo que estaba por ocurrir? Su risa se habría convertido en trueno, la diosa mordedora revelaría por fin su calidad divina para despedazar a dentelladas a los pobres diablos que no habíamos tenido la valentía de honrar su último deseo.

Josefina llegó al living cubierta con su abrigo rojo y el pelo remetido dentro de una boina. Del cuello asomaba una bufanda color crema. Detrás de ella se oyó el ajetreo de Francisco, quizás acarreando alguna maleta. Selden abrió un brazo para acogerla a su lado y ella se acercó obediente hasta él. Felipe la olió primero y después la besó. La niña no mostraba una actitud hostil ni acongojada. Se mantenía rígida, mirándome primero a los ojos como si viera algo en ellos, mirando después a su alrededor.

—¿Cuándo vas a ir a verme? —le preguntó a Selden.

—Apenas tu abuela me dé permiso.

—¿Cuándo?

—Este fin de semana, puede ser. Querrá tenerte bien instalada antes de invitarme.

Josefina no hizo ningún comentario sobre la nieve. Sobrevino un silencio que estuvo a punto de doblegar a Selden. Apenas resistía.

—Quiero llevarme esa foto de la mamá.

Felipe se puso de pie, tomó la fotografía y la llevó hasta el equipaje que esperaba en el vestíbulo. Desde la cocina se coló el sonido del timbre. Selden, que en ese instante retornaba a su asiento, se paralizó. Josefina volvió la cabeza hacia la puerta de calle mientras alzaba la mirada hacia lo alto. El timbre volvió a sonar. Josefina torció la cabeza un poco más.

Fuimos hasta el vestíbulo y al abrir la puerta nos encontramos con los padres de Elvira y una mujer esperándonos un metro dentro del patio de adoquines, el cielo hiriente cayendo sobre ellos. La mujer desconocida se adelantó hasta nosotros, pasando junto a mi auto, y preguntó por el señor Felipe Selden Guzmán.

—Soy yo y ella es la Jose —dijo, acariciando el pelo de la niña.

—Yo soy...

—Sí, sí, le agradezco mucho que haya venido, sé quién es usted y cuál es su misión.

La mujer realizó una leve venia a los Tagle. Solo la madre de Elvira, vestida con un abrigo gris marengo y guantes negros, avanzó hasta donde nos encontrábamos. Sus pasos resonaron en la piedra. Mientras tanto, desde la puerta de servicio vimos salir a Francisco con dos maletas y una mochila al hombro. La señora Tagle nos saludó a Selden y a mí con un beso en la mejilla y, sin dejarse amedrentar por la tensión de Josefina, se dobló por la cintura para hablarle.

—Cada vez que te mire voy a recordar a tu mamá. Tú puedes recordarla también mirándome a mí.

La mujer se irguió y tomó la pequeña mano de Josefina, tan pálida al contraste del cuero negro. Comenzaron a caminar. La niña no se rebeló, como había temido Felipe. Avanzó junto a su abuela y por un momento creí que desaparecería por la boca del portón y no volvería a verla jamás.

—Jose —gritó Selden en lágrimas.

La niña se soltó de la mano de su abuela y corrió para saltar sobre él en un abrazo.

—Te quiero.

—Yo también —dijo la niña con voz ahogada.

Selden volvió a ponerla sobre sus pies y apoyando una mano en su espalda la instó a ir con su abuela. Luego el portón avanzó sobre sus engranajes hasta cerrarse por completo.

28

Ayer recibí un mail de Selden. Está viviendo en Boston. Dentro de dos semanas comenzará un doctorado en planificación urbana en el MIT. Me cuenta que muy a lo lejos recibe noticias de Camilo, mientras que con la Jose se envían día por medio un mensaje por facebook. Sus abuelos son estrictos con ella y la cambiaron a un colegio católico que no le gusta, pero la buena preparación de la Alianza Francesa le permite no tener que esforzarse demasiado en los estudios. Y como el colegio tiene un equipo de atletismo fuerte, cuenta con más tiempo para entrenar. A su padre no lo ve.

Selden dice acordarse seguido de mí y le gustaría saber cómo estoy, qué escribo, si me he enamorado de alguien. Santiago se le viene a la cabeza solo cuando pasa frente a las tiendas caras de Newbury Street. A su tía Alicia la tiene siempre presente, en especial cuando va a recorrer las exposiciones de las galerías de arte. Sin embargo, en quien más se ha descubierto pensando es en Elvira. A veces tiene el presentimiento de que la verá en un patio del MIT o que entrará en el ascensor del edificio donde vive. Ahí están sus ojos siguiéndolo desde los billboards de la ciudad. Cada vez que esa sensación lo invade, su corazón late más rápido, como si la voluntad de Elvira imperara de nuevo sobre él. Lo sorprendente es que no le guarda rencor. Quizás nunca pueda condenar la memoria de una mujer que estuvo tan viva.

Alfaguara es un sello editorial de Prisa Ediciones

www.alfaguara.com

Argentina
www.alfaguara.com/ar
Av. Leandro N. Alem, 720
C 1001 AAP Buenos Aires
Tel. (54 11) 41 19 50 00
Fax (54 11) 41 19 50 21

Bolivia
www.alfaguara.com/bo
Calacoto, calle 13 nº 8078
La Paz
Tel. (591 2) 279 22 78
Fax (591 2) 277 10 56

Chile
www.alfaguara.com/cl
Dr. Aníbal Ariztía, 1444
Providencia
Santiago de Chile
Tel. (56 2) 384 30 00
Fax (56 2) 384 30 60

Colombia
www.alfaguara.com/co
Calle 80, nº 9 - 69
Bogotá
Tel. y fax (57 1) 639 60 00

Costa Rica
www.alfaguara.com/cas
La Uruca
Del Edificio de Aviación Civil 200 metros
Oeste
San José de Costa Rica
Tel. (506) 22 20 42 42 y 25 20 05 05
Fax (506) 22 20 13 20

Ecuador
www.alfaguara.com/ec
Avda. Eloy Alfaro, N 33-347 y Avda. 6 de
Diciembre
Quito
Tel. (593 2) 244 66 56
Fax (593 2) 244 87 91

El Salvador
www.alfaguara.com/can
Siemens, 51
Zona Industrial Santa Elena
Antiguo Cuscatlán - La Libertad
Tel. (503) 2 505 89 y 2 289 89 20
Fax (503) 2 278 60 66

España
www.alfaguara.com/es
Torrelaguna, 60
28043 Madrid
Tel. (34 91) 744 90 60
Fax (34 91) 744 92 24

Estados Unidos
www.alfaguara.com/us
2023 N.W. 84th Avenue
Miami, FL 33122
Tel. (1 305) 591 95 22 y 591 22 32
Fax (1 305) 591 91 45

Guatemala
www.alfaguara.com/can
7ª Avda. 11-11
Zona nº 9
Guatemala CA
Tel. (502) 24 29 43 00
Fax (502) 24 29 43 03

Honduras
www.alfaguara.com/can
Colonia Tepeyac Contigua a Banco
Cuscatlán
Frente Iglesia Adventista del Séptimo Día,
Casa 1626
Boulevard Juan Pablo Segundo
Tegucigalpa, M. D. C.
Tel. (504) 239 98 84

México
www.alfaguara.com/mx
Av. Río Mixcoac 274
Col. Acacias, Deleg. Benito Juárez,
03240, México, D.F.
Tel. (52 5) 554 20 75 30
Fax (52 5) 556 01 10 67

Panamá
www.alfaguara.com/cas
Vía Transísmica, Urb. Industrial Orillac,
Calle segunda, local 9
Ciudad de Panamá
Tel. (507) 261 29 95

Paraguay
www.alfaguara.com/py
Avda. Venezuela, 276,
entre Mariscal López y España
Asunción
Tel./fax (595 21) 213 294 y 214 983

Perú
www.alfaguara.com/pe
Avda. Primavera 2160
Santiago de Surco
Lima 33
Tel. (51 1) 313 40 00
Fax (51 1) 313 40 01

Puerto Rico
www.alfaguara.com/mx
Avda. Roosevelt, 1506
Guaynabo 00968
Tel. (1 787) 781 98 00
Fax (1 787) 783 12 62

República Dominicana
www.alfaguara.com/do
Juan Sánchez Ramírez, 9
Gazcue
Santo Domingo R.D.
Tel. (1809) 682 13 82
Fax (1809) 689 10 22

Uruguay
www.alfaguara.com/uy
Juan Manuel Blanes 1132
11200 Montevideo
Tel. (598 2) 410 73 42
Fax (598 2) 410 86 83

Venezuela
www.alfaguara.com/ve
Avda. Rómulo Gallegos
Edificio Zulia, 1º
Boleita Norte
Caracas
Tel. (58 212) 235 30 33
Fax (58 212) 239 10 51

Esta obra se terminó de imprimir el mes de noviembre del año 2013
en los talleres de: DIVERSIDAD GRAFICA S.A. DE C.V,
Privada de Av. 11 # 4-5 Col. El Vergel Del. Iztapalapa C.P. 09890
México, D.F. 5426-6386, 25968637.